L'OMBRE DU SOLEIL

Christelle Maurin

L'OMBRE DU SOLEIL

roman

Fayard

© Librairie Arthème Fayard, 2005.

Le Prix du Quai des Orfèvres a été décerné sur manuscrit anonyme par un jury présidé par Monsieur François Jaspart, Directeur de la Police judiciaire, au 36, quai des Orfèvres. Il est proclamé par M. le Préfet de Police.

Novembre 2005

Prologue

Juin 1660, à Saint-Jean de Luz. Après de nombreuses négociations sur l'île des Faisans entre le cardinal Mazarin et le ministre espagnol Don Luis de Haro, le mariage du roi Louis XIV et de sa cousine germaine l'infante Marie-Thérèse d'Espagne venait d'être définitivement conclu. L'effervescence régnait. Les deux cours, celle d'Espagne et celle de France, et leur apanage de seigneurs et de dames richement vêtus avaient envahi jusqu'au moindre recoin de la petite ville basque. Les cérémonies s'annonçaient fastueuses. Le mariage par procuration eut lieu à San Sebastián, sur la rive espagnole. La foule afflua dans l'église et aux alentours. Le roi Philippe IV, le visage impassible, marcha gravement vers l'autel, en donnant la main à l'infante, sa fille. Elle était vêtue d'un simple habit de laine blanche qui fit sourire, derrière leurs éventails, les élégantes courtisanes de France. Elle portait également des cerceaux et un vertugadin qui donnaient à ses lourdes jupes un volume impressionnant. C'était une jeune fille au teint de nacre, aux yeux bleus et aux cheveux d'or pâle. D'une beauté un peu insignifiante, son visage avait une expression soumise et tranquille. Gage de paix, elle allait se retrouver seule, abandonnée en pays étranger, comme une idole offerte au soleil. Le lendemain eut lieu la cérémonie officielle en territoire français. Le cortège princier se rendit en grande pompe à la cathédrale. Le cardinal Mazarin, vêtu de pourpre, avançait solennellement. Il triomphait : la paix des Pyrénées, obtenue grâce à ce mariage, était essentiellement son œuvre. Il avait retrouvé son pouvoir, il était vengé des humiliations endurées pendant la Fronde. Ensuite venait le Roi, superbe en habit de brocart d'or brodé de dentelle. Ses mollets étaient fermes et cambrés, et son ample chevelure brune et bouclée le dispensait de faire usage d'une perruque, artifice à l'époque fort répandu à la Cour. Des murmures s'élevèrent à l'apparition de l'infante, la nouvelle reine de France, conduite par le frère du Roi. Elle arborait pour l'occasion une robe de brocart d'argent et un lourd manteau de velours semé de fleurs de lys. Deux dames maintenaient une couronne au-dessus de sa tête. Marchaient ensuite Anne d'Autriche, la Reine mère, drapée dans des voiles noirs brodés d'argent et mademoiselle de Montpensier, dite « la Grande Mademoiselle », cousine germaine du Roi. La cérémonie se déroula selon les rites du protocole, et les deux époux prononcèrent leurs vœux comme on accomplit un rituel. Après des festivités qui durèrent toute la journée, eut lieu la cérémonie du coucher nuptial. Tous les courtisans vinrent s'incliner devant l'immense lit où étaient allongés Louis XIV et l'infante Marie-Thérèse, immobiles dans les draps de dentelle. Empreints de magnificence, tous deux se tenaient guindés et n'osaient pas se regarder, comme deux inconnus qu'ils étaient. Puis, tout le monde se retira, et les lourds rideaux du lit retombèrent, protégeant l'intimité des deux époux. Ainsi se déroula la nuit des noces royales...

Brusquement, tout devint noir et le décor changea. La porte Saint-Antoine apparut, fièrement dressée à l'entrée de Paris. Aujourd'hui, le Roi allait faire un retour triomphant dans sa capitale, ramenant avec lui la nouvelle reine de France. Sous les acclamations de la foule, le défilé commença. D'abord apparurent les compagnies des cordeliers, des jacobins, des augustins et des carmes, portant des croix et des cierges. Le clergé suivait, puis les trois cents archers de la ville et le gouverneur. Ensuite vinrent les compagnies marchandes, les représentants de l'autorité, les ordres administratifs et financiers. Il faisait une chaleur étouffante, et l'excitation montait parmi le peuple qui attendait avec impatience de voir passer ses souverains. Le cardinal Mazarin apparut alors dans toute sa magnificence, et alla rejoindre la Reine mère, Anne d'Autriche qui l'attendait. Les acclamations redoublèrent lorsque vinrent les gentilshommes du Roi. Ducs et marquis défilèrent en un train somptueux. Puis, on entendit un fracas assourdissant de trompettes. Le Roi approchait, il était là, enfin ! Éblouissant de majesté, il avançait lentement, monté sur un cheval brun, escorté par ses gardes. Le peuple le regarda passer avec admiration. Il était vêtu somp-

tueusement et son allure altière lui donnait l'apparence d'un dieu adoré par la foule. Derrière le souverain suivaient le prince de Condé et Monsieur, le frère du Roi. Enfin apparut la jeune reine Marie-Thérèse, assise dans un char doré tiré par six chevaux richement harnachés. Elle était à présent habillée et coiffée à la française, et cette mode lui seyait moins bien que ses toilettes espagnoles. Sous un visage en apparence impassible, elle dissimulait une forte anxiété due à la présence de cette foule et de cet univers inconnu qui s'ouvrait devant elle.

Soudain, le décor se mit à tournoyer. Doucement d'abord, puis de plus en plus vite. Tandis que le défilé poursuivait son chemin, un tonnerre assourdissant résonna. Une brume épaisse envahit la scène, dissimulant la foule chamarrée et une obscurité glacée tomba brusquement.

La sonnerie stridente du radio-réveil déchira le silence. Deux yeux s'ouvrirent, encore assombris par les visions de la nuit. Le réveil affichait sept heures. À présent, il était temps d'agir...

I

Une pluie grise et froide tombait depuis la veille. La ville de Versailles s'étirait à travers un voile de brume qui la drapait d'un manteau sombre, bien que le mois de mai soit déjà presque achevé. Déployant ses ailes majestueuses sous l'averse, le château royal semblait dormir. Bien campée sur sa monture, la statue de Louis XIV se dressait au centre de la cour Royale, comme pour rappeler aux visiteurs l'influence que le Roi-Soleil avait eue en ces lieux. En arrière-plan, la cour de Marbre, théâtre de tant de fêtes sous la monarchie absolue, étalait ses dalles noires et blanches, sur lesquelles résonnaient les gouttes de pluie. Les immenses fenêtres qui la bordaient, et où jadis se pressait une foule de courtisans enrubannés, renvoyaient-elles à travers les siècles l'ombre du Grand Veneur de sa

Majesté qui, au retour de la chasse, procédait à la cérémonie de la curée en martelant ces mêmes dalles de ses hauts talons de bois rouge ? Aujourd'hui, seule la pluie ruisselait sur les façades, et semblait avoir emporté jusqu'au souvenir de cette lointaine époque. Un calme oppressant régnait sur le château de Versailles, ancienne résidence des rois, actuellement établissement public ouvert aux visiteurs.

Soudain, le hurlement lointain d'une sirène déchira le silence. Au rez-de-chaussée, une porte s'ouvrit, et la silhouette d'un gardien abrité sous un parapluie se dirigea vers les grilles dorées qui fermaient la cour Royale et où, jadis, seuls les carrosses des princes du sang avaient le privilège de pénétrer. Devant le château, un véhicule de police s'immobilisa, et deux hommes en sortirent. L'un d'eux, vêtu d'un imperméable gris, tendit la main au gardien, sans paraître se soucier de l'averse.

– Commissaire Axel Beaumont, de la P. J. de Versailles, et voici le commandant Massart. C'est vous qui avez découvert le corps ?

Le gardien, un homme entre deux âges aux tempes grisonnantes, répondit d'une voix mal assurée, tandis qu'il les guidait vers les jardins.

– J'ai pris mes fonctions ce matin à sept heures. L'équipe de nuit ne m'a signalé aucun incident anormal. Comme d'habitude, je suis allé jeter un œil sur le parterre du Midi, tandis que mon collègue faisait sa ronde vers l'aile du Nord. J'ai poussé mon inspection jusqu'au bassin d'Apollon. Je me hâtais car il pleuvait toujours. Néanmoins, par précaution, j'ai voulu vérifier les bosquets les plus proches. Devant celui de la Colonnade, j'ai distingué une masse sombre sur le sol, en plein milieu. En m'approchant, j'ai vu qu'il s'agissait d'un corps humain...

L'homme déglutit péniblement tandis qu'il guidait les deux policiers le long de l'Orangerie.

– J'ai d'abord pensé à un vagabond ou à un clochard ivre, qui se serait introduit dans les jardins pour y cuver son vin...

– Avez-vous constaté des traces d'effraction sur les serrures des grilles d'entrée ? l'interrompit le commissaire Beaumont.

– Non, aucune. Et comme vous pouvez le voir, il est pratiquement impossible de franchir ces grilles, même avec une échelle, sans être immédiatement repéré. Elles sont hautes de plus de quatre mètres, sans aucun point d'appui, et crénelées de piques acérées. Mais j'ai songé que quelqu'un pouvait s'être laissé enfermer la veille avant la fermeture... En m'approchant, j'ai aperçu une femme dont les longs cheveux mouillés étaient répandus sur le sol. Je me suis accroupi, et là... j'ai vu qu'elle avait les yeux grand ouverts et un trou au milieu du front... Vous savez, en vingt-cinq ans de métier, c'est la première fois que je vois une chose pareille. Je ne suis pas de nature froussarde, mais des spectacles comme ça, ça a de quoi vous couper les jambes ! Puis j'ai repris mes esprits pour prévenir la police.

Tout en parlant, ils avaient longé le parterre du Midi et, dépassant le bassin de Latone, ils remontèrent l'allée du Tapis Vert, axe principal du parc. À son extrémité se dressait le bassin d'Apollon créé en 1671, à l'emplacement d'un bassin creusé du temps de Louis XIII. En son centre le groupe du char d'Apollon, en plomb autrefois doré, représentait le lever du jour. Quatre chevaux emportaient dans sa course céleste le char du dieu Soleil sortant des eaux. Le gardien obliqua vers la gauche, et s'effaça pour laisser pénétrer le commissaire et le commandant à l'intérieur d'une salle de verdure blottie dans un petit bois situé entre les allées.

– Voilà, nous sommes dans le bosquet de la Colonnade... Le corps est là...

Le commandant Massart fronça les sourcils d'un air interrogateur, tandis que le commissaire, ignorant la remarque, pénétrait à l'intérieur. Érigé en 1685 par Mansart, ce bosquet était un véritable chef-d'œuvre, entouré de trente-deux colonnes de marbre où alternaient diverses nuances colorées. Au centre, le corps vêtu de noir était étendu sur le sol. Le commissaire Beaumont s'approcha.

– Puisqu'il n'y a aucune trace d'effraction apparente, il n'est pas exclu que l'assassin se cache encore quelque part dans le parc en attendant l'arrivée des premiers visiteurs auxquels il pourra se mêler sans risque. Bien que cela me paraisse peu probable, il faut faire fouiller les jardins, Massart, dit-il en se tournant vers son collègue. Faites immédiatement venir une équipe. Il ne faut négliger aucune piste.

– Je m'en occupe, commissaire.

Beaumont s'accroupit près du cadavre pour l'examiner de plus près. Comme l'avait dit le gardien, il s'agissait bien d'une femme. Elle semblait plutôt jeune, bien qu'il soit difficile de lui donner un âge tant son visage émacié était maculé de boue et de sang. Elle était bâillonnée. Ses yeux noirs avaient le reflet vitreux de la mort, et un trou béant au milieu de son front avait laissé la vie s'enfuir. Ses longs cheveux bruns étaient répandus sur le sol, et sa frêle silhouette vêtue de noir était recroquevillée sur elle-même. Beaumont se releva.

– Où puis-je trouver un responsable des lieux ? demanda-t-il au gardien. J'ignore de combien de temps aura besoin l'équipe de l'Identité judiciaire avant de pouvoir évacuer le corps. Il sera peut-être nécessaire de fermer cette partie du parc aujourd'hui.

Il était presque huit heures du matin. La pluie avait cessé de tomber, et de la verdure environnante montait un parfum matinal. Sans le spectacle morbide qu'il avait sous les yeux, le commissaire aurait apprécié de pouvoir admirer à cette heure les jardins royaux, fruits des efforts conjugués de tant d'artistes comme Le Nôtre, Hardouin-Mansart et Le Vau. Un bruit de pas précipités lui fit tourner la tête, et il aperçut un petit homme ventripotent se diriger vers lui.

– Vous êtes le commissaire Beaumont ? fit le nouveau venu en lui tendant la main. Le gardien m'a dit que vous étiez ici. Je suis monsieur Evrard, président de l'établissement. Mon Dieu, quelle histoire ! Je n'en croyais pas mes oreilles en apprenant l'affreuse nouvelle. Un cadavre, ici, dans les jardins du palais ! Voilà qui ne nous fera pas une bonne publicité ! Quand serez-vous à même de faire disparaître les traces de ce crime ? Le château ne va pas tarder à ouvrir ses portes aux visiteurs, et il serait plutôt malséant que s'ébruite ce qui s'est passé ici.

– Cela ne dépend pas de moi, monsieur, répliqua Beaumont un peu sèchement.

L'Identité judiciaire devra sûrement procéder à quelques examens sur place avant de faire évacuer le corps. Je leur dirai de faire leur possible pour libérer les lieux rapidement mais...

Monsieur Evrard se mordit les lèvres.

– Excusez-moi, commissaire. Je n'aurais pas dû parler ainsi. Bien entendu, prenez tout le temps nécessaire pour faire votre travail. Au besoin, je fermerai cette partie du parc en prétextant des travaux. Puis-je toutefois compter sur votre discrétion ? Vous comprenez, il n'est jamais bon pour un important site touristique d'être le théâtre de drames sanglants... Et ces lieux ont pour but de faire rêver le public en rappelant les splendeurs de la royauté, pas de lui donner des cauchemars avec des histoires de meurtre...

– Nous ferons de notre mieux, monsieur Evrard. À propos, puis-je vous demander les noms des gardiens chargés de la surveillance de cette nuit, ainsi que ceux de toutes les personnes susceptibles d'avoir pénétré ici depuis la fermeture du parc hier soir. Le gardien auquel j'ai parlé tout à l'heure m'a dit n'avoir constaté aucune trace d'effraction. Si vous le permettez, le commandant Massart va vous accompagner afin de vérifier avec vous tous les accès.

Monsieur Evrard jeta un regard en direction du cadavre et grimaça avant de détourner les yeux.

– Vous la connaissiez ? demanda Beaumont.

– Non, je ne l'ai jamais vue. Et j'aime autant cela, d'ailleurs. Ce genre de spectacle est suffisamment pénible sans y ajouter des sentiments personnels..., répliqua le président d'une voix mal assurée.

L'arrivée de l'équipe de l'Identité judiciaire mit fin à la conversation. Monsieur Evrard promit de fournir rapidement au commissaire les informations dont il avait besoin, et s'éloigna en compagnie du commandant Massart après avoir réitéré ses recommandations au médecin légiste. Cette dernière, une jeune femme blonde d'environ trente-cinq ans, s'approcha de Beaumont.

– Bonjour, Axel. Triste façon de commencer la journée, n'est-ce pas ?

Le commissaire esquissa une grimace, et lui désigna le corps.

– Voici du travail pour toi, ma chère Mégane. Comme d'habitude, je compte sur toi pour m'adresser ton rapport dès que tu auras fini de t'occuper de cette pauvre fille.

– Je te tiendrai au courant, promit-elle.

Les techniciens de scène de crime s'affairaient déjà autour du cadavre.

– Le sac à main de la victime se trouve auprès d'elle, fit remarquer Beaumont. Dès que vous l'aurez examiné, je souhaiterais le récupérer afin d'avoir des informations sur son identité. Préviens-moi dès que tu auras tous les résultats de l'autopsie.

*

Le commissaire Beaumont avait regagné son bureau en fin de matinée. Sourcils froncés, il se tenait devant la fenêtre et laissait son regard errer sur la rue. Son esprit lui renvoyait sans cesse l'image de la jeune femme morte. Ces yeux noirs grand ouverts... Il frissonna. Quel âge pouvait-elle bien avoir ? Probablement guère plus de vingt ans. Bien que son métier lui ait donné maintes fois l'occasion d'assister à des scènes sordides, Beaumont ne parvenait pas à rester totalement insensible à ce qu'il voyait. « *Tu es un tendre, Axel !* » avait coutume de plaisanter son ex-femme. Il soupira et passa la main dans son épaisse chevelure brune, à peine semée de quelques fils argentés. À quarante-deux ans, avec son regard bleu ardoise et sa haute stature, le commissaire Beaumont était toujours un homme plein de charme. Il s'était d'ailleurs prêté à de multiples reprises au jeu subtil de la séduction, sans que toutefois cela n'empiète sur sa véritable et unique passion : son métier. Être commissaire à la P. J. était sans doute difficile, épuisant et dangereux, mais Beaumont ressentait sa vocation au plus profond de lui-même, et en dépit des spectacles impressionnants comme celui de ce matin auxquels il était souvent confronté, il n'aurait changé de métier pour rien au monde. Soudain, la sonnerie de son téléphone retentit. C'était le responsable du laboratoire de police scientifique.

– Nous avons examiné le contenu du sac à main de la victime. Rien à signaler de particulier. Son portefeuille se trouve à l'intérieur, ainsi que ses papiers d'identité. J'ai envoyé un coursier vous l'apporter. De l'argent se trouvait dans le sac, il n'a pas été touché. À première vue, il semble que rien n'ait été dérangé, mais la victime pouvait avoir sur elle quelque chose de bien précis que l'agresseur ait voulu lui dérober. Les empreintes relevées sur le sac sont celles de sa propriétaire. Aucun élément permettant d'obtenir l'ADN de l'assassin. Au fait, l'équipe a relevé des traces de roue sur le sol, là-bas dans le bosquet. Un petit diamètre, semble-t-il. Probablement une remorque ou une brouette. Elles étaient quasiment imperceptibles compte tenu de l'état du sol, mais nos gars ont l'œil. Je vous envoie tout cela par écrit, bien que je ne pense pas que cela vous aide beaucoup. Le docteur Aubry a presque terminé d'examiner le corps. Elle ne tardera sûrement pas à vous envoyer son rapport.

– Merci, André. Je verrai tout cela.

Songeur, le commissaire Beaumont raccrocha. On frappa à la porte de son bureau, et le commandant Massart entra.

– J'ai vérifié les serrures, commissaire, et la grille principale du château, ainsi que les accès aux parterres du Midi et du Nord par la cour Royale. Aucune porte n'a été forcée, comme nous l'avait dit le gardien. Soit l'assassin s'est laissé enfermer hier soir avec sa victime dans les jardins et il a attendu ce matin pour sortir après avoir échappé aux fouilles, soit il avait les clefs des grilles. Monsieur Evrard m'a remis les noms des gardiens de nuit, ainsi que ceux des personnes possédant ces clefs. Il s'est montré plutôt coopératif, soulagé qu'il était de pouvoir ouvrir le château aux visiteurs à dix heures ce matin.

Beaumont parcourut la liste des yeux. Il faudrait interroger tous les gardiens, ainsi que les personnes susceptibles de détenir les clefs des grilles du château, afin de s'enquérir de leurs emplois du temps. Il faudrait aussi leur demander si l'un d'eux les avait récemment égarées. Outre monsieur Evrard, seulement huit personnes étaient en mesure d'accéder au domaine. Le président de l'établissement avait précisé qu'il s'agissait des clefs des grilles d'entrée, de celles des jardins et des portes principales permettant de pénétrer à l'intérieur du château. Il y avait également un passe-partout qui ouvrait toutes les portes intérieures des différents appartements. Il examina les noms. Messieurs Christophe Jalabert et Laurent Robier, tous deux conservateurs du Patrimoine et chargés de sa protection, de son enrichissement, de sa mise en valeur, ainsi que des études scientifiques le concernant. Monsieur Rodolphe Grancourt, architecte des Monuments historiques et des Bâtiments de France, monsieur Édouard Vardès, jardinier en chef des parcs de Versailles et de Trianon, monsieur Charles Salvi, responsable des fontaines et des installations hydrauliques, ces deux derniers possédant seulement les clefs des grilles extérieures, de l'Orangerie et des souterrains où se trouvaient les réseaux d'alimentation en eau. Sur la liste se trouvaient également monsieur Olivier Monturo, responsable de la surveillance et de la sécurité, et madame Françoise Bédélin, responsable de la restauration des œuvres d'art.

– Bien ! dit le commissaire en reposant la liste. Nous commencerons par interroger toutes ces personnes. Vous vous chargerez des gardiens et de monsieur

Monturo, leur responsable. Moi, je m'occuperai des autres.

On frappa à nouveau à la porte, et une secrétaire entra, portant un paquet.

– Commissaire Beaumont, un coursier vient d'apporter ceci pour vous.

– Merci, Claire. C'est ce que j'attendais.

Beaumont ouvrit le paquet et en sortit un sac à main noir de forme élégante.

– C'est le sac de la victime ? s'enquit Massart.

– Tout juste, répondit le commissaire en l'ouvrant. D'après le labo, ses papiers d'identité se trouvent à l'intérieur.

Il fouilla dans le sac et en sortit un portefeuille. À l'intérieur se trouvaient deux billets de cinquante euros, des cartes de crédit, de bus et d'adhérente à la bibliothèque de la ville, ainsi que des tickets de réduction offerts par un supermarché des environs. D'après ses papiers, la victime se nommait Marie Métivier, était âgée de vingt-deux ans, mesurait un mètre soixante et habitait tout près de Versailles. La photo agrafée sur le document montrait une jolie jeune fille brune aux grands yeux noirs et au sourire mutin. En l'examinant attentivement, Beaumont reconnut les traits du cadavre aperçu le matin dans le bosquet de la Colonnade. Il referma le portefeuille et continua d'examiner le contenu du sac où il trouva une paire de lunettes, un téléphone portable, un agenda, une trousse à maquillage et des clés. Il pianota sur les touches du téléphone portable, mais aucun appel n'avait été mémorisé. Il soupira.

– Massart, cette pauvre petite avait certainement de la famille. Essayez de les trouver rapidement, il va falloir leur annoncer la mauvaise nouvelle. Par ailleurs, interrogez-les pour rassembler un maximum de détails sur elle. Tâchez de savoir quel genre de vie elle menait, si elle avait des ennemis, enfin tout ce qui serait susceptible de nous aider à comprendre pourquoi elle a été tuée...

Il feuilleta rapidement l'agenda.

– Essayez également de joindre les personnes mentionnées là-dedans. L'une d'entre elles est peut-être au courant de quelque chose... Il faudrait savoir ce que Marie Métivier a fait hier soir, avant d'être assassinée...

Massart hocha la tête en silence. Comme à l'accoutumée, son expression était indéchiffrable. Le commissaire faisait équipe avec lui depuis deux ans, et jamais il ne l'avait vu laisser transparaître la moindre émotion. Il faisait parfaitement son boulot, mais sans jamais se départir d'un masque de froideur qui décourageait souvent son entourage, et particulièrement les femmes. À trente-sept ans, le commandant était toujours célibataire. Grand, blond, des yeux bleu-vert, il était pourtant bel homme, et dans son travail, Beaumont avait remarqué à plusieurs reprises qu'il faisait l'objet d'avances de la part des femmes. Néanmoins, le beau commandant demeurait de glace en leur présence. Une lueur de mépris dans les yeux, il semblait à peine les remarquer. Le commissaire le soupçonnait d'être misogyne, ou peut-être homosexuel.

Un signal sonore sur son ordinateur attira soudain l'attention de Beaumont. Sa boîte aux lettres électronique lui indiquait qu'il venait de recevoir un message. Il émanait de Mégane Aubry, le médecin légiste : « *J'ai fini d'autopsier le corps. Comme promis, je te joins mon rapport.*

Maintenant au boulot, c'est à toi de jouer ! Bisous. Meg. »

Beaumont ne put s'empêcher de sourire. Il avait toujours entretenu d'excellents rapports avec Mégane, et ceux-ci ne s'étaient pas trouvés affectés par leur rupture, six mois auparavant. Ils avaient en effet eu une liaison l'année précédente, alors que Beaumont venait tout juste de sortir d'un divorce mouvementé. Sans doute n'était-il pas prêt à s'engager de nouveau car ils s'étaient séparés quelques mois plus tard, mais ils étaient restés bons amis. Il cliqua rapidement sur le fichier joint, impatient de lire le rapport d'autopsie. Mégane estimait l'heure du décès à environ vingt-deux heures la veille. Marie Métivier avait été abattue d'une balle en pleine tête. Elle était morte sur le coup. Son sang avait gardé les traces d'un puissant somnifère, ingurgité peu avant l'heure présumée du décès. L'analyse du contenu de son estomac montrait qu'elle avait également mangé de la viande à peu près au même moment, et un très faible taux d'alcoolémie avait été mesuré, ce qui pouvait supposer la prise d'à peine un ou deux verres de vin au cours du repas. Les organes de la victime étaient sains, et elle jouissait apparemment d'une santé parfaite avant que sa jeune vie ne soit fauchée par un coup de feu. Son corps était marqué de contusions légères, comme s'il avait été traîné sans ménagement. Mégane notait que la jeune fille était recroquevillée sur elle-même, quasiment en position fœtale. Elle avait également mentionné un détail qui attira particulièrement l'attention du commissaire. Marie Métivier portait au cou des meurtrissures, ressemblant à des traces de strangulation. Or, ces traces avaient été faites *post-mortem*, et d'après le médecin légiste, environ une heure après l'heure du décès. Beaumont fronça les sourcils. L'assassin se serait-il défoulé sur sa victime après l'avoir tuée ? Il continua à lire. L'autopsie n'avait révélé aucune trace de rapports sexuels avant ou après la mort, et ces meurtrissures au cou étaient apparemment les seules marques de violence décelées sur le corps, excepté, bien sûr, la blessure mortelle à la tête. Mégane l'informait que l'étude balistique réalisée par le laboratoire à partir du projectile extrait du crâne n'était pas encore terminée, mais qu'il la recevrait probablement avant la fin de l'après-midi.

Beaumont se renfonça dans son fauteuil, réfléchissant à ce qu'il venait de lire. D'abord, les traces de somnifère. Indiquaient-elles que l'assassin avait prémédité son coup en s'assurant que sa victime ne serait pas en état de se défendre, ou bien cela voulait-il simplement dire que Marie Métivier avait le sommeil difficile ? Il était toutefois peu recommandé de mélanger l'alcool et les somnifères, or d'après l'autopsie, la victime avait consommé l'équivalent de deux verres de vin. Quant aux meurtrissures *post mortem* au cou, l'assassin les avait-il faites par pur plaisir sadique, ou bien avait-il cherché à arracher quelque chose, un bijou par exemple, que la jeune fille aurait eu à son cou ? Beaumont se tourna vers le commandant Massart.

– Massart, lorsque vous rencontrerez la famille de la victime, demandez-leur si elle portait une chaîne, un pendentif ou un collier de valeur qui aurait pu causer ces marques de strangulation. De mon côté, je retourne à Versailles afin de commencer les auditions des témoins.

*

Rodolphe Grancourt devait approcher la cinquantaine. De fines lunettes à monture dorée donnaient à ses traits un aspect austère. Il croisa les bras, et dévisagea sans aménité le commissaire assis en face de lui.

– Si je comprends bien la raison de votre visite, commissaire Beaumont, vous désirez savoir si hier soir, pris d'une insomnie subite, je n'ai pas eu envie d'aller faire une petite promenade nocturne dans les jardins du château, par exemple du côté du bosquet de la Colonnade... Je me trompe ?

Sans relever l'agressivité de la question, Beaumont l'observa calmement.

– Monsieur Grancourt, j'ai souhaité vous voir car vous faites partie des personnes possédant les clefs du lieu où un crime a été commis. Étant donné qu'aucune effraction n'a été constatée, il est de mon devoir de vérifier votre emploi du temps, et de...

– Mais je vous le donne bien volontiers mon emploi du temps, commissaire ! l'interrompit vivement Grancourt. Hier soir, j'étais au château, dans la galerie des Glaces pour être précis, jusqu'à dix-neuf heures trente. Vous aurez des témoins pour le confirmer. Ensuite, je suis rentré, et ma femme et moi sommes allés dîner chez des amis jusqu'à environ une heure du matin. Là encore, je peux vous fournir les noms des personnes présentes. Cela vous suffit-il comme alibi ?

Beaumont leva une main apaisante.

– Cela ira parfaitement, monsieur Grancourt. Vos dires seront vérifiés, comme ceux de toutes les personnes que je dois interroger. Comme je vous le disais tout à l'heure, aucune effraction n'a été constatée sur les grilles donnant accès aux jardins. Pourriez-vous me dire si vous avez égaré vos clefs récemment ?

Rodolphe Grancourt fouilla dans la poche de sa veste, et en sortit un trousseau qu'il jeta devant le commissaire.

– Voici mes clefs, commissaire. Comme vous pouvez le constater, elles sont bien en ma possession, et elles l'ont toujours été. Si je les avais perdues, je n'aurais pas manqué de le signaler.

– Une dernière chose, monsieur Grancourt. Connaissiez-vous cette jeune femme, Marie Métivier ?

– Absolument pas, répondit sèchement l'architecte.

Beaumont se leva.

– Bien, dans ce cas, monsieur, je n'ai plus de raison de vous déranger davantage. Toutefois, si un détail pouvant nous éclairer vous revenait en mémoire, prévenez-moi.

Grancourt le toisa.

– Je suis architecte des Monuments historiques, moi, pas commissaire de police. Je ne vois pas ce que je pourrais vous dire de plus là-dessus. Au revoir, commissaire.

Après avoir quitté Grancourt, le commissaire se rendit auprès de messieurs Jalabert et Robier, les conservateurs du Patrimoine. Il les trouva tous deux dans un petit bureau aménagé dans l'aile Nord du château. Les deux hommes lui fournirent sans difficulté leurs emplois du temps pour la soirée de la veille et l'informèrent qu'aucun d'entre eux ne s'était séparé de ses clefs, ni ne connaissait la victime. Tout en marchant le long des corridors qui le ramenaient dans les appartements ouverts au public, Beaumont était songeur. Si toutes les personnes qu'il souhaitait interroger lui fournissaient ce type de renseignements, son enquête n'en serait guère plus avancée. Il espéra que Massart aurait plus de chance avec les proches de la victime. Il traversa plusieurs salons où se pressaient des visiteurs, en admiration devant les tableaux et les sculptures, et se retrouva dans une pièce de belles dimensions, lambrissée de marbre et ornée de trophées de bronze doré et de fausses portes en miroir. Curieux, Beaumont s'approcha des notices d'information destinées aux visiteurs et apprit qu'il se trouvait dans le salon de la Guerre, œuvre de Charles Le Brun, devenu premier peintre du Roi-Soleil en 1649. Cette pièce symbolisait l'histoire de la construction du château au rythme des grandes victoires militaires du royaume de l'époque. Le document contait une anecdote relative au lustre : il était écrit que l'artiste avait marqué cette pièce de son empreinte et y avait surveillé les moindres détails. Néanmoins, alors que les travaux étaient quasiment achevés, l'incroyable s'était produit. Un échafaudage avait entraîné la chute du lustre, un grand chandelier d'argent à six branches et dix-huit bobèches, qui s'était brisé dans un grand fracas. Louis XIV avait dû apprécier l'incident... Poursuivant son chemin, Beaumont entra dans la galerie des Glaces. Il s'arrêta un instant sur le seuil pour découvrir le spectacle qui s'offrait à lui. Une succession de dix-sept arcades de miroirs répondait à dix-sept fenêtres. À chaque glace correspondait une baie sur jardin, et, grâce au jeu des reflets, on avait l'impression de déambuler en pleine nature. La voûte, œuvre de Le Brun, glorifiait les hauts faits du règne de Louis XIV par des tableaux représentant des scènes militaires et politiques. La galerie fut à l'époque le théâtre des grandes cérémonies du règne, comme, par exemple, la réception du Doge de Gênes en 1685. Admiratif, Beaumont regardait autour de lui, comme un touriste en visite. Reprenant brusquement conscience de la raison de sa présence en ces lieux enchanteurs, il s'aperçut qu'il ignorait totalement la direction à prendre pour sortir et gagner le parc, où il devait rencontrer le jardinier en chef et le responsable des installations hydrauliques. Il hésita un instant, regarda autour de lui et aperçut deux femmes agenouillées près d'une statuette de marbre qu'elles examinaient sous toutes les coutures en échangeant des commentaires. Jugeant qu'elles n'avaient pas l'air de touristes, le commissaire se dirigea vers elles.

– Bonjour, mesdames. Auriez-vous l'amabilité de me dire comment me rendre dans le parc ?

L'une des femmes se redressa. Elle avait des cheveux grisonnants, noués en chignon d'où s'échappaient quelques mèches rebelles. Ses yeux bruns au reflet malicieux se posèrent sur le commissaire.

– Pourquoi vous hâter de gagner les jardins, monsieur ? demanda-t-elle d'un ton amical. Admirez d'abord l'intérieur du château, et particulièrement la galerie où vous vous trouvez en ce moment. Cela vaut bien d'y passer encore quelques minutes, croyez-moi..., ajouta-t-elle en souriant.

Beaumont lui rendit son sourire.

– Croyez bien que j'en serais enchanté, madame, répondit-il. Mais malheureusement, je ne suis pas ici pour admirer ces merveilles, mais pour travailler. Je me présente, commissaire Axel Beaumont, de la Police judiciaire de Versailles.

Le regard de la femme s'assombrit légèrement.

– Oh, excusez-moi, commissaire. Je suppose que vous venez à cause de cette sordide histoire de meurtre... J'en suis toute retournée depuis ce matin... Pour moi, ces lieux sont synonymes d'art, de beauté, de grandeur et non de crime... Au fait, j'ai oublié de me présenter. Je suis Françoise Bédélin, responsable de la restauration des œuvres d'art, et voici l'une de mes assistantes, mademoiselle Berger, ajouta-t-elle en désignant sa collègue toujours accroupie près de la statue.

– Voilà un heureux hasard, madame, dit Beaumont. Il se trouve que je souhaitais également vous rencontrer au sujet de cette affaire. Auriez-vous quelques minutes à m'accorder ?

– Très certainement. Marie, dit-elle en se tournant vers sa collègue, j'espère que vous avez bien noté les techniques à utiliser pour réparer ces éraflures. Emmenez la statuette à l'atelier et préparez ce qu'il faut. Je vous rejoins dans un moment.

La jeune femme se redressa et, prenant la statuette dans ses bras, elle s'éloigna après avoir adressé un timide sourire au commissaire.

– Eh oui, que voulez-vous, entre l'usure du temps et les gens qui ne respectent pas la beauté et la fragilité de l'art, ce n'est pas le travail qui nous manque. Nous devons sans cesse réparer les dégâts. Cette statuette n'est, hélas, pas la seule à être endommagée. Nous travaillons aussi constamment sur les tableaux, les dorures et...

Madame Bédélin s'interrompit et mit sa main devant la bouche en souriant.

– Excusez-moi, commissaire. Je parle trop, et j'en oublie le motif de votre visite. Je suppose que ce n'est pas pour m'entretenir d'œuvres d'art que vous souhaitez me parler ?

– Non, en effet, admit Beaumont en souriant aussi, quoique le sujet me semble passionnant... Vous possédez les clefs du château et du parc, n'est-ce pas ?

— Oui. Cela me permet de travailler en toute liberté, quelle que soit la partie du château où l'on a besoin de moi.

— Les membres de votre équipe possèdent-ils également ces clefs ?

— Oh non, commissaire ! Seul mon titre de responsable de la restauration des œuvres d'art m'accorde cet avantage, ajouta-t-elle avec humour. Vous savez, on n'entre pas ici comme dans un moulin...

— Il semble pourtant que quelqu'un n'ait eu aucune difficulté à pénétrer ici pour y commettre un meurtre... Et les gardiens n'ont constaté aucune trace d'effraction.

Le regard de madame Bédélin s'assombrit à nouveau.

— Vous avez raison, c'est incompréhensible... C'est pour cela que vous me demandez si je possède un jeu de clefs ? Je me trouvais au théâtre hier soir. Je peux vous montrer mon billet si vous voulez...

— Il faudra en effet que je vérifie votre emploi du temps, madame Bédélin, mais ne vous inquiétez pas, il s'agit d'une simple formalité. Par contre, tâchez de vous souvenir si vous avez déjà égaré votre trousseau de clefs, ou bien si quelqu'un a pu avoir l'opportunité de vous le dérober.

– Impossible, commissaire. Je ne m'en sépare jamais. Ma responsabilité s'est retrouvée engagée le jour où l'on m'a remis ces clefs, et pour rien au monde je ne prendrai le moindre risque de les égarer. D'ailleurs, même si cela devait arriver un jour, croyez-moi, je m'en apercevrais immédiatement, et des mesures de sécurité seraient prises en conséquence.

– La jeune femme assassinée s'appelait Marie Métivier. Est-ce que vous la connaissiez par hasard ?

– Non, je n'ai jamais entendu ce nom-là..., murmura madame Bédélin.

– Bien, je vous remercie de votre aide. Si le moindre détail pouvant nous éclairer vous venait à l'esprit, je vous saurais gré de m'en informer.

– Je n'y manquerai pas, commissaire.

Tout en parlant, ils avaient traversé plusieurs pièces. Madame Bédélin ne put résister au plaisir de jouer les guides.

– Nous avons traversé le salon de l'Œil-de-Bœuf, ancienne antichambre des Bassans, dédiée aux peintres italiens, les Bassano, dont les œuvres sont disposées tout le long des murs, d'où le nom donné jadis à la pièce. Elle était contiguë à la chambre de Louis XIV jusqu'en 1701, où la cloison fut abattue pour former l'actuel salon. À l'époque, c'est là que le roi faisait attendre les quelques privilégiés qui pouvaient pénétrer dans ses appartements privés. Nous sortons à présent de la première antichambre, où se déroulaient les repas publics du roi, « le grand couvert » ou le souper. C'est également dans cette pièce que se déroulait chaque jour la cérémonie des placets. Le roi en personne, ou l'un de ses ministres, y recevaient des requêtes écrites que les sujets du royaume déposaient sur la table. Nous voici à présent dans la salle des Gardes, où veillaient nuit et jour les gardes du corps du roi. Ils présentaient les armes à chaque passage du souverain et frappaient du pied pour les princes de sang et les ducs. Nous sommes ici face à l'entrée principale des appartements de madame de Maintenon. Si vous voulez bien me suivre, nous allons prendre l'escalier de la Reine pour rejoindre la cour principale.

Ils débouchèrent sur un somptueux palier d'où partait un majestueux escalier de marbre donnant sur la cour.

– Cet escalier menait aux appartements du Roi, à ceux de la Reine et à ceux de madame de Maintenon. Il était en permanence surveillé par des gardes suisses. L'effet de polychromie des murs est produit par les plus beaux marbres du royaume : rouge du Languedoc, noir des Flandres, brun de Rance et vert de Campan...

Madame Bédélin eut un petit sourire confus.

– Veuillez m'excuser si j'emploie des termes techniques dont la signification vous est peut-être inconnue. Il m'arrive souvent de me laisser emporter par ma passion...

– Ne vous excusez pas, renchérit vivement le commissaire. C'est un vrai plaisir pour moi de parcourir ces lieux en la compagnie d'une personne aussi érudite que vous. Vous m'avez donné envie de revenir ici, mais comme visiteur et non comme enquêteur !

– Merci, commissaire. Je n'ai pas de mérite, le métier que j'exerce est un métier de passion. Il me possède tout entière.

Ils étaient à présent dans la cour principale du château.

– Voilà, dit madame Bédélin, tournez à droite au bout du bâtiment, descendez le grand escalier et vous serez dans les jardins. Je suppose que vous vous y rendez pour rencontrer monsieur Vardès ?

– Tout juste. J'aimerais aussi parler à monsieur Salvi, le responsable des fontaines. Tous deux possèdent également les clefs des grilles.

– C'est vrai. Vous trouverez monsieur Vardès dans son bureau, près de l'Orangerie. Vous ne pouvez pas le manquer, vous y accédez presque immédiatement en entrant dans le parc. Par contre, je ne sais pas si monsieur Salvi est ici aujourd'hui. Il vous faudra peut-être revenir un autre jour.

Madame Bédélin lui tendit la main en souriant.

– Je vous laisse à présent, commissaire. Ma statuette m'attend. Bonne chance pour votre enquête.

– Au revoir, madame. Et merci pour la visite ! ajouta-t-il avec un clin d'œil.

L'Orangerie se trouvait en contrebas du château. Flanquée des escaliers des Cent-Marches, elle assurait la stabilité des terrains. Orientée plein sud, son ampleur, sa hauteur et ses lignes pures témoignaient du talent d'architecte de Jules Hardouin-Mansart. L'édifice contenait des orangers, des citronniers, des grenadiers centenaires, des lauriers roses et des palmiers, plantés en caisses et taillés en boule pour la décoration. Édouard Vardès, jardinier en chef des parcs de Versailles et de Trianon y reçut le commissaire avec politesse. Le fait que le cadavre ait été découvert dans son domaine semblait le mettre mal à l'aise. Il donna sans difficulté son emploi du temps et, comme ses collègues, il assura n'avoir jamais égaré son trousseau de clefs dont il ne se séparait jamais. Lui non plus ne connaissait pas Marie Métivier. Monsieur Salvi étant absent, Vardès indiqua son adresse au commissaire. La journée touchait à sa fin. En dépit de l'heure tardive, Beaumont passa à son bureau. L'étude balistique n'était toujours pas arrivée, et le commandant Massart n'était pas là pour lui faire part du résultat de ses investigations. Beaumont consulta sa montre et décida de rentrer chez lui. Une pizza et un bon verre de vin lui feraient le plus grand bien. Le vin lui rappela un instant Marie Métivier, et il sortit en grimaçant.

II

Il était huit heures précises le lendemain matin lorsque le commissaire Beaumont poussa la porte de son bureau. Il alluma son ordinateur, et un signal sonore lui indiqua qu'il avait reçu un message. Comme il l'avait espéré, il s'agissait des résultats de l'étude balistique. Il imprima immédiatement le rapport et se cala dans son fauteuil pour le lire. La balle avait été extraite du crâne de la victime et la douille avait été retrouvée près du cadavre. Elles avaient d'abord subi un examen binoculaire, qui notait le nombre de rayures en longueur, leur orientation et leur angle. La détermination précise du calibre de la balle avait été mesurée à l'aide d'un pied à coulisse. La balistique intérieure avait révélé des rayures imprimées à la surface du projectile. Sur la douille, quatre traces principales avaient été analysées : celle de la lèvre du chargeur, celle du percuteur, celle de l'extracteur et celle de l'éjecteur, qui assure l'expulsion de la douille en l'aplatissant légèrement. L'expertise avait ainsi permis d'identifier l'arme avec laquelle la balle avait été tirée, un pistolet automatique chambré en neuf millimètres, le MAS G1, copie du modèle italien Beretta 92. Il s'agissait là d'une arme très précise, pesant neuf cent soixante-dix grammes, avec un canon de cent vingt-cinq millimètres et une capacité de quinze coups. La balistique extérieure avait ensuite permis de déterminer la trajectoire de la balle, tirée face à la victime, et la balistique terminale avait, d'après l'impact, conclu à un tir à bout portant. L'expertise avait également pu déduire qu'un silencieux avait été placé sur l'arme au moment du crime.

Beaumont s'interrompit un instant pour réfléchir à ce qu'il venait de lire. La mention du silencieux et la présence de la douille près du cadavre confirmaient que Marie Métivier avait bel et bien été assassinée sur place. Restait à retrouver l'arme, le MAS G1, et surtout la personne qui l'avait utilisée. Il poursuivit sa lecture. La balle avait été comparée avec d'autres balles, répertoriées et classées dans le fichier CIBLE de la police, et provenant d'autres affaires judiciaires. Et là, surprise ! Une balle ayant été tirée par la même arme figurait dans les archives. Deux ans auparavant, un homme avait été tué lors du braquage d'une station-service, à Corbeil dans la banlieue de Paris. L'antenne de la P. J. d'Evry avait été chargée de l'enquête. Celle-ci n'avait pas abouti et l'arme du crime n'avait jamais été découverte. La balle retirée du cadavre provenait bel et bien du même pistolet que celui qui préoccupait aujourd'hui Beaumont. Y aurait-il un lien entre les deux affaires ? Le meurtrier de l'homme dans la station-service serait-il aussi celui de la jeune femme retrouvée dans le parc du château ? Bien que l'enquête n'ait pas été résolue, il serait intéressant d'avoir le dossier en main, histoire de voir s'il n'y trouverait pas un détail susceptible d'éclairer sa lanterne. Il s'apprêtait à téléphoner à Evry lorsqu'on frappa à la porte du bureau. C'était le divisionnaire Maurel, une expression inquisitrice sur le visage.

– Eh bien, Beaumont ? Elle avance cette enquête ? Avez-vous du nouveau ?

Tandis que Beaumont lui faisait part de ce qu'il avait appris, le divisionnaire se caressait le menton, et le commissaire eut la nette impression qu'il l'écoutait à peine, impression qui fut confirmée dès qu'il eut fini de parler.

– Tout cela, c'est bien joli, Beaumont, mais ce que je veux, moi, c'est du concret ! Le procureur de la République m'a téléphoné ce matin, et je me vois mal le rappeler pour lui dire que les personnes que vous avez interrogées ne savent rien, et que le seul élément dont vous disposez est une similitude avec la balle provenant d'une affaire non élucidée ! Enfin, puisque c'est tout ce que vous avez pour l'instant, vous devriez quand même jeter un œil sur le dossier de cette affaire, intima-t-il en se dirigeant vers la porte.

– Il se trouve que c'était justement mon intention, monsieur le divisionnaire, répliqua Beaumont avec une pointe d'ironie.

Lorsque Maurel eut quitté le bureau, le commissaire soupira. Son supérieur s'était certainement querellé à nouveau avec son épouse, ce qui avait provoqué sa mauvaise humeur. Les scènes de ménage du divisionnaire étaient en passe de devenir célèbres à la P. J. de Versailles, et chacun pouvait se vanter d'y avoir assisté au moins une fois, l'épouse en question étant italienne et d'un tempérament plutôt volcanique ! Néanmoins, l'attitude de Maurel agaçait le commissaire. Lors de chaque affaire, le divisionnaire se croyait obligé de lui mettre sur le dos une pression considérable, comme si cela aidait à faire avancer l'enquête. Beaumont avait horreur d'être traité comme un gamin qui a mal fait ses devoirs d'école, et il estimait être suffisamment consciencieux pour qu'on lui fasse confiance. Mais il savait aussi que s'il souhaitait travailler tranquillement et sans être constamment sur la sellette, il aurait dû choisir un autre métier. Or, il l'aimait ce « métier ». On frappa à nouveau à la porte, et le commandant Massart entra.

– Bonjour, commissaire. Du nouveau dans notre enquête ?

– Vous êtes le deuxième à me poser cette question en moins de cinq minutes, commandant, répondit Beaumont en grimaçant. Notre cher Maurel sort d'ici à l'instant, et il semble penser que nous ne sommes pas assez rapides ! Il n'avait pas l'air très content...

– C'est sûrement sa femme qui lui a encore soufflé dans les bronches..., lança Massart avec mépris, et nous, nous essuyons les plâtres, comme d'habitude...

Il s'installa face à Beaumont et alluma une cigarette.

– J'ai interrogé tous les gardiens de l'équipe de nuit, et ceux de l'équipe de jour. Aucun d'entre eux n'a relevé quoi que ce soit d'anormal la nuit du meurtre ni le jour d'avant. Ils n'ont rien vu et rien entendu. J'ai également parlé à monsieur Monturo, le responsable de la sécurité. Il m'a certifié ne jamais se séparer de ses clefs. C'est tout juste s'il ne dort pas avec !

– Oui, j'ai eu droit au même type de réponse de la part des autres responsables du château. Cela ne nous avance guère..., rétorqua Beaumont en soupirant.

– J'ai également rencontré la famille de la victime. Ils m'ont donné les noms de deux ou trois personnes qu'elle fréquentait. Je suis allé les voir, mais je n'ai rien appris d'intéressant. Aucun d'entre eux ne l'a vue la veille du meurtre et ils ont tous un alibi. D'après les parents, la jeune fille était calme et réservée. Elle n'avait pas de mauvaises fréquentations, et songeait plus à ses études de droit qu'aux loisirs. Je leur ai aussi demandé si elle portait un collier ou un pendentif, en rapport avec les meurtrissures qu'elle avait au cou, mais ils ont été formels : Marie Métivier avait horreur des bijoux et elle n'en portait jamais. Elle avait son propre appartement depuis un an, mais ses parents, inquiets de ne pas réussir à la joindre le soir du meurtre, avaient téléphoné au commissariat du quartier. Elle leur avait dit qu'elle passerait la soirée à étudier. Ah, autre chose : elle n'avait aucun problème de sommeil et, à leur connaissance, elle n'avait jamais pris le moindre somnifère.

– Bien, nous pouvons donc écarter l'hypothèse du meurtre commis pour voler. Du reste, je m'en doutais un peu. Si on avait seulement voulu lui voler son collier, on n'aurait pas pris la peine de la droguer... et l'argent liquide aurait également été dérobé. Le mobile est autre... Ce somnifère lui aura été administré pour éviter qu'elle n'oppose trop de résistance à son agresseur...

– Mais pour lui faire prendre le somnifère, il a bien fallu que l'assassin s'approche d'elle. Comment a-t-il fait ?

– Je l'ignore. Toujours est-il que l'effet escompté s'est produit. Marie Métivier a été assassinée à bout portant, sans aucune résistance. Toutefois, quelque chose me chiffonne : la victime avait les yeux ouverts lorsqu'elle a été tuée. Alors pourquoi aurait-on pris la peine de la droguer si c'était pour attendre son réveil avant de la tuer ? C'est étrange...

Au bout de quelques minutes, Beaumont se leva et tendit le rapport de l'expertise balistique au commandant.

– Tenez, Massart, voici les dernières nouvelles. Vous apprendrez là-dedans que l'arme du crime, un MAS G1, a déjà été utilisée dans l'agression d'une station-service près de Corbeil il y a deux ans. L'affaire n'a pas été résolue, mais je vais néanmoins jeter un œil dans le dossier. On ne sait jamais...

Massart croisa les jambes et examina ses ongles.

– J'espère que vous y trouverez quelque

chose, commissaire. C'est très ennuyeux, mais il faut bien avouer que nous n'avons pas l'ombre d'une piste, ni d'un côté ni de l'autre. Si je résume la situation, les personnes possédant les clefs du château ne s'en sont jamais séparé et elles ont toutes un alibi. Les gardiens n'ont rien vu ni rien entendu et, d'après son entourage, Marie Métivier était une sorte de petite fille modèle à qui personne n'avait de raison d'en vouloir. Je ne vois que deux solutions. Soit l'une de ces personnes ment et elle est complice, voire coupable de ce crime, soit Marie est morte par l'opération du Saint-Esprit et son corps a flotté tout seul jusqu'aux jardins de Versailles !

– Vous résumez assez bien, Massart, répliqua le commissaire d'un ton goguenard. Mais de grâce, ne répétez pas tout ça devant le divisionnaire !

Il alluma à son tour une cigarette.

– Ne soyons pas trop défaitistes. L'enquête débute à peine. Nous pouvons encore espérer trouver de nouvelles informations. Grâce à l'étude balistique, nous savons avec quelle arme le crime a été commis. Vous pouvez déjà brancher nos indics sur cette piste. Qu'ils restent aux aguets, et qu'ils nous préviennent si quelqu'un essaie de se débarrasser d'un MAS G1 sous le manteau. Pour ma part, il me reste à rencontrer le responsable des installations hydrauliques du château de Versailles. Il était absent lors de ma dernière visite. On ne sait jamais, peut-être qu'il aura perdu son trousseau de clefs...

Le téléphone sonna. C'était Mégane. Elle se trouvait dans les environs et elle lui proposa de déjeuner avec elle. Beaumont accepta immédiatement et lui donna rendez-vous un quart d'heure plus tard. Lorsqu'il raccrocha, il croisa le regard de Massart et eut la désagréable impression que ce dernier n'avait pas perdu une miette de sa conversation avec Mégane. Il lui sembla même déceler dans ses yeux la même lueur de mépris qu'il y avait vue un peu plus tôt, lorsqu'il avait évoqué l'épouse du divisionnaire Maurel.

*

Charles Salvi, le responsable des fontaines de Versailles était en congé à l'étranger pour une semaine. Forcé d'attendre jusque-là, le commissaire se rendit à l'antenne P. J. d'Evry pour y étudier l'affaire de la station-service. En feuilletant les pages du dossier, il apprit qu'un individu portant une cagoule sur le visage avait braqué le pompiste pour s'emparer de la caisse. L'homme qui avait été tué était un client qui avait tenté de s'interposer. Le dossier contenait les témoignages de plusieurs autres clients qui avaient assisté à la scène. Après avoir tiré, le braqueur s'était enfui avec la caisse. La police n'avait pas réussi à l'identifier et l'affaire avait été classée sans suite. L'étude balistique réalisée à partir de la balle extraite du cadavre avait révélé que l'arme du crime était un MAS G1, celui-là même qui avait tué Marie Métivier. L'arme n'avait bien sûr pas été achetée de façon légale, et n'était pas enregistrée chez les armuriers. Elle n'avait jamais été retrouvée, aussi, l'hypothèse que le braqueur d'il y a deux ans soit également le meurtrier d'aujourd'hui n'était donc pas à écarter. Restait bien sûr à découvrir le mobile, puisque selon toute apparence, rien n'avait été dérobé à la jeune femme. Poussant un soupir, Beaumont referma le dossier. De toute évidence, il n'y apprendrait rien de plus. Il décida tout de même de remettre deux de ses hommes sur cette affaire. Peut-être qu'en reprenant tout depuis le début, ils seraient susceptibles de découvrir un élément nouveau qui les conduirait jusqu'au braqueur et à son MAS G1, et les rapprocherait ainsi du tueur de Versailles. Il regagna son appartement en se demandant comment il allait s'y prendre pour faire avancer son enquête s'il ne disposait pas d'indices plus importants. Il détestait piétiner ainsi, sans aucun repère fiable, sans compter la pression que ne manqueraient pas de lui faire subir le divisionnaire et le procureur de la République.

Le lendemain était un dimanche. Beaumont s'accorda le plaisir de faire la grasse matinée, puis se leva sans hâte et s'installa devant la télévision avec un copieux petit déjeuner. C'était l'un des avantages de la vie de célibataire. Pouvoir fainéanter en toute tranquillité, sans personne pour vous dire de faire ceci ou cela. Son café à peine bu, il entendit le présentateur du journal télévisé annoncer une nouvelle qui laissa le commissaire interloqué, sa tasse dans une main, sa tartine beurrée dans l'autre. Son téléphone portable se mit brusquement à sonner au même moment. C'était le divisionnaire Maurel.

– Finie la détente, Beaumont. Venez tout de suite me rejoindre au bureau. Je vous attends pour me rendre au château de Versailles. Massart est déjà sur place avec vos hommes.

– Je viens de voir les informations...

Sans l'écouter, le divisionnaire poursuivit.

– Attendez-vous à de l'animation dans les jours qui viennent, Beaumont. Vous avez un deuxième meurtre sur les bras. Le cadavre d'une jeune femme a été retrouvé ce matin dans la chapelle du château !

III

Une agitation extrême régnait dans la cour du château de Versailles. Outre l'équipe de l'Identité judiciaire déjà sur place, une multitude de touristes se pressait autour de la chapelle en affichant des mines à la fois effrayées et intéressées. Beaumont emboîta le pas du divisionnaire qui se dirigeait déjà vers l'intérieur de l'édifice. La porte avait été condamnée par les policiers pour empêcher la foule d'entrer. La chapelle de Versailles, haute de plus de vingt-cinq mètres était consacrée à Saint-Louis, le roi des Croisades et le saint patron de la monarchie française. Elle était dominée par une tribune située au même étage que les appartements royaux. C'est de là que le Roi-Soleil, puis son arrière-petit-fils Louis XV dit « le bien-aimé » et enfin le petit-fils de ce dernier, le malheureux roi Louis XVI, assistaient à la messe quotidienne. Ils ne descendaient dans la nef que pour les grandes occasions. C'étaient habituellement les courtisans qui s'y tenaient, tandis que les dames de la Cour emplissaient les tribunes latérales. La Musique de la Chapelle, renommée dans toute l'Europe, garnissait les gradins qui entouraient l'orgue. Beaumont aperçut le commandant Massart, l'air toujours impassible, et se dirigea vers lui.

– Que s'est-il passé ?

– À peu près la même chose que la dernière fois, commissaire. Sauf qu'aujourd'hui, la victime est blonde et qu'elle est exposée sur l'autel au lieu d'être allongée dans le parc.

Beaumont s'approcha du centre de la nef. Dans la lumière tamisée, l'autel brillait de l'éclat de ses bas-reliefs de bronze doré, avec à sa base la Déposition du Christ par Van Clève, et au sommet le triangle, symbole de Dieu. Déposé là comme une offrande, le corps d'une femme était étendu. Elle portait une veste de cuir fauve tachée de sang, et ses longs cheveux blonds qui pendaient de l'autel semblaient tirer son visage en arrière. Ses yeux bleus grand ouverts avaient une expression de candeur presque enfantine. Son visage était pâle et, sur son front, une étoile sanglante révélait l'impact de la balle qu'elle avait reçue. Sur sa joue droite, des marques de griffures étaient nettement visibles. Ses jambes étaient repliées sous elle, et ses bras en croix semblaient se tendre vers la magnifique voûte peinte et les chefs-d'œuvres de sculpture délicatement ciselés dans la pierre qui ornaient le plafond. Beaumont détourna la tête. Il sentit sur sa nuque le poids du regard réprobateur du divisionnaire et, en quête de compagnie plus agréable, il chercha des yeux Mégane. Il l'aperçut, en train de discuter avec des gars de l'I. J. Elle lui sourit et, venant le rejoindre, elle posa une main compatissante sur son épaule.

– J'ai comme l'impression que tu vas te retrouver sous les feux de la rampe, murmura-t-elle à voix basse, ou plus exactement dans la ligne de mire...

– Tu mets dans le mille, répliqua-t-il sur le même ton. Maurel me regarde déjà comme si j'avais tué moi-même cette pauvre fille. Si je ne retrouve pas très vite le salaud qui a fait ça, je risque d'avoir de sérieux ennuis ! Le problème, c'est que je n'ai aucune piste sérieuse pour le moment.

– Peut-être découvrirons-nous des éléments nouveaux lors de l'autopsie. Nous allons faire emmener le corps d'une minute à l'autre. Je t'appelle dès que possible.

– Merci, Meg.

Le regard absent, le commissaire revint vers son adjoint.

– J'ai à nouveau inspecté les grilles avec les gardiens, ainsi que la serrure de la porte de la chapelle. Encore une fois, aucune trace d'effraction. Étant donné qu'il est plus difficile de se cacher ici que dans le parc, j'en déduis que l'assassin doit forcément avoir la clef. Et comme il y a des travaux dans la chapelle, l'alarme n'y était pas branchée.

Beaumont ne répondit pas, absorbé par ses réflexions.

– Vous pensez que c'est le même type qui a fait le coup, commissaire ? insista Massart.

– Je ne peux rien affirmer avant d'avoir les résultats de l'autopsie et de l'étude balistique. Néanmoins, cela ressemble au scénario de la dernière fois : cadavre féminin, balle dans la tête, château de Versailles et absence d'effraction. La presse va s'empresser de classer notre affaire dans la catégorie des meurtres en série. Recommandez bien à tous nos hommes de ne pas dire un mot aux journalistes pour le moment.

Beaumont s'éloigna, ses pieds glissant sans bruit sur le dallage de marbre de style baroque. Les flashes des techniciens de scène de crime crépitaient autour du cadavre. Le commissaire eut brusquement hâte de quitter les lieux. Il constata avec soulagement que Maurel était en grande conversation avec un homme à l'autre bout de la chapelle. Il s'apprêtait à rejoindre Massart pour mettre au point une stratégie d'enquête concernant ce nouveau meurtre lorsque le divisionnaire l'interpella.

– Beaumont, pouvez-vous venir un instant ?

Sans hâte, le commissaire le rejoignit et c'est seulement en arrivant près de lui qu'il reconnut l'homme avec lequel il discutait : c'était monsieur Evrard. Il semblait dans tous ses états et ne cessait de s'éponger le front avec son mouchoir. Beaumont s'attendait encore à une diatribe au sujet de la réputation du domaine qui risquait d'être entachée par les crimes, mais le président devait avoir déjà servi sa litanie au divisionnaire, car il salua Beaumont en silence et se tint coi. C'est Maurel qui prit la parole.

– Beaumont, ce qui vient d'arriver se passe de tout commentaire. Deux meurtres en une semaine, inutile de vous dire que nous allons être mis sur la sellette. Je compte donc sur vous pour retrouver au plus vite le ou les auteurs de ces crimes afin que justice soit faite. Vous savez comme moi que la presse va s'emparer de cette affaire, et que, comme à l'accoutumée, elle n'hésitera pas à nous déchirer à belles dents. Malheureusement pour nous, le corps a été découvert alors que le site avait déjà ouvert ses portes au public. La chapelle étant actuellement en réfection, les gardiens n'y sont pas entrés. C'est madame Bédélin qui a donné l'alerte vers dix heures en pénétrant ici pour y travailler. La nouvelle s'est ensuite répandue comme une traînée de poudre !

L'image de cette dame aimable qui

l'avait si bien guidé dans le château lors de sa dernière visite traversa l'esprit du commissaire. Pauvre madame Bédélin ! Le sinistre spectacle avait dû la changer des splendeurs de jadis qu'elle affectionnait tant.

– De plus, reprit le divisionnaire, il est également urgent de résoudre cette affaire d'un point de vue plus personnel...

Beaumont haussa des sourcils interrogateurs. Maurel s'était tu et regardait monsieur Evrard. Celui-ci plissa les lèvres et se tordit les mains en un geste désespéré. Il leva un regard implorant vers Beaumont.

– Commissaire, c'est terrible. J'envisage de faire changer les serrures extérieures du château. Il est quasiment certain à présent que l'assassin en possède les clefs. Je n'insisterai pas sur les dommages que cette mauvaise publicité va causer à notre beau domaine, car je suis préoccupé par un fait autrement plus troublant...

– C'est-à-dire ?

Evrard soupira et baissa les yeux.

– Il se trouve que je suis dans une situation quelque peu délicate..., lâcha-t-il en s'épongeant à nouveau le front. Cette fille qui a été tuée...

– Eh bien quoi ?

– Oh, commissaire, c'est épouvantable ! lâcha Evrard d'une voix hachée, cette pauvre petite... c'est la fille de monsieur Salvi !

*

Le soir même, Beaumont avait en main tous les résultats dont il avait besoin. Le médecin légiste, l'équipe de l'I. J. et les experts en balistique n'avaient pas hésité à travailler tout le dimanche pour lui fournir leurs rapports respectifs au plus vite. Comme il s'en doutait déjà, tous les éléments concordaient avec ceux du meurtre précédent : même méthode, mêmes traces de somnifère dans le sang de la victime, traces de violence faites post-mortem sur le corps, balle provenant du même pistolet. Néanmoins cette fois, la douille n'avait pas été retrouvée sur les lieux du crime. L'heure du décès était estimée dans la nuit du samedi au dimanche, entre minuit et deux heures du matin. Beaumont soupira. Il se retrouvait bel et bien face à un « serial killer », ce qui laissait, hélas, craindre qu'il n'allait pas s'arrêter là. Une bouffée de rage lui monta au visage et il serra les poings. Comment déceler une piste au milieu de ce chaos ? Massart avait à nouveau interrogé tout le personnel, et comme la première fois, personne n'avait rien vu ni rien entendu. Louise Salvi avait été assassinée et abandonnée sur l'autel de la chapelle royale sans que quiconque ne remarque quoi que ce soit. Cela paraissait presque invraisemblable. Et puis il y avait cette histoire de serrures non forcées. Beaumont était à présent certain que l'assassin détenait un jeu de clefs lui donnant accès au domaine. Pourtant, tous ceux qui en possédaient un certifiaient ne s'en être jamais séparés. Cela signifiait-il qu'il devait chercher le coupable parmi ces gens ? Ou que l'un d'entre eux puisse être complice de ces crimes ? En tout cas, le commissaire ne pouvait plus croire au hasard. L'assassin, quel qu'il soit, avait volontairement choisi le cadre du château de Versailles pour y abandonner les dépouilles de ses victimes. Pourquoi ? Ces murs renfermaient-ils un mystère ignoré de tous ? L'assassin cherchait-il à se venger de quelqu'un ayant un rapport avec ces lieux ? Cela pouvait être une possibilité pour Louise Salvi, mais pas pour Marie Métivier, du moins en apparence. Le commissaire se renfonça dans son fauteuil. Pourquoi Versailles ? Se pouvait-il que l'auteur de ces crimes soit tout simplement un fanatique de la monarchie absolue, un illuminé croyant honorer ces lieux en y accomplissant des crimes qu'il voulait faire passer pour un acte hors du commun ? Les possibilités étaient multiples. Il décrocha son téléphone et appela son adjoint.

– Massart, ici le commissaire Beaumont. J'aimerais que demain matin, vous vous rendiez à la bibliothèque de Versailles. Il est probable qu'ils ont un fichier pour recenser toutes les personnes inscrites et les ouvrages qu'elles empruntent. Souvenez-vous, Marie Métivier avait une carte de bibliothèque dans son sac. Peut-être est-ce là qu'elle a été repérée par son meurtrier. Je veux savoir si Louise Salvi y était également inscrite. Pour commettre des crimes exclusivement au château de Versailles, ce type est peut-être un fanatique passionné d'histoire. Je veux que vous me trouviez les noms de tous ceux qui ont consulté plusieurs titres sur les rois de France, la monarchie absolue et le château de Versailles au cours de ces derniers mois. On ne sait jamais, cette piste nous conduira peut-être quelque part.

Dès le lendemain, Beaumont retourna au château. Il y trouva le directeur en compagnie de monsieur Salvi, revenu de l'étranger depuis quelques heures. L'homme devait avoir la cinquantaine, ses cheveux grisonnants étaient en désordre et ses yeux étaient rouges. Très digne dans sa douleur, il salua le commissaire en redressant la tête.
– Je suis monsieur Salvi, le père de la jeune femme que l'on a assassinée...
Sa voix faillit se briser sur les derniers mots.
– Si je peux vous aider de quelque manière que ce soit, commissaire...
– Je suis désolé, monsieur, dit Beaumont en lui serrant la main. Bien que le moment soit sans doute mal choisi, j'aimerais en effet vous poser quelques questions.

Salvi hocha la tête sans répondre. Beaumont enchaîna.

– Tout d'abord, votre fille avait-elle des ennemis ? Connaissez-vous quelqu'un qui ait pu lui en vouloir au point de s'en prendre à sa vie ?

Salvi réfléchit quelques instants avant de répondre.

– Franchement, je ne vois pas. Louise était appréciée par tout son entourage... Mais je suppose que tous les pères disent cela, n'est-ce pas, commissaire ? Il y avait bien son ancien petit copain, mais je ne crois pas qu'il ait été capable de la tuer...

Beaumont haussa les sourcils.

– Son ancien petit copain ?

– Oui, un garçon instable et, pour tout dire, assez malsain. Louise l'a fréquenté quelques mois en dépit de notre désapprobation, mais elle a fini par ouvrir les yeux et le quitter. Il a plutôt mal pris la chose et ne cessait de la harceler pour qu'elle revienne sur sa décision. Mais de là à la tuer...

– Il ne faut négliger aucune piste, monsieur Salvi. Pouvez-vous me donner le nom et l'adresse de ce garçon ?

– Il s'appelle Christophe Dupin et il

doit avoir environ vingt-cinq ans. Je n'ai pas son adresse exacte, mais je sais qu'il vit dans le quatrième arrondissement de Paris.

– Bien, je passerai lui faire une petite visite. Autre chose, en tant que responsable des installations hydrauliques du parc, vous possédez les clefs des grilles, n'est-ce pas ?

– C'est exact.

– Les avez-vous récemment égarées ou laissées dans un endroit où elles auraient pu vous être momentanément subtilisées ?

– Non, commissaire. Les clefs du château sont accrochées à mon trousseau personnel et je veille à ce qu'il se trouve toujours en lieu sûr.

– Bien, dit Beaumont en se levant. Je vais aller voir ce Dupin. Quoi qu'il en soit, monsieur, soyez assuré que je ferai mon possible pour retrouver le meurtrier de votre fille et l'envoyer derrière les barreaux.

Monsieur Salvi hocha la tête en silence, et ses yeux s'embuèrent.

– Vous avez des enfants, commissaire ?

– Non, répliqua Beaumont avec douceur.

– Je suis veuf et Louise était ma seule fille. En la perdant, j'ai perdu mon bonheur et ma raison de vivre. Retrouvez cet homme, commissaire. Mais je vous préviens tout de suite que vous n'aurez pas l'occasion de le mettre derrière les barreaux. Dès que je saurai qui il est, je le tuerai !

*

En quittant le château, Beaumont décida d'aller prendre un café. Il s'installa à la terrasse d'un bar et ferma les yeux un instant, laissant la caresse du soleil détendre les muscles tendus de son visage. Il songea à monsieur Salvi, et à sa promesse de faire justice lui-même lorsque l'assassin serait identifié. Y avait-il quelque chose de pire que de perdre un enfant ? En attendant, il fallait mettre le château de Versailles sous haute surveillance. Si le tueur se manifestait une troisième fois, il y avait de fortes chances pour que cela se passe à nouveau là-bas. Son intention immédiate était d'aller rendre visite à Christophe Dupin, l'après-midi, afin de l'interroger sur son emploi du temps de la veille. Il consulta sa montre. Il était onze heures trente. Il décida d'aller manger un morceau et de filer au bureau pour obtenir l'adresse exacte de l'ancien petit ami de Louise Salvi. Son téléphone portable se mit à sonner. C'était le commandant Massart.

– Où êtes-vous, commissaire ?

– Le temps de déjeuner sur le pouce et je serai au bureau. Que se passe-t-il ?

Il y eut un silence à l'autre bout du fil.

– Avez-vous lu la presse de ce matin ? reprit finalement Massart.

Beaumont se figea, et le ciel lui parut brusquement moins bleu.

– Non, j'ai directement filé au château où j'ai rencontré le père de la victime. Faisons-nous déjà la une des journaux ?

– Ils n'ont pas perdu de temps, commissaire, c'est le moins qu'on puisse dire. Vous devriez venir tout de suite. Le divisionnaire est furieux...

Beaumont soupira. La charge de poudre avait explosé encore plus vite qu'il l'avait redouté.

– J'arrive.

Il paya son café et se leva. Dans sa précipitation, il heurta de plein fouet une jeune femme qui s'apprêtait à entrer dans le bar. Les dossiers qu'elle portait sous le bras tombèrent sur le sol et s'éparpillèrent en tous sens.

– Je suis vraiment désolé, mademoiselle, s'excusa Beaumont en s'agenouillant pour l'aider à ramasser les documents.

– Ce n'est rien, vous ne l'avez pas fait exprès, commissaire, répondit-elle d'une voix douce.

Surpris, Beaumont leva les yeux vers elle. Son visage lui parut familier.

– Mais je vous connais ! s'exclama-t-il, je vous ai vue dans la galerie des Glaces, au château. Vous êtes mademoiselle... Attendez, ne me dites rien. Mademoiselle... Berger ! Marie Berger, n'est-ce pas ? Vous êtes l'assistante de madame Bédélin.

– En effet, commissaire. Vous avez une excellente mémoire...

– C'est utile dans mon métier, répondit Beaumont en souriant. Encore une fois, veuillez m'excuser de vous avoir bousculée.

– C'est sans importance, je vous l'ai dit. Que faites-vous ici ?

Le regard de Beaumont s'assombrit.

– Comme vous le savez sûrement, le château de Versailles ayant été le théâtre d'un nouveau meurtre, il semble que je sois destiné à rôder dans le coin.

D'une main, Marie Berger serra ses dossiers contre sa poitrine tandis que de l'autre, elle repoussa une mèche de cheveux mordorés qui s'obstinait à voiler son regard. Beaumont ne put s'empêcher de la trouver très jolie. Ses yeux noisette piquetés de vert se détournaient de façon charmante lorsqu'on la fixait avec trop d'insistance, sa bouche était fine et bien dessinée et sa chevelure châtain clair semée de mèches blondes semblait avoir capturé la lumière du soleil. Elle hocha la tête.

– Je vous avoue que ces affreux crimes me donnent des cauchemars..., murmura-t-elle avec réticence. C'est à peine si j'ose pénétrer dans le château, à présent... Il me semble y sentir une présence hostile...

– Ne vous inquiétez pas, nous finirons par mettre la main sur le maniaque qui a fait ça, et vous n'aurez plus à avoir peur.

La jeune femme se contenta de fixer le sol sans répondre. Beaumont finit par rompre le silence.

— Je dois partir à présent, dit-il, une pointe de regret dans la voix. Au revoir, mademoiselle Berger. À bientôt peut-être...

— Au revoir, commissaire. Bonne chance !

En arrivant dans les locaux de la P. J., Beaumont prit une profonde inspiration. Il savait d'avance qu'il allait subir une scène désagréable. Comme chaque fois que la presse avait fait ses choux gras d'un crime non encore élucidé, le divisionnaire n'hésiterait pas à se défouler sur son personnel. Son impression se confirma dès qu'il poussa la porte du bureau de son supérieur. Maurel avait la mâchoire contractée et ses yeux lançaient des éclairs furibonds. Près de lui, Massart était assis, et, fait exceptionnel, son masque habituellement impénétrable avait fait place à une expression légèrement tendue. Maurel passa tout de suite à l'offensive.

— Eh bien, Beaumont, où étiez-vous

encore passé ? Vous n'êtes pourtant pas payé pour jouer à cache-cache, que je sache ?

– Aussi n'y jouais-je pas, monsieur le divisionnaire, répondit calmement Beaumont. J'étais au château de Versailles, où j'ai rencontré le père de la victime.

– Quelle victime ? La première ou la seconde ? À moins qu'il ne s'agisse du père de la future victime, celle que nous retrouverons morte dans quelques jours ?

Sans aménité, il prit un journal sur son bureau et le lança en direction de Beaumont. En première page s'étalait un titre particulièrement frappant : « *Meurtres à la cour du Roi-Soleil* ». L'article ne lésinait pas sur les détails. Les deux victimes étaient nommées et le lecteur avait droit à la description des lieux où l'on avait retrouvé les corps. Louise Salvi était présentée comme une « *offrande déposée sur l'autel de la royauté* », Marie Métivier comme la « *victime de la Camarde errant la nuit dans les jardins du roi* ». Beaumont secoua la tête, écœuré. Ces corbeaux de journalistes ne respectaient rien, pas même la douleur des familles. Ils osaient même insinuer que la prochaine victime serait peut-être retrouvée au milieu de la galerie des Glaces avant que la police ne parvienne à identifier l'auteur de ces crimes, et parlaient d'« *affaire des poisons version vingt-et-unième siècle* ».

Beaumont reposa le journal et attendit l'explosion du divisionnaire, qui ne fut pas longue à venir.

– Alors, Beaumont, c'est tout ce que vous trouvez à dire ? Cela ne vous fait donc ni chaud ni froid de nous voir ainsi ridiculisés par les journalistes ? Méfiez-vous, Beaumont, c'est peut-être moi qui vais avoir toutes les autorités sur le dos, mais comptez sur moi pour avoir des retombées si vous ne me bouclez pas très vite cette enquête ! Savez-vous qui m'a téléphoné ce matin à la première heure ? Le préfet en personne ! Et croyez-moi, ce n'était pas pour avoir des nouvelles de ma santé. Tout le monde est sur les dents, et j'ai l'impression que vous ne vous rendez pas bien compte de la situation : deux meurtres en moins d'une semaine ! Non seulement notre réputation est en jeu, mais la menace d'une récidive pèse sur la population. Les femmes sont terrorisées !

Alors qu'attendez-vous pour faire quelque chose ?

Beaumont avait patiemment laissé le divisionnaire vider son sac. Bien qu'il n'apprécie pas particulièrement de jouer les punching-balls, l'expérience lui avait appris que le meilleur moyen d'en finir rapidement avec les foudres de Maurel était de le laisser se défouler. En effet, au bout de quelques instants, le divisionnaire se laissa tomber dans son fauteuil et s'épongea le front. Beaumont lança un coup d'œil en direction de son adjoint et prit la parole à son tour.

– Monsieur le divisionnaire, contrairement à ce que vous semblez croire, je me rends parfaitement compte de la situation, et j'ai bien l'intention de mettre un terme aux exploits de l'assassin. Toutefois, ne disposant d'aucune baguette magique, je suis obligé d'employer la manière traditionnelle, c'est-à-dire visiter, interroger, soupçonner, découvrir. Mais pour cela j'ai besoin d'un minimum de temps, et...

– Mais du temps, nous n'en avons pas ! coupa Maurel, furieux. Avez-vous une piste, au moins ?

– J'ai rencontré monsieur Salvi ce matin au château. Il est dans un sale état, et parle même de faire justice lui-même dès qu'il saura qui a tué sa fille. Il a mentionné un type qui pourrait être suspect, l'ancien petit copain de Louise, un certain Dupin. J'allais lui rendre visite quand Massart m'a téléphoné.

– Eh bien, allez-y, et faites en sorte que cette visite soit utile ! Quant au château de Versailles...

La sonnerie du téléphone interrompit la conversation. Maurel décrocha, et ses deux collègues purent entendre une voix féminine particulièrement virulente sortir du combiné. L'interlocutrice de Maurel, son épouse de toute évidence, débitait un flot de reproches à voix si haute que Beaumont et Massart n'en perdaient pas une miette, et évitaient de se regarder pour ne pas se trahir.

– Écoute, Giuliana, nous en parlerons ce soir ! coupa le divisionnaire, exaspéré. Figure-toi que j'ai autre chose à penser, tu me déranges au milieu d'un rendez-vous très important ! Je ne peux pas te parler davantage !

Il raccrocha furieusement et, pour se

donner une contenance, fouilla dans les tiroirs de son bureau. Beaumont, quant à lui, approuvait intérieurement madame Maurel, qui traitait visiblement son mari comme lui avait coutume de traiter les autres. Il jeta un œil vers Massart, s'attendant à le voir comme lui très amusé par la scène, mais son adjoint ne riait pas. Les yeux fixés sur le divisionnaire qui fouillait toujours son bureau, son visage reflétait une telle expression de mépris et de haine que Beaumont en fut impressionné. Se sentant observé, Massart tourna la tête et reprit instantanément son habituelle allure impassible. Maurel toussota.

– Bien, je disais donc qu'en ce qui concerne le château de Versailles, il faut immédiatement le mettre sous haute surveillance. Vous pensez bien que si notre tueur a l'intention de remettre ça, il va sûrement laisser un nouveau cadavre quelque part au château. Y aviez-vous songé, commissaire ?

– C'est exactement ce que j'avais prévu de faire. J'irai voir monsieur Evrard ce soir pour prendre les dispositions nécessaires.

Beaumont et Massart quittèrent le bureau du divisionnaire. Le commissaire se dirigea vers la machine à café. On y buvait un véritable jus de chaussettes, mais il avait néanmoins besoin de prendre quelque chose.

– Au fait, commissaire, dit Massart, je suis passé à la bibliothèque comme vous me l'aviez demandé. Le responsable m'a promis de me donner d'ici quarante-huit heures la liste des lecteurs ayant consulté plusieurs ouvrages sur la monarchie et sur Versailles.

– Bien. Prévenez-moi dès que vous l'aurez. Cela pourrait nous aiguiller.

*

Christophe Dupin habitait au premier étage d'un petit immeuble modeste, dans le quatrième arrondissement de Paris. Il ouvrit la porte au bout de la troisième sonnerie. Visage mal rasé, tenue débraillée et mégot aux lèvres, il dévisagea le commissaire sans la moindre aménité.

– Commissaire Beaumont, de la P. J. de Versailles, dit celui-ci en présentant sa carte. Je souhaiterais vous poser quelques questions au sujet du meurtre de Louise Salvi.

— Je n'ai rien à dire à ce sujet ! rétorqua l'homme en tentant de refermer la porte.

— Je ne ferais pas cela, si j'étais vous, dit froidement Beaumont en s'interposant. Si vous refusez de coopérer, vous pourriez vite vous retrouver en tête de la liste des suspects.

— Mais pourquoi ? Louise et moi, on n'était même plus ensemble ! J'ai rien à voir avec tout ça !

— Elle était donc bien votre petite amie ?

— Elle ne l'était plus. Elle m'a plaqué, et comme vous le voyez, ça ne lui a pas porté bonheur ! Elle en avait rien à foutre que je souffre, et en fin de compte, c'est elle qui a souffert puisqu'elle s'est fait buter. C'est bien fait pour elle !

— Vos paroles me semblent imprégnées d'un ressentiment flagrant, monsieur Dupin. Ne serait-ce pas vous qui avez voulu la faire souffrir comme vous avez souffert ?

Dupin écarquilla les yeux.

— Non, mais ça ne va pas, non ? Vous m'accusez d'avoir tué Louise ?

— Son père nous a fait part du harcèlement que vous lui faisiez subir pour qu'elle revienne sur sa décision de rompre. Et de plus, vous paraissez plutôt satisfait de sa mort, il me semble...

— Le vieux m'a toujours détesté. Il trouvait que je n'étais pas assez bien pour sa fille et il n'a eu de cesse de lui monter la tête contre moi jusqu'à ce qu'il la convainque de me quitter ! C'est bien fait pour lui aussi ! Je pense qu'ils n'ont eu que ce qu'ils méritaient, oui, mais ça ne fait pas de moi un assassin !

— C'est à moi d'en juger, monsieur Dupin, répliqua fermement le commissaire. Où étiez-vous samedi soir entre minuit et deux heures du matin ?

Christophe Dupin se gratta la tête avec réticence.

— Eh bien, pour autant que je me souvienne, je n'ai pas bougé d'ici. Vers huit heures, je suis descendu au coin de la rue pour louer un DVD et je suis remonté. C'est tout.

— Je vais vérifier tout ça. Quel est le film que vous avez loué ?

Dupin afficha un sourire caustique.

— Ça s'appelle *Les chaudes soirées de*

Sophie. Je ne l'ai pas encore ramené. Ça vous intéresse de le regarder ?

Beaumont ignora la remarque.

– Si je comprends bien, vous n'avez aucun témoin susceptible de confirmer votre présence ici entre minuit et deux heures du matin ?

Le sourire de Dupin s'effaça.

– Non, j'étais seul. Il me semble vous avoir déjà dit que je n'étais pour rien dans tout ça ! Je ne peux pas vous prouver que j'étais ici, commissaire, mais vous, vous ne pouvez pas prouver que je n'y étais pas, n'est-ce pas ?

Il dévisagea Beaumont d'un air goguenard.

– Alors, commissaire, est-ce que vous allez m'arrêter ?

Beaumont croisa les bras et le regarda fixement.

– Pas pour le moment, Dupin. Toutefois, je vous conseille de vous tenir à carreau, et de ne pas bouger du quartier pour le moment. Autre chose, connaissiez-vous une jeune femme nommée Marie Métivier ?

– Jamais entendu ce nom-là ! rétorqua Dupin.

– Pourtant vous lisez sûrement le journal... Ce nom y était mentionné récemment... C'était le nom de la première femme dont nous avons retrouvé le cadavre à Versailles...
– Et alors ? jeta Dupin d'un ton provocant.
Beaumont le dévisagea sans aménité.
– Encore une fois, Dupin, restez dans les environs, dit-il froidement, juste au cas où j'aurais besoin de vous rencontrer à nouveau.

Le ton du commissaire était empreint de menace. Les deux hommes s'affrontèrent du regard, en silence. Beaumont s'apprêtait à sortir lorsqu'il se ravisa et revint sur ses pas.
– Au fait, Dupin, possédez-vous une arme à feu ?
L'autre le dévisagea avec haine avant de répondre par la négative.
– Vous en êtes bien sûr ? insista Beaumont. N'auriez-vous pas en votre possession un MAS G1, par hasard ? Vous savez, un de ces jolis petits pistolets automatiques ?
– Non ! répéta Dupin froidement.

Beaumont l'observa un instant en silence, puis tourna les talons et sortit. Dehors, le vent s'était levé et la température avait fraîchi. Sitôt installé dans sa voiture, il sortit son téléphone portable.

– Massart, c'est moi. Je viens de rencontrer Christophe Dupin, et il me fait l'effet d'un bonhomme peu recommandable. Vérifiez s'il ne possède pas d'arme à feu. Par ailleurs, je voudrais qu'un de nos hommes garde un œil sur lui, nuit et jour. Envoyez quelqu'un devant sa porte dès ce soir.

Il roula jusque chez lui en écoutant la radio d'une oreille distraite. Il passa devant le café où il se trouvait lorsque Massart l'avait appelé et cela lui fit songer à Marie Berger. Très jolie fille, vraiment. Dommage qu'elle soit si timide. Un bulletin d'information où il était à nouveau question du « tueur de Versailles » le ramena à ses préoccupations premières. Il tourna rageusement le bouton de l'autoradio, et acheva le trajet dans le silence.

IV

Monsieur Evrard s'épongea le front et poussa un soupir.

– C'est terrible, commissaire. Tout le monde ne parle plus que de cela. La fréquence des visiteurs a diminué de moitié depuis le second meurtre, et lorsque les gens viennent, ils passent plus de temps à chuchoter devant la chapelle ou le bosquet de la Colonnade en roulant des yeux terrorisés qu'à admirer les lieux. Allez-vous bientôt arrêter l'assassin, commissaire ?

Beaumont eut un petit sourire désabusé.

– Si cela ne tenait qu'à moi, cher monsieur, ce serait déjà fait. Mais figurez-vous que, dans ces cas-là, les coupables ne sont pas spécialement pressés de se faire prendre. Néanmoins, l'enquête suit son cours et j'ai la ferme intention d'arrêter ce criminel quel qu'il soit.

Monsieur Evrard soupira à nouveau.

– C'est terrible..., répéta-t-il. La semaine prochaine, j'attends la visite d'un groupe de riches américains qui financent régulièrement les travaux d'entretien du domaine. Qu'est-ce que je vais bien pouvoir leur dire ? Cette affaire donne une très mauvaise image de Versailles !

Beaumont se tourna vers le responsable de la sécurité, assis près du président.

– Récapitulons, monsieur Monturo. Vous doublez vos effectifs jusqu'à nouvel ordre, de jour comme de nuit. Je veux que tous les accès au château et au parc soient constamment surveillés. De mon côté, je vous enverrai des policiers pour seconder vos gardiens. Tout fait suspect devra être immédiatement signalé. Tout le monde devra ouvrir l'œil et le bon !

Il se leva et s'apprêta à prendre congé des deux hommes.

– Appelez-moi dès que la première équipe sera en place. Monsieur Evrard, veillez à ce que l'alarme fonctionne correctement partout dès l'heure de la fermeture.

– Je la vérifierai moi-même, commissaire.

Beaumont quitta le bureau et remonta le couloir dallé de marbre jusqu'à la sortie.
– Commissaire ? Commissaire Beaumont ?
Il se retourna et aperçut un homme assez jeune, à l'opulente chevelure d'un blond cendré qui lui faisait signe de l'attendre. Il fronça les sourcils, cherchant à se remémorer le nom de celui qui s'avançait vers lui. L'homme lui tendit la main.
– Je suis Laurent Robier, conservateur du Patrimoine. Vous souvenez-vous de moi, commissaire ? Vous m'aviez interrogé après que l'on ait retrouvé le premier cadavre dans le bosquet de la Colonnade...
– Exact, monsieur Robier, je cherchais à me souvenir de votre nom, mais je me rappelle très bien vous avoir rencontré. Comment allez-vous ?
– Très bien, merci, commissaire. Je guettais l'instant où vous quitteriez le bureau de monsieur Evrard car je voulais vous parler seul à seul.

Beaumont haussa les sourcils.

– Un problème ?

– Eh bien... Vous rappelez-vous, lors de notre dernière rencontre, vous m'aviez interrogé en présence de mon collaborateur, Christophe Jalabert. Du fait de sa présence, je n'ai pas été tout à fait honnête envers vous...

– Comment cela ? fit Beaumont intrigué.

– Je ne comptais parler de cela à personne..., continua Laurent Robier, mais depuis, une autre jeune femme a été tuée, et de plus, c'était la fille de monsieur Salvi... Alors, j'ai été pris de remords et j'ai décidé de tout vous dire.

– Au nom du ciel, monsieur Robier, si vous m'avez caché quelque chose susceptible de faire avancer mon enquête, il est temps de parler ! s'impatienta le commissaire.

– Eh bien, voilà... C'est au sujet de mon trousseau de clefs... La dernière fois, vous m'avez demandé si je l'avais déjà égaré, et devant mon collègue, je vous ai certifié que non. En fait j'ai menti...

– Vous aviez égaré vos clefs, et vous ne m'en avez rien dit ? s'exclama Beaumont.

– Je vous prie de m'excuser, commissaire, balbutia confusément Robier. Je sais qu'il s'agit d'une faute professionnelle grave, surtout à cause des conséquences qui en ont découlé. Mais sur le moment, je ne pensais pas que cela puisse avoir un lien. C'est après le second meurtre, quand l'assassin s'est introduit dans la chapelle, que j'ai compris qu'il devait avoir les clefs du domaine. Et que ces clefs pourraient bien être la copie des miennes.
– La copie ?
– Oui... Figurez-vous qu'environ quinze jours avant le premier meurtre, je me trouvais au bowling avec mon épouse. Nous aimons beaucoup le bowling, voyez-vous... Et j'ai la fâcheuse habitude de ne pas laisser ma sacoche au vestiaire afin de l'avoir sous la main au cas où j'en aurais besoin. Nous prenons toujours une table près de la piste, de cette façon, je peux garder un œil sur mes affaires pendant que je joue...

Impatient, Beaumont lui fit signe de poursuivre.

– Donc, ce soir-là, ma sacoche se trouvait comme d'habitude sur ma chaise avec ma veste et mon téléphone portable. Mon jeu de clefs se trouvait à l'intérieur de la sacoche. Il y avait beaucoup de monde au bowling. Ma femme et moi, nous disputions une partie particulièrement acharnée, et, au moment décisif, j'ai réussi un strike magnifique. Tous ceux qui l'ont vu m'ont applaudi. Quelques minutes plus tard, j'ai regagné ma table et, là, ma sacoche avait disparu !

– Qu'avez-vous fait alors ?

– Nous avons commencé par chercher partout, puis nous avons compris qu'elle avait été volée. J'étais dans tous mes états, comme vous pouvez l'imaginer. Non seulement ma sacoche contenait une grosse somme d'argent liquide, mais également tous mes papiers, ma carte bleue et le trousseau de clefs du château. Je me suis rendu immédiatement au poste de police le plus proche afin de signaler le vol.

– Mais vous êtes bien en possession de vos clefs aujourd'hui ? demanda Beaumont.

– Oui, car deux jours plus tard, la police m'a appelé. Ma sacoche avait été retrouvée au bord de la route nationale. Le voleur avait pris tout l'argent liquide, il y avait environ cinq cents euros, ainsi que ma gourmette en or, qui se trouvait dans ma sacoche car son fermoir était cassé. Il avait jeté le reste. Mes papiers et mes clefs se trouvaient à l'intérieur. Mais à présent, je me dis...

– Vous vous dites qu'en quarante-huit heures, celui qui a volé votre sacoche aurait eu largement le temps de faire refaire vos clefs, acheva Beaumont à sa place. À condition toutefois de savoir qu'elles ouvraient les portes du château de Versailles. Était-ce indiqué sur le trousseau ?

– Non... Mais tous mes papiers se trouvaient à l'intérieur de ma sacoche. Il y avait des cartes de visite mentionnant ma profession, et également des notes personnelles sur mon travail. Il était tout à fait possible de faire le rapprochement...

– Ce n'est pas à exclure, en effet. Monsieur Robier, vous rendez-vous compte que vous auriez dû me parler de tout ça depuis longtemps ?

Laurent Robier baissa la tête, confus.

– Je sais, commissaire. Encore une fois, je vous présente mes excuses. Je ne voulais pas passer pour quelqu'un d'irresponsable aux yeux de mon collaborateur.

Et puis à l'époque, je ne pensais pas que cela aurait une incidence...

– Tandis que maintenant, vous réalisez que vous vous êtes peut-être fait le complice involontaire d'un assassin en ne me disant pas toute la vérité ! trancha Beaumont. Bon, n'en parlons plus ! Il s'agit à présent de vous racheter en me disant tout ce que vous savez. Où se trouve ce bowling ?

– Dans la banlieue de Paris, sur une route assez isolée. En fait, c'est tout près de Corbeil. Ma sacoche a été retrouvée au bord de la route quelques kilomètres plus loin.

En entendant cela, le commissaire dressa l'oreille. Corbeil ! C'était là qu'avait eu lieu deux ans auparavant le braquage de la station-service avec le même pistolet que celui qui avait tué les deux jeunes femmes. Serait-il possible que le braqueur rôde toujours dans le coin et que ce soit lui qui ait volé la sacoche de Robier ? Mais pourquoi utiliser les clefs du château pour y tuer des femmes ? Logiquement, un braqueur est intéressé par l'argent, donc s'il trouve les clefs d'un lieu regorgeant d'objets de valeur, il serait plus tenté de s'en emparer et de prendre ensuite la poudre d'escampette, plutôt que d'y exposer des cadavres. À moins, bien sûr, qu'il ne s'agisse d'un malade mental, d'un psychopathe.

– Vous dites que la gourmette en or qui se trouvait dans votre sacoche a également été dérobée, monsieur Robier. Pouvez-vous me décrire ce bijou ?

– Le bracelet est en mailles Cartier. La plaque est très grosse, et il y a mon prénom, Laurent, et ma date de naissance, le 20 mai 1970, gravés au dos. Comme je vous l'ai dit tout à l'heure, le fermoir est endommagé. Je devais le faire réparer.

– Bien, je vous remercie. Ces informations me seront très utiles.

Beaumont prit congé du conservateur et, sortant de l'aile droite du château, il se retrouva dans la cour de Marbre. Il prit son téléphone et composa le numéro de l'un de ses indicateurs.

– José, ici le commissaire Beaumont.

Il y eut un silence à l'autre bout du fil.

– Commissaire, qu'est-ce qu'il vous prend de m'appeler à cette heure-ci ? Vous voulez me causer des ennuis ou quoi ? Vous avez de la chance que je sois seul. J'ai dit à votre adjoint que je vous contacterai moi-même si je trouvais quelque chose au sujet de l'arme.

– Oui, je sais, José. Mais figure-toi que ça urge ! Le braquage de la station-service et mes assassinats ont non seulement été commis avec la même arme, mais il y a de fortes présomptions qu'ils soient également l'œuvre de la même personne.

L'indic eut un grognement dubitatif.

– Je ne sais pas, commissaire. Vous savez, les armes achetées sous le manteau, ça va et ça vient. En principe, lorsqu'elles ont servi, elles changent de main. Il est rare que ceux qui les ont utilisées prennent le risque de les conserver !

– Eh bien, tu vas bouger tes fesses et chercher un peu mieux. Au fait, tu connais un certain Christophe Dupin ?

– Jamais entendu parler, répondit José d'un ton laconique, c'est un de vos amis ?

– Est-ce que toi et moi avons l'habitude d'avoir les mêmes amis, José ? Ce type pourrait être suspect dans cette affaire. Laisse traîner tes oreilles un peu partout et tâche d'en apprendre un peu plus sur lui. Il habite dans le quatrième.

- C'est pas mon secteur habituel, ça ! protesta l'indic.

- Eh bien, élargis ton secteur, mon vieux. Et n'oublie pas pour autant de fouiner du côté de Corbeil. Car un jeu de clefs du château de Versailles a été volé là-bas par celui qui pourrait bien être mon assassin, et le braqueur de la station-service par-dessus le marché. C'est un hasard plutôt curieux, tu ne trouves pas ? Les deux affaires tournent autour de Corbeil. Alors puisque tu fréquentes tous les gens peu recommandables du coin, tu vas vite me retrouver celui qui possède un MAS G1. Autre chose, une gourmette en or a été volée en même temps que les clefs. Un beau bijou en mailles Cartier, avec le prénom Laurent et la date « 20 mai 1970 » gravés sur la plaque. Tâche de savoir si quelqu'un a essayé de la revendre en douce. Et applique-toi, si tu veux que j'évite de fourrer mon nez trop près de tes affaires, mon petit José !

- Commissaire, vous savez que vous pouvez compter sur moi !

Beaumont raccrocha, un demi-sourire aux lèvres. L'attitude obséquieuse de son indic l'avait toujours amusé. Ce n'était pas un méchant bougre, après tout ce José. Ce n'était pas non plus un ange, mais dans les milieux louches, il avait vu bien pire.

Tout à ses réflexions, il heurta du coude une femme debout dans la cour de Marbre. Il s'apprêtait à s'excuser lorsqu'un large sourire éclaira son visage.
– Vous ! Décidément, cela devient une habitude !
En face de lui, Marie Berger lui sourit. Elle portait une blouse vert émeraude qui faisait ressortir ses yeux, et il songea à nouveau qu'elle était très séduisante.
– Qu'ai-je fait tomber, cette fois ? demanda-t-il en se baissant pour ramasser un grand carton à dessin.
La jeune femme rougit.
– Oh, ce n'est qu'un gribouillis..., balbutia-t-elle timidement tandis que Beaumont examinait un croquis au fusain.
– Un gribouillis ? Vous êtes trop modeste, mademoiselle. Ce dessin est frappant de ressemblance. Vous avez un très joli coup de crayon !
Le croquis représentait le château de Versailles vu de la cour de Marbre. Le bâtiment central, flanqué de ses deux

ailes majestueuses et de la chapelle avait été admirablement rendu.

Marie Berger esquissa un timide sourire.

– C'est gentil de me dire cela. J'aime beaucoup dessiner. Et avec toutes les merveilles qu'il y a ici, ce ne sont pas les modèles qui manquent !

Les joues de la jeune femme étaient roses et elle s'animait peu à peu tandis qu'elle évoquait le château.

– Les lignes de ce bâtiment, par exemple, précisa-t-elle. Savez-vous que la partie centrale était jadis le pavillon de chasse du roi Louis XIII ? Il le surnommait « le château de cartes ». Lorsqu'il a décidé de construire à Versailles un palais qui deviendrait sa résidence officielle, Louis XIV a tenu à conserver le pavillon que son père affectionnait tant. Il l'a fait rénover, agrandir, et y a rajouté des ailes et des jardins. C'était un homme plutôt sentimental...

– Vous me semblez passionnée par l'histoire de ce château et de ceux qui y ont vécu, à l'instar de votre patronne, madame Bédélin. J'ai eu la chance de parcourir quelques pièces en sa compagnie, et elle m'a fait découvrir des tas de choses, dit Beaumont.

Marie Berger laissa son regard errer sur la façade du château.

– Cet endroit est tellement merveilleux... Il est plus riche en événements historiques et en souvenirs grandioses que nul autre château dans le pays, voire même dans toute l'Europe. Pour ma part, je trouve son histoire bien plus passionnante que celle du château de Schönbrunn, à Vienne. Non pas que la dynastie des Habsbourg n'ait pas d'intérêt, mais celle des Bourbons, et même celle des Valois, sont bien plus captivantes. Et puis, je suis française, donc un peu chauvine...

Beaumont l'écoutait, très intéressé.

– C'est passionnant de vous écouter parler, mademoiselle. Je suis sûre que vous devez connaître un tas de choses sur la vie de nos rois.

– Oh, vous savez, je n'ai pas de mérite. L'histoire de France m'a toujours fascinée, et de plus, j'ai la chance de travailler ici. Cela n'a fait qu'accroître ma passion. C'est pourquoi lorsque j'ai du temps libre, je fais quelques dessins... Il y a tellement de beauté en ces lieux...

Les yeux de la jeune femme brillaient d'un éclat passionné. Beaumont ne pouvait détacher son regard d'elle et la trouvait plus belle que jamais. Pour masquer son trouble, il se pencha vers le carton à dessin qu'il tenait toujours sous son bras.

– Ainsi vous avez dessiné d'autres choses ? Vous permettez que j'y jette un coup d'œil ?

Tout en parlant, il avait ouvert le carton et feuilletait les croquis.

– Non ! cria presque Marie Berger en lui arrachant les feuilles des mains.

Elle avait agi si brusquement que le carton tomba au sol et s'ouvrit, laissant échapper son contenu. Interloqué, Beaumont s'accroupit et ramassa les dessins épars. Soudain, l'un d'entre eux attira son attention. C'était le croquis d'un homme, attablé à la terrasse d'un café.

– Mais... c'est moi, ça ! s'exclama-t-il avec surprise.

Marie Berger était devenue cramoisie. Elle fixait le sol avec obstination et paraissait prête à pleurer.

– Vous avez fait mon portrait ? interrogea-t-il avec douceur.

La jeune femme semblait au supplice.

Au bout d'un instant, elle osa lever les yeux.

– Comme je vous l'ai dit, bredouilla-t-elle, j'aime beaucoup dessiner. Et parfois, je tente de faire des croquis de mémoire, pour entraîner mon œil à retenir un maximum de détails. Lorsque je vous ai rencontré l'autre jour, j'ai voulu essayer de faire votre portrait... Je vous prie de m'excuser, je ne voulais pas vous vexer...

Beaumont lui sourit avec gentillesse. Il ne voulait pas montrer à quel point son cœur avait battu en découvrant son portrait parmi les dessins de la jeune femme.

– Je ne suis pas vexé, Marie. En vérité, je suis même plutôt flatté ! Vous permettez que je vous appelle Marie, n'est-ce pas ?

Elle acquiesça d'un timide signe de tête. Beaumont eut envie de la voir sourire à nouveau.

– Ne soyez donc pas si modeste. Vous êtes une artiste admirable, dit-il d'un ton enjoué. Voyez, votre fusain a réussi à atténuer les rides que j'ai au coin des yeux, et l'on remarque à peine que je m'étais mal rasé ce jour-là !

La jeune femme éclata de rire. La glace était rompue. Beaumont décida de se jeter à l'eau.

– Avez-vous fini de travailler aujourd'hui ? Que diriez-vous de déjeuner avec moi ? Si le cœur vous en dit, vous pourrez faire mon portrait. Je me ferai un plaisir de poser pour vous.

– Je regrette, mais ma pause déjeuner est terminée et j'ai encore beaucoup de travail.

Devant l'expression déçue du commissaire, elle ajouta précipitamment :

– Mais si vous voulez, nous pourrons déjeuner ensemble une autre fois...

– J'en serai ravi. Acceptez-vous de me donner votre numéro de téléphone pour que nous arrangions cela ?

Marie Berger sortit un morceau de papier de son carton à dessin, y griffonna son numéro et le lui tendit.

– Merci, Marie. Alors, à bientôt.

Il lui serra la main et elle lui sourit. Au même moment, un homme passa près d'eux et les dévisagea sans aménité avant de poursuivre son chemin. Marie rougit et retira promptement sa main de celle du commissaire.

– C'est Rodolphe Grancourt, l'architecte. Il m'est extrêmement antipathique. Il ne perd jamais une occasion d'être désagréable avec tout le monde. J'espère qu'il ne va pas me causer d'ennuis..., dit-elle avec contrariété.

– Pourquoi vous causerait-il des ennuis ? Vous ne faisiez rien de répréhensible, la rassura Beaumont. Pour tout vous dire, je connais cet homme. Je l'ai interrogé au cours de mon enquête, et je partage votre opinion à son sujet. Il est tout sauf sympathique !

Marie acquiesça d'un signe de tête. Elle était toujours aussi jolie, mais la présence de Grancourt avait effacé toute trace de gaîté de son visage, et elle ressemblait de nouveau à une biche effarouchée. Elle esquissa un sourire timide avant de s'éloigner.

– Au revoir, commissaire.
– À bientôt, Marie.

*

Le lendemain, Beaumont reçut l'appel d'un de ses hommes chargés de surveiller Christophe Dupin.

– Patron, ici Gérard. Je tiens à vous signaler qu'hier soir, notre homme avait rendez-vous avec une femme. Une rousse plutôt vulgaire. Il a passé la soirée avec elle, et aujourd'hui elle l'a rejoint. Je viens de la voir monter à son appartement. Voulez-vous que nous la tenions à l'œil elle aussi ?

Le commissaire réfléchit un instant. Dupin pouvait être considéré comme suspect dans son affaire. S'il s'avérait être le coupable, toute femme se trouvant en sa compagnie courait le risque d'être sa prochaine victime.

– Bien sûr, Gérard, tout particulièrement si elle se trouve avec lui. Si Dupin est bien l'assassin, il ne faudrait pas qu'on retrouve prochainement cette rouquine étendue quelque part dans le château de Versailles.

À peine avait-il raccroché que son téléphone sonna à nouveau. C'était le juge d'instruction qui venait d'être saisi du dossier. Beaumont lui fit part de ses dernières découvertes, sans omettre l'histoire du trousseau de clefs volé à Laurent Robier.

– J'ai demandé à mon adjoint de

m'apporter la liste de toutes les personnes pouvant avoir été recensées au bowling ce soir-là. C'est-à-dire celles qui ont réglé par chèque ou carte bancaire. Pour celles qui ont payé en liquide, nous n'avons malheureusement aucun moyen de connaître leur identité, précisa-t-il.

Le juge demanda si Dupin était toujours sous surveillance. Beaumont aurait juré percevoir du mécontentement dans sa voix.

– Nous l'avons à l'œil, répliqua-t-il. Mais pour l'instant, nous ne tenons aucune preuve contre lui. Notre indic est également sur le coup. Il essaie de retrouver le propriétaire du MAS G1, ainsi que la gourmette qui a été volée en même temps que le trousseau de clefs.

Le juge d'instruction raccrocha enfin, assuré d'être tenu au courant de la moindre évolution de l'enquête. On frappa à la porte, et Massart entra.

– Je reviens du bowling, commissaire. Voici la liste que vous m'avez demandée. Dupin n'y est pas.

– C'était à prévoir, bougonna Beaumont, cela aurait été trop beau !

– Ne croyez-vous pas que nous pourrions demander l'autorisation de fouiller son domicile ? s'enquit le commandant. Ce serait encore le meilleur moyen de savoir s'il possède un MAS G1.

– Ne comptez pas là-dessus, Massart. Le juge d'instruction ne nous donnera jamais le feu vert. Nous n'avons aucune présomption contre Dupin, si ce n'est qu'il était le petit ami de l'une des victimes. Cela ne constitue pas une preuve. Ce serait différent s'il avait été présent au bowling le soir où le conservateur s'est fait piquer ses clefs. Le fait d'avoir ce trousseau ajouté à son statut d'ancien petit copain nous aurait permis de le mettre sur le grill. Mais au fait, j'y pense...

Brusquement, le commissaire ouvrit un petit calepin et décrocha son téléphone sous le regard surpris de son adjoint.

– Bonjour, ici le commissaire Beaumont. Pourrais-je parler à monsieur Salvi, s'il vous plaît ?

Tandis qu'il patientait, Beaumont pianotait nerveusement sur son bureau.

– Monsieur Salvi, c'est le commissaire Beaumont. Excusez-moi de vous déranger, mais j'ai une question à vous poser au sujet de Christophe Dupin. En tant que petit ami de votre fille, n'aurait-il pas eu la possibilité d'entrer chez vous et de subtiliser vos clefs, juste le temps nécessaire pour en faire un double ?

– Non, commissaire. Je vous l'ai dit, je n'appréciais guère que ma fille fréquente cet individu. Il n'a jamais mis les pieds chez moi, et il a encore moins eu l'occasion d'approcher mon trousseau de clefs.

Beaumont prit une profonde inspiration. La question qu'il allait poser à présent était délicate, mais il fallait qu'il ait une réponse.

– Monsieur Salvi, pensez-vous qu'il aurait pu obtenir ces clefs par l'intermédiaire de votre fille ?

Il y eut un silence à l'autre bout du fil. Puis la voix de Charles Salvi s'éleva à nouveau.

– Commissaire, ma fille n'était pas parfaite, et ce n'est pas parce qu'elle est morte que je vais l'idéaliser. Néanmoins, je suis certain d'une chose : elle ne m'aurait jamais trahi. Elle connaissait ma conscience professionnelle, et jamais elle ne m'aurait mis dans l'embarras en subtilisant mes clefs.

– Bien, je vous remercie, monsieur Salvi. Au revoir.

Beaumont raccrocha et demeura pensif. Si seulement il pouvait découvrir un élément significatif qui orienterait enfin l'enquête. Il soupira.

– Faites passer cette liste à José, dit-il en s'adressant au commandant. On ne sait jamais, peut-être que certains noms lui seront familiers et qu'il réussira à savoir si l'un d'eux est propriétaire d'un pistolet comme celui que nous recherchons. Au fait, Massart, avons-nous des nouvelles de Grandier et Lassale ? Ont-ils du nouveau dans l'affaire du braquage de la station-service ?

– Ils ont repris le dossier depuis le début. Ils interrogent à nouveau le patron et tous les témoins. Mais pour l'instant, ils n'ont rien découvert de plus que ce qui se trouvait dans le dossier. Ah, au fait commissaire, j'ai reçu la liste de la bibliothèque hier, pendant que vous étiez au château. Une dizaine de personnes y figuraient. J'ai réussi à toutes les interroger, sauf une mère de famille qui est en vacances à l'étranger. Il s'agit pour la plupart d'étudiants préparant une thèse sur la monarchie absolue ou un exposé sur le château. Il y avait également deux dames à la retraite qui se passionnaient pour la vie de Louis XIV après avoir vu « Angélique marquise des Anges » à la télévision. Comme vous le voyez, rien de bien méchant... Par contre, il y avait une autre personne sur la liste, et ce nom-là, il va vous intéresser !

– De qui s'agit-il ? De Dupin ?

– Non, de la première victime, Marie Métivier. Elle a consulté tous les bouquins traitant de la vie des Bourbons, d'Henri IV à Louis-Philippe. Elle paraissait vraiment passionnée par le sujet. Louise Salvi, par contre, n'était pas inscrite à la bibliothèque.

Beaumont avait dressé l'oreille. Ainsi, Marie Métivier s'intéressait aux rois de France. Et Louise Salvi, elle, était la fille d'un des responsables du château. Il y avait donc bel et bien un lien direct entre les victimes et le lieu où elles avaient été retrouvées mortes. Mais lequel ? Et pourquoi ? Il était malheureusement incapable de répondre à ces questions pour le moment.

Lorsque Massart fut sorti, le commissaire laissa machinalement son regard errer dans son bureau. Il était déjà tard et il se sentait las. Ses yeux tombèrent sur le dessin d'un paysage accroché au mur par sa secrétaire qui trouvait que son bureau manquait de gaîté. Cela le fit songer à Marie Berger. Il pensait souvent à elle ces derniers temps. Depuis sa relation avec Mégane, il n'avait pas éprouvé une attirance aussi forte envers une femme, d'autant plus qu'il la connaissait à peine. Il tendit la main vers le téléphone, hésita, puis décrocha le combiné. « Après tout, il faut battre le fer quand il est chaud, » songea-t-il. Il fut surpris de constater qu'il se sentait nerveux comme un adolescent à son premier rendez-vous.

– Marie, ici le commissaire Beaumont. Je suis heureux de vous trouver chez vous. Vous avez prévu quelque chose ce soir ? Non ? Alors que diriez-vous de dîner avec moi ? Je connais un petit restaurant où l'on sert des pâtes fabuleuses. C'est d'accord ? Magnifique ! Donnez-moi votre adresse, je passe vous prendre à huit heures.

Lorsqu'il raccrocha, il se sentit plus léger. Cela lui ferait le plus grand bien de sortir le nez de son enquête le temps d'une soirée. Il quitta son bureau sans bruit. Un compte-rendu au divisionnaire Maurel ne constituait pas la meilleure façon de se mettre en appétit.

V

Comme d'habitude, les spaghettis aux fruits de mer étaient délicieux. Assis l'un en face de l'autre, le commissaire Beaumont et Marie Berger savouraient le contenu de leurs assiettes.

– Ce restaurant est charmant, dit-elle avec un sourire, vous venez souvent ici ?

Beaumont s'abstint de préciser qu'il avait souvent fréquenté l'endroit au temps où il sortait avec Mégane. Cette dernière raffolait de la cuisine italienne.

– De temps en temps, se contenta-t-il de répondre en lui rendant son sourire, mais rarement en si charmante compagnie, je l'avoue.

Marie Berger baissa les yeux, et ses joues se teintèrent de rose. Beaumont ne put s'empêcher de la trouver délicieuse.

– Savez-vous que j'ignore toujours

votre prénom, commissaire ? dit-elle timidement.

– Axel. Je m'appelle Axel Beaumont.

Les yeux verts de Marie reflétèrent une expression rêveuse.

– Axel..., répéta-t-elle doucement, c'est très joli... Mais avec un tel prénom, vous étiez prédestiné à venir un jour au château de Versailles...

– Que voulez-vous dire ? s'enquit Beaumont, étonné.

– Eh bien, vous portez le même prénom qu'un charmant gentilhomme suédois qui fut le grand amour de la reine Marie-Antoinette, le comte Axel de Fersen. Leur liaison a été très controversée, mais d'après ce qui a été retrouvé de leurs correspondances respectives, il ressort qu'ils se portaient l'un à l'autre un attachement indéfectible...

– Vraiment ? Je ne suis pas très calé en histoire de France et j'ignorais que je portais le prénom d'un homme aimé par une reine de France.

– Ils se sont connus à un bal masqué, alors qu'elle n'était encore que dauphine. Ce fut le coup de foudre, et leur passion dura pendant tout le règne de Louis XVI.

Lorsque la révolution éclata, c'est Fersen qui, déguisé en cocher, tenta de faire évader la famille royale avant qu'ils ne soient arrêtés à Varennes. Il a tout tenté pour sauver celle qu'il aimait. Mais il a échoué, et elle a péri sur l'échafaud...

Beaumont l'écoutait, fasciné. Comme à chaque fois qu'elle évoquait l'histoire de France, la jeune femme s'animait et son visage était comme transfiguré. Le commissaire ne s'était jamais particulièrement intéressé à la vie des rois et des reines, mais Marie avait le don particulier de transmettre sa passion à ceux qui l'écoutaient.

– Ce fut une histoire d'amour bien malheureuse, ne trouvez-vous pas ? La reine Marie-Antoinette a laissé une bien mauvaise image dans la mémoire des français. On la disait frivole, inconséquente, sans cœur et totalement indifférente au sort de ses sujets. Mais pour ma part, après avoir lu beaucoup d'ouvrages la concernant, j'ai plutôt gardé l'impression d'une femme fragile et désespérée, qui détestait la vie à la cour de France et qui cherchait à fuir son mal-être dans un tourbillon de plaisirs et de folie. Un étourdissement pour oublier sa solitude... Car en dépit de tous les courtisans qui se pressaient autour d'elle, elle était très seule. Un peu comme le fut Sissi, l'impératrice d'Autriche, un siècle plus tard...

– Je pourrais vous écouter parler pendant des heures, murmura Beaumont, vous avez un véritable talent pour imprégner l'Histoire d'une sorte de magie qui la fait revivre à mes yeux. Tous les gens qui travaillent au château sont-ils aussi érudits que vous ?

Marie esquissa un petit sourire gêné.

– Je vous l'ai dit, je n'ai aucun mérite. L'histoire me passionne. Mais par exemple, il est vrai qu'au contact de personnes comme madame Bédélin, on ne peut que s'y intéresser. J'ai appris beaucoup de choses en discutant avec elle.

Beaumont hésita un instant, et décida d'aborder le sujet qui lui tenait à cœur.

– Marie... Vous qui aimez tant le château de Versailles et qui savez tant de choses sur son histoire, auriez-vous une idée de ce qui pourrait avoir poussé l'assassin à y commettre ses crimes ? Il est évident que ce n'est pas par hasard que les cadavres ont été déposés là-bas.

Le regard de la jeune femme se rembrunit, comme si elle redescendait du rêve à la triste réalité.
– Je n'en sais trop rien..., répondit-elle doucement, mais j'avoue m'être déjà posé cette question. Qu'est-ce qui peut pousser un homme à entacher de crimes un lieu si enchanteur ? À mon avis, il ne peut s'agir que d'un détraqué...
– Mais pourquoi laisse-t-il les corps de ses victimes au château ? Ce n'est pas un hasard... S'il s'agit effectivement d'un détraqué, peut-être cherche-t-il à imiter des faits qui ont eu lieu précédemment, il y a peut-être plusieurs siècles. Vous qui êtes au courant de tellement d'anecdotes survenues jadis, avez-vous déjà entendu parler de jeunes femmes assassinées par un même homme ? Une sorte de Jack l'éventreur de la cour de France ?
– Non, commissaire, jamais. Bien sûr, cela ne veut pas dire qu'il n'y avait pas de meurtres à l'époque. Il y en avait même autant qu'aujourd'hui, peut-être plus encore car la police était alors moins efficace. Mais cela se passait de façon différente. Je n'ai jamais rien lu de comparable à votre affaire d'aujourd'hui. Les crimes

frappaient tout le monde, et pas seulement les jeunes femmes. Et on ne retrouvait pas les cadavres exposés à tous les regards dans le château royal. Oh, les assassins ne manquaient pas à la Cour, mais ils se faisaient plus discrets...

– La presse a parlé « *d'affaire des poisons du vingt-et-unième siècle* ». Pouvez-vous m'expliquer ce que cela veut dire ?

– L'affaire des poisons a éclaté sous le règne de Louis XIV. De grands noms de la Cour y ont été mêlés, dont la propre maîtresse du roi, madame de Montespan. Le roi avait nommé une commission spéciale, la « chambre ardente » pour enquêter sur les morts mystérieuses et souvent prématurées qui survenaient à la Cour. Des choses abominables ont été découvertes...

D'un signe de tête, Beaumont l'encouragea à poursuivre.

– L'on s'est aperçu que tout le monde empoisonnait tout le monde. Les oncles dont on souhaitait l'héritage et qui ne se décidaient pas à mourir de façon naturelle, les maris trop encombrants, les maîtresses trop exigeantes, les rivales. Les moyens étaient aussi subtils que variés :

on versait des poudres dans les breuvages ou la nourriture, on empoisonnait les vêtements, les gants, les parfums. Cette affaire a révélé les bassesses que les gens de la Cour dissimulaient sous leurs dentelles. Leurs titres ronflants et leurs rangs élevés cachaient une monstruosité sans bornes. Ils ne reculaient devant rien pour servir leurs intérêts, même pas devant le pire des crimes : celui d'un enfant...

Marie avait baissé les yeux. Sa sensibilité exacerbée lui faisait ressentir toutes les émotions, même celles émanant de quatre siècles en arrière.

– Les empoisonneurs faisaient appel à des sorcières, à des experts en magie noire. Ces sinistres personnages promettaient l'aide du prince des ténèbres à ceux qui les sollicitaient en échange d'espèces sonnantes et trébuchantes. Mais le pire, c'est qu'ils présidaient à des messes noires, où un nouveau-né était offert en sacrifice à Satan pour obtenir son appui. Lorsque le scandale a éclaté, les plus grands noms du royaume ont été éclaboussés. Aussi incroyable que cela puisse paraître, c'étaient eux qui constituaient la principale clientèle des sorciers et des devineresses. Beaucoup de bûchers ont flambé alors... Voilà ce que fut l'affaire des poisons.

Beaumont avait écouté en silence. Après un instant de réflexion, il fronça les sourcils.

– Je ne saisis pas trop le rapport avec mon affaire. Les victimes ont été tuées par balle et non empoisonnées. On leur a seulement administré un somnifère. Il s'agit uniquement de jeunes femmes, et de surcroît, nous n'avons encore découvert aucun mobile.

– Je pense que la presse a voulu établir un parallèle entre les meurtres de l'époque et ceux commis aujourd'hui. Bien que le contexte soit radicalement différent, il s'agit de meurtres avec récidive, et ils ont eu lieu au château de Versailles. Les journalistes ont donc voulu rappeler la plus grande affaire criminelle de l'époque, c'est-à-dire l'affaire des poisons. Je ne vois pas d'autre explication.

– Vous avez sûrement raison, Marie. Néanmoins, d'après ce que vous venez de me raconter, j'espère sincèrement rencontrer moins de cadavres et de monstruosités dans mon enquête que dans votre affaire des poisons.

Ils avaient terminé leurs desserts. Le commissaire régla l'addition en dépit des protestations de Marie, et ils s'apprêtèrent à partir. Au moment de franchir la porte, le regard de Beaumont tomba sur une table dans un coin reculé du restaurant, où dînaient un homme et une femme. Étonné, il s'immobilisa, la main sur la poignée de la porte.

– Que se passe-t-il ? s'enquit Marie Berger.

– Là-bas, c'est mon adjoint, le commandant Massart. Il dîne avec une femme.

– Et alors, il n'y a là rien d'illégal ! dit la jeune femme en riant. À moins que votre adjoint soit marié, et que cette dame ne soit pas madame Massart !

– Il n'y a pas de madame Massart. Et je n'ai jamais entendu personne susceptible de le devenir, d'ailleurs. Le commandant est un célibataire endurci. C'est bien ce qui m'étonne. C'est la première fois que je le vois en compagnie d'une femme. D'habitude, il n'a pas l'air de les apprécier outre mesure...

— Vous voulez dire qu'il est... ? demanda Marie en rougissant.

— J'avoue m'être posé la question, avoua franchement Beaumont. Enfin, ça ne me regarde pas. Venez Marie, partons. Il est inutile de le déranger.

— Trop tard, il vous a vu.

Le commissaire tourna la tête et croisant effectivement le regard de son adjoint, il ne put faire autrement que d'aller le saluer.

— Bonsoir, Massart. Vous aviez envie de manger italien ? lança-t-il pour dire quelque chose.

— Bonsoir, commissaire.

Massart paraissait particulièrement mal à l'aise.

— Je... J'avais besoin de me détendre un peu après le boulot...

— Mais il n'y a aucun mal à ça. Je vous présente Marie Berger, dit-il en désignant sa compagne, elle travaille au château de Versailles.

Massart salua en silence. Comme à contrecœur, il présenta à son tour la jeune femme qui dînait en face de lui.

— Commissaire, je vous présente Angélique Portal, une amie. Angélique, voici mon patron, le commissaire Beaumont, lâcha-t-il d'un ton laconique.

Tout en serrant la main de la jeune femme, Beaumont l'observa discrètement. Une silhouette élancée, de grands yeux bleus, une abondante chevelure blonde et un visage d'ange. « Il n'y a pas de doute, songea-t-il, Massart a du goût ! Voilà un dîner qui devrait le guérir de sa misogynie légendaire ! »

— Eh bien ! nous vous laissons, Massart. À demain au bureau ! lança-t-il en quittant le restaurant.

Tout en conduisant pour raccompagner Marie chez elle, le commissaire ne put s'empêcher de rire.

— Je n'en reviens toujours pas. Ce sont les filles au bureau qui vont être contentes de savoir ça. Enfin une preuve que le beau Massart n'est pas totalement allergique au beau sexe ! Voyez-vous, Marie, c'est peut-être stupide, mais mon adjoint est certainement le dernier homme que je m'attendais à trouver devant un dîner aux chandelles !

— Les gens ne sont pas tout blancs ou tout noirs, Axel. Ils s'adaptent aux situations, voilà tout. Votre adjoint n'avait peut-être pas rencontré la personne qui lui convenait, jusqu'à ce jour.

Ils étaient arrivés devant l'immeuble où habitait Marie. Elle ouvrit sa portière et se tourna vers le commissaire.
— Il arrive parfois que les émotions modifient complètement le comportement de quelqu'un... Voyez, moi je suis quelqu'un de plutôt timide... Et pourtant...
Sans achever sa phrase, elle se pencha vers lui et effleura ses lèvres d'un baiser si léger qu'il se crut frôlé par une aile de papillon. Elle recula si vite qu'il se demanda s'il n'avait pas rêvé.
— Merci pour cette délicieuse soirée..., Axel, souffla-t-elle.

Et avant qu'il ait pu répondre quoi que ce soit, elle avait disparu dans l'entrée de l'immeuble.

*

Le lendemain matin, Beaumont savourait son café lorsque le commandant Massart entra dans son bureau.

– Bonjour, commissaire. Je viens d'avoir un appel de monsieur Evrard. Il a demandé à me parler car votre ligne était occupée. Il m'a signalé que le système de surveillance renforcé du château sera mis en place ce soir. Les effectifs des gardiens seront doublés comme vous l'avez souhaité et il demande que vous fassiez le nécessaire pour lui envoyer aussi des policiers.

– Bien. Occupez-vous de ça, Massart. Déléguez certains de nos hommes là-bas au plus vite. Avons-nous des nouvelles de Dupin ?

– Non, commissaire. Par contre, j'ai fait passer la liste des personnes recensées au bowling grâce à leur carte bleue ou leur chéquier à notre indic, et malheureusement, aucun nom ne lui a été familier. Toutefois, il va essayer de rechercher la gourmette en or volée dans la même sacoche que les clefs.

Beaumont acquiesça en silence, tout en essayant de masquer sa déception. Il tournait en rond et cette idée lui déplaisait fortement. Chaque jour qui passait sans donner de résultats était un risque supplémentaire d'essuyer les foudres du divisionnaire dans le meilleur des cas, ou de découvrir un nouveau cadavre dans le pire.

– Bien, Massart, je vous remercie.

Il observa son adjoint à la dérobée. Ce dernier n'avait fait aucune allusion à leur rencontre de la veille. Un œil non averti aurait pu croire qu'il avait totalement oublié l'incident, mais Beaumont aurait juré percevoir un léger malaise sous l'attitude apparemment impassible du commandant. Le téléphone se mit soudain à sonner. Beaumont leva les yeux au ciel. Qui était-ce cette fois ? Le divisionnaire ? Le juge d'instruction ? Qui allait à nouveau le presser de résoudre l'affaire au plus vite, comme s'il n'était pas conscient lui-même de l'urgence de la situation ? Il soupira et décrocha le combiné.

– Commissaire Beaumont, j'écoute.

– Commissaire, ici José. J'ai des nouvelles pour vous ! J'espère que vous saurez vous montrer reconnaissant !

– Lâche d'abord tes informations, mon

petit José, ensuite je jugerai de ce qu'elles valent, répondit calmement Beaumont.

– Elles valent leur pesant d'or, commissaire ! lâcha l'indic en ricanant. Figurez-vous que j'ai retrouvé la trace de la gourmette en or que vous recherchez !

Beaumont dressa l'oreille.

– Vraiment ? Comment ça ?

– Je savais que ça vous intéresserait ! Quand votre adjoint m'a montré votre petite liste, je n'ai reconnu aucun nom. Mais j'ai des relations personnelles. Bref, quoi qu'il en soit, j'ai cherché à savoir si quelqu'un avait entendu parler d'une gourmette comme celle que vous m'avez décrite. Et finalement, bingo ! Je l'ai retrouvée ! Un type l'a portée à fondre sous le manteau chez un bijoutier de mes amis. Celui-ci n'a pas accepté parce que les flics l'ont à l'œil en ce moment, et il se tient à carreau. Mais il connaît bien le type pour avoir déjà fait avec lui des affaires de ce genre.

– Son nom ?

– Une petite minute, commissaire. D'abord, vous me promettez de ne poser aucune autre question sur le sujet. Je ne tiens pas à être inquiété, ni moi, ni mon ami le bijoutier. Alors je vous donne le nom du type, et l'incident est clos, d'accord ?

Beaumont réfléchit un instant.

— D'accord, José. Pour l'instant, j'ai plus urgent à faire qu'à traquer les receleurs. Mais un petit conseil, dis à ton ami le bijoutier qu'il risque gros avec ce genre de trafic. Bon, alors le nom de ce type ?

— Dalmon. Jean-Luc Dalmon. J'ignore son adresse.

— On se débrouillera. J'espère que cette piste va nous mener quelque part. Tu m'as été d'une aide précieuse, José.

— À votre service, commissaire.

Beaumont raccrocha et se tourna vers son adjoint.

— Cherchez-moi immédiatement tout ce que vous pourrez trouver sur un certain Jean-Luc Dalmon. J'appelle le juge d'instruction.

*

Jean-Luc Dalmon habitait la banlieue sud de Paris, dans une petite maison à l'aspect minable. Beaumont et Massart sortirent du véhicule et se dirigèrent vers la porte d'entrée, tandis que les deux hommes qui les accompagnaient surveillaient les alentours. Après avoir sonné trois fois, le commissaire fronça les sourcils.

– Personne. C'est étrange. D'après ce que nous avons trouvé sur ce type, il n'a aucune activité déclarée. Il devrait donc être chez lui à cette heure-ci.

– À moins qu'il n'ait d'excellentes raisons de se cacher, répondit Massart.

Ils s'approchèrent des fenêtres et jetèrent un regard à l'intérieur.

– Je ne vois personne. C'est désert là-dedans.

Des bruits de voix venant de la rue attirèrent soudain leur attention. Ils se retournèrent et aperçurent les deux agents qui venaient dans leur direction, encadrant solidement un individu à la mine patibulaire.

– Patron, regardez sur qui nous sommes tombés. Il essayait de se faire la malle par la porte de derrière.

– Bon travail, Robert.

Beaumont s'approcha de l'homme, toujours maintenu par les deux policiers.

– Êtes-vous Jean-Luc Dalmon ?

L'autre lui lança un regard furieux.

– Ça ne vous regarde pas ! aboya-t-il.

– Je vous conseille de prendre un autre ton, répliqua froidement le commissaire. J'ai quelques questions intéressantes à vous poser, et une commission rogatoire en bonne et due forme pour le faire. Je répète donc : êtes-vous bien Jean-Luc Dalmon ?

– Oui, c'est moi. Vous êtes content ? Qu'est-ce que vous me voulez ?

– Je pense que vous le savez mieux que nous. Vous allez nous suivre afin que nous puissions vous interroger. Allez, embarquez-le, ajouta-t-il en s'adressant à ses hommes.

– Vous n'avez pas le droit ! Je veux un avocat !

Beaumont se retourna et le dévisagea froidement.

– Je pense que vous risquez effectivement d'en avoir besoin, monsieur Dalmon.

*

Deux heures plus tard, le divisionnaire Maurel entra en coup de vent dans le bureau de Beaumont.

– Qu'est-ce que j'apprends, Beaumont ? Vous avez arrêté un suspect ?

– Doucement, monsieur le divisionnaire. Je me contente d'interroger l'homme qui a très probablement volé la sacoche d'un des conservateurs du château, sacoche qui contenait également les clefs du domaine. Nous l'avons identifié grâce à une gourmette en or qui se trouvait aussi à l'intérieur, et qu'il a essayé de revendre.

Maurel se frotta les mains.

– Beau travail, Beaumont. Si vous l'interrogez habilement, il ne va tarder à avouer, du moins je l'espère. Et là, l'enquête sera enfin bouclée, pour la plus grande joie de tout le monde !

Beaumont observa son supérieur avec ironie. Les brusques revirements de Maurel étaient en passe de devenir au moins aussi célèbres que ses scènes de ménage. Le matin encore, c'est tout juste s'il le saluait, et à présent qu'il était persuadé qu'il avait mis la main sur l'assassin, il devenait tout sucre tout miel.

– Nous n'avons encore aucune preuve que Dalmon ait commis ces meurtres. Si j'ai obtenu du juge l'autorisation de l'appréhender, c'est simplement parce que le fait d'avoir eu en mains cette gourmette signifie qu'il a également trouvé le trousseau de clefs. Et vu que nous sommes quasiment certains que l'assassin possédait les clefs du château, cela fait de lui un suspect, ni plus ni moins.

En l'écoutant, Maurel s'était renfrogné.

– Où est-il ?

– Massart est en train de l'interroger. Pour ma part, j'ai déjà tenté de lui tirer les vers du nez tout à l'heure, mais il n'était pas vraiment disposé à coopérer. Massart aura peut-être plus de chance. J'y retournerai dans un moment.

– Bien, répliqua sèchement Maurel. Et tâchez de le faire parler. Ce n'est tout de même pas un hasard s'il s'est trouvé en possession des clefs du château où l'on a retrouvé deux cadavres !

– C'est bien mon avis. Et je n'ai pas l'intention de le lâcher tant qu'il ne m'aura pas fourni quelques explications.

Beaumont ouvrit la porte de la salle des interrogatoires et fit signe à son adjoint de le rejoindre. Massart sortit, affichant une mine plutôt découragée.

– Rien à faire, commissaire. Il persiste à nier. Il jure n'avoir jamais vu cette gourmette ni avoir volé la sacoche de Robier. Il s'appuie sur le fait que nous n'avons aucune preuve matérielle contre lui, et malheureusement, il a raison. Comment être sûr que ce bijoutier a dit la vérité ? Si nous ne trouvons aucune raison valable de le garder au frais d'ici quarante-huit heures, nous devrons le relâcher.

– Je vais retourner lui parler, dit Beaumont d'un ton résolu. Et croyez-moi, s'il sait quelque chose, je vais le lui faire avouer !

D'un pas décidé, il entra dans la salle et ferma la porte derrière lui. Jean-Luc Dalmon le regarda s'approcher d'un air goguenard.

– Vous voilà de retour, commissaire ? Vous avez repris des forces pour mieux repartir à l'assaut ? Vous n'avez donc pas compris que je n'avais rien à vous dire ?

– À ta place, je n'en serais pas si sûr, Dalmon. Nous savons que tu as eu la gourmette volée entre les mains. Et nous savons aussi qu'avec la gourmette, il y avait de l'argent, des papiers et des clefs.

– C'est bien beau de savoir, commissaire, répliqua Dalmon en le toisant avec ironie, mais, il faut encore prouver...

Beaumont appuya ses deux mains sur la table et se pencha vers lui.

– Et si je faisais perquisitionner ton domicile ? Peux-tu me certifier que je n'y retrouverais pas la gourmette ? Ou d'autres objets appartenant à monsieur Laurent Robier ? Son portefeuille par exemple, ou sa carte bleue ? À moins que je ne fasse venir ici le patron du bowling... Peut-être qu'il se souviendrait t'avoir vu ce soir-là...

À l'éclair apeuré qui traversa le regard de Dalmon, le commissaire sentit qu'il avait visé juste. Le poisson était ferré, il n'y avait plus qu'à remonter la ligne.

– Si j'arrive à prouver que tu as volé cette sacoche, tu encours une peine, mais vu ton casier judiciaire, je suppose que je ne t'apprends rien. Mais il y a autre chose de bien plus grave qui se balance au-dessus de ta tête, comme une épée de Damoclès.

Dalmon ne répondit rien, mais en l'espace de quelques secondes, il paraissait avoir perdu toute son arrogance. Beaumont remarqua même quelques gouttes de sueur qui perlaient à ses tempes.

– Figure-toi que je recherche un assassin..., continua-t-il, quelqu'un qui a tué deux femmes et qui a abandonné leurs cadavres au château de Versailles. Tu en as sûrement entendu parler ? Eh bien, figure-toi que nous nous sommes aperçus que ce meurtrier détenait les clefs du château ce qui lui a permis de commettre son forfait en toute tranquillité. Et devine un peu ce qu'il y avait dans la sacoche que je te soupçonne d'avoir volée ? Un trousseau de clefs ouvrant les portes du château de Versailles... Bizarre coïncidence, non ? Cela aurait été un jeu d'enfant pour celui qui a volé la sacoche de faire refaire les clefs, et de s'en servir ensuite pour commettre ses crimes. Si quelqu'un a fait cela, il encourt bien plus que quelques mois de prison. Une accusation pour meurtre, c'est autre chose que du vol à la tire, tu piges ?

Dalmon était demeuré immobile et silencieux. Son visage avait pâli, et ses mains se tordaient nerveusement. Beaumont eut la certitude qu'il approchait de la vérité. Après plusieurs minutes d'un silence pesant, Dalmon releva la tête.

– C'est bon, commissaire. Vous avez gagné. Je vais vous dire ce que je sais... Mais il faudra tenir compte de ma bonne foi !

– À la bonne heure. Je savais que tu deviendrais raisonnable. Alors, qu'as-tu à me dire au sujet de cette gourmette ?

– C'est bien moi qui l'ai. J'ai dérobé la sacoche de Robier parce qu'il est plein aux as, et que j'espérais bien y trouver du fric. Mais c'est tout ! Je n'ai absolument prêté aucune attention aux clefs, et je n'ai rien à voir avec les meurtres ! Je refuse de trinquer pour un autre !

Beaumont avait dressé l'oreille.

– Qu'est-ce qui te fait dire que Robier est plein aux as ? Tu le connaissais avant de lui voler sa sacoche ?

– Moi non, mais...

Il s'interrompit brusquement.

– Toi non, mais quelqu'un d'autre oui, c'est bien ce que tu allais dire ? termina Beaumont à sa place. Tu n'étais pas seul lorsque tu as volé la sacoche ?

Dalmon baissa la tête et fit signe que non.

– Qui était avec toi ?
– Un ami..., répondit-il d'un ton hésitant.
– Un ami qui connaissait Laurent Robier, et qui savait qu'il était conservateur au château de Versailles ?

Dalmon hocha la tête en signe d'assentiment. Il paraissait au supplice. Beaumont, lui, réfléchissait à toute vitesse.

– Et ne serait-ce pas cet ami dont tu dis que tu ne veux pas trinquer pour les crimes d'un autre ?

Devant le silence de Dalmon, le commissaire s'échauffa et tapa sur la table.

– Réponds, bon Dieu ! Ou je te fais coffrer pour complicité de meurtre pendant les vingt prochaines années !

– Je n'en sais rien, commissaire ! répondit Dalmon, en gémissant presque. J'ignore si c'est lui qui a commis ces crimes. Tout ce que je sais, c'est que j'ai pris la gourmette et le fric pendant que lui, il fouillait à l'intérieur. Ensuite, on s'est partagé les billets, et il a emporté la sacoche en me disant qu'il la jetterait quelque part sur la route...

– Autrement dit, rien n'a empêché ton

ami de s'arrêter au passage pour faire refaire les clefs. Et étant donné qu'il savait qu'elles donnaient accès au château de Versailles, il a eu tout loisir de réaliser ses sinistres projets.

– Je n'en sais rien, commissaire ! Je vous le jure, il faut me croire. Moi tout ce qui m'intéressait, c'était le fric ! Mais lui, il était au courant de ces histoires de meurtre... Il m'a téléphoné pour me dire de me méfier et de ne plus chercher à refiler la gourmette pour ne pas me faire repérer. Mais moi, je n'ai tué personne ! Et je refuse de trinquer pour celui qui a fait ça !

Beaumont se pencha à nouveau vers lui, et le regarda droit dans les yeux.

– Le nom de ton ami, Dalmon ?

L'homme hésita un instant. Ses yeux roulaient en tous sens, comme ceux d'un animal pris au piège.

– Son nom ! répéta Beaumont avec force.

Dalmon sursauta et baissa la tête.

– Dupin. Il s'appelle Christophe Dupin.

*

C'était le 8 mai 1664. Le château de Versailles et son parc magnifique étincelaient de lumière. Des feux d'artifice illuminaient le ciel nocturne. La fête, appelée à juste titre « Les plaisirs de l'île enchantée », battait son plein. Sous une immense tente dressée dans le bosquet de la Salle de Bal, une multitude de valets en livrée écarlate s'affairaient autour de vastes tréteaux, sur lesquels s'amoncelaient toutes sortes de merveilles, aussi agréables à l'œil qu'au palais : des sorbets divers présentés dans des cygnes de glace et des pyramides de fruits voisinaient avec des pâtisseries dressées en savants échafaudages. Des friandises aussi originales que raffinées, telles des brioches encore chaudes contenant une noix de foie gras glacé mettaient çà et là des touches colorées sur les nappes blanches. Sur une large table étaient présentées plusieurs pièces de gibier, dont un superbe faisan, entièrement recousu et reconstitué par les cuisiniers, déployant ses ailes au-dessus du plat d'argent contenant les morceaux les plus savoureux de sa chair. Un assortiment de légumes variés et accommodés avec goût provenant pour la plupart du potager de Sa Majesté leur faisait face. Aux quatre coins de la tente, vins et liqueurs étaient mis à la disposition des convives sur de petits guéridons d'ébène. Mais le clou du buffet était sans conteste une gigantesque fontaine de cristal, surplombée d'un soleil en or massif et fleurie d'une multitude de roses écarlates, d'où coulait sans interruption un flot de vin de Champagne, pétillant et doré. Les officiers de bouche s'étaient surpassés. À l'extérieur se tenait « la Musique du Roi ». Violons, hautbois et autres instruments jouaient harmonieusement les œuvres de monsieur Lulli. Des torches étaient disposées un peu partout dans le bosquet, jetant des lueurs vives dans l'obscurité de la nuit. Face à la tente du festin s'élevait une estrade, où danseurs et danseuses vêtus de costumes chamarrés exécutaient un ballet plein de grâce. Plus tôt dans la soirée, Molière et sa troupe d'acteurs avaient interprété « L'école des femmes » pour le plus grand plaisir de tous. Poussant des exclamations ravies, la foule des courtisans se pressait du buffet au jardin, les yeux brillants d'extase, avec au cœur le désir secret de se rapprocher du dieu auquel ils devaient toutes ces merveilles, l'idole, le grand roi Louis XIV. Assis sur un majes-

tueux trône d'or aux côtés de son épouse, la reine Marie-Thérèse, le souverain souriait, la main posée sur sa canne au pommeau d'ébène. Son habit de brocart d'or brodé de diamants rehaussait encore sa majesté naturelle. Sa coiffure imposante le grandissait d'une tête. Son regard brun, à la fois ferme et doux, se posait avec bienveillance sur le cercle de privilégiés qui l'entouraient, ducs et marquis de haut lignage et dames « ayant droit au tabouret ». Soudain, la musique se tut. Il était temps d'ouvrir le bal. Le roi se leva et s'inclina devant la reine avant de se diriger vers le groupe chatoyant formé par les dames de la Cour. Il allait à présent choisir parmi elles celle qui aurait l'immense honneur d'être sa cavalière pour ce premier menuet. La foule des courtisans s'inclina en une respectueuse révérence sur le passage du souverain qui, d'une démarche assurée, traversait l'allée principale, le sourire aux lèvres, tandis que les feux d'artifice éclataient, faisant des accrocs étincelants sur le velours noir du ciel.

Deux yeux fixes ne perdaient rien de la scène. Louis XIV, toujours souriant, tendit la main à une ravissante marquise aux yeux couleur de pervenche et sous les regards admiratifs de la foule chamarrée, tous deux entamèrent les premières figures du menuet. Dans l'ombre, une voix murmura : « Bientôt... Bientôt... »

*

En se réveillant le lendemain matin, Beaumont ressentit un sentiment de satisfaction, une quasi-certitude que l'enquête ne tarderait plus à être bouclée. Un télégramme de recherche avait été diffusé contre Christophe Dupin. En temps qu'ancien petit ami de Louise Salvi, il avait eu la possibilité de connaître Laurent Robier et de savoir où il travaillait. Ce n'était pas un hasard s'il avait décidé de voler sa sacoche. C'était sûrement un détraqué qui préparait son coup depuis un moment, et avoir les clefs du château en sa possession lui avait permis de passer à l'acte. Le commissaire avait tenu à se rendre lui-même à son domicile avec une équipe afin de l'interpeller. Néanmoins, arrivés sur place, ils n'avaient trouvé personne. Il était probable que

Dupin, ayant appris que son complice avait été arrêté, s'était douté que son tour ne tarderait pas, et il avait pris la poudre d'escampette. Toutefois, Beaumont avait sans peine obtenu du juge d'instruction l'autorisation de mettre son domicile sous surveillance constante. Dupin allait être traqué sans répit, et il ne faisait aucun doute que la police ne tarderait pas à lui mettre la main dessus. Ce n'était plus qu'une question de temps. Il s'étira et, après une toilette rapide, il se rendit à son bureau. En chemin, il acheta deux croissants encore chauds et mordit dedans avec appétit. Il se sentait rempli d'optimisme, et se voyait déjà fêter l'arrestation de Dupin en emmenant Marie dîner dans un endroit romantique. Marie... Le simple fait de penser à elle faisait battre son cœur comme celui d'un adolescent énamouré. Il ne l'avait pas revue depuis l'autre soir, mais il attendait avec impatience de pouvoir l'appeler.

Arrivé au bureau, il alluma son ordinateur et examina son courrier. Il n'était pas installé depuis plus d'un quart d'heure que le téléphone sonna.

– Commissaire Beaumont, j'écoute.

– Commissaire, ici monsieur Evrard.

– Bonjour, monsieur Evrard, comment allez-vous ?

Il y eut un silence à l'autre bout du fil. Beaumont fronça les sourcils.

– Monsieur Evrard, tout va bien ?

– Je... c'est terrible, commissaire... J'ai tenu à vous appeler moi-même pour vous le dire... c'est... c'est abominable...

– Expliquez-vous, monsieur Evrard, lança Beaumont, excédé. Qu'est-ce qui est abominable ?

– C'est... Oh ! mon dieu, je ne sais comment vous dire cela. Cette fille qui...

– Quelle fille ? jeta Beaumont, alarmé.

Il y eut un nouveau silence à l'autre bout du fil. Beaumont s'était également tu, redoutant la réponse.

– C'est terrible, commissaire..., répéta Evrard d'une voix chevrotante. Le tueur... Il a recommencé. Nous avons trouvé le cadavre d'une femme avec une balle dans la tête ce matin, devant le petit château de Trianon.

VI

Il avait plu cette nuit-là, et le parc de Versailles dégageait de fortes odeurs champêtres. Beaumont et Massart contournèrent le château et descendirent le grand escalier pour gagner directement les jardins. D'un pas décidé, ils dépassèrent les parterres d'eau et s'arrêtèrent un instant devant le parterre de Latone. Massart déplia le plan qu'il avait à la main et l'examina.

– Nous devons remonter l'allée du Tapis Vert jusqu'au bassin d'Apollon, et ensuite, marcher le long du Grand Canal. Puis, il faudra obliquer sur la droite où une allée nous conduira directement à Trianon.

Beaumont ne répondit pas. D'un regard absent, il paraissait fixer le bassin. On y voyait Latone avec, à ses pieds, ses enfants, Diane et Apollon, implorant Jupiter de la venger des paysans de Lycie qui s'étaient moqués d'elle. Ceux-ci furent transformés en batraciens, présents sur les trois degrés constituant le bassin. Marie lui avait dit l'autre soir que cette image mythologique symbolisait la reine Anne d'Autriche, sous les traits de Latone. Elle protégeait son fils Louis XIV, transformé en Apollon, contre les frondeurs, représentés, eux, par les batraciens. Mais le commissaire regardait les statues sans les voir vraiment. Il était encore sous le choc de ce qu'il venait d'apprendre. La journée avait pourtant bien commencé, il s'était réveillé plein d'entrain, persuadé que Dupin ne tarderait pas à être arrêté et que son enquête serait résolue. Et, à peine arrivé au bureau, il apprenait qu'il avait un nouveau cadavre sur les bras ! Le coup de fil de monsieur Evrard lui avait fait l'effet d'une douche écossaise. Cette histoire lui avait au moins enseigné une bonne leçon : celle de ne jamais vendre la peau de l'ours avant de l'avoir tué. C'était au moment où il avait cru toucher au but qu'il réalisait que l'affaire était loin d'être terminée. Tout en remontant le Grand Canal aux côtés de son adjoint, il ruminait de sombres pensées. À la fin de sa conversation avec monsieur Evrard, il avait immédiatement prévenu l'Identité judiciaire et envoyé ses hommes au château. Il avait brièvement informé le divisionnaire Maurel de ce qui venait de se passer, avant de quitter le bureau à son tour en compagnie de Massart. Maurel n'avait pas eu le temps de lui tomber dessus, mais le commissaire savait que ce n'était que partie remise. Il laissa son regard errer sur le parc. De part et d'autre du Grand Canal se trouvaient des parcelles forestières composées de variétés arboricoles diverses, comme les chênes, frênes, hêtres et merisiers, et sillonnées de grandes allées. À son extrémité, les bâtiments de la petite Venise rappelaient les gondoles, les yachts et les galères miniatures qui constituaient la flottille, et qui servaient autrefois pour les promenades du Roi et celles de la Cour, ou pour les fêtes nautiques. Ils obliquèrent vers la droite et suivirent le bras transversal du Grand Canal qui, jadis, reliait la Ménagerie, aujourd'hui détruite, à Trianon. Trianon était le nom d'un village acheté, puis détruit, par Louis XIV dans le but de construire une maison où il pourrait fuir avec sa famille le protocole trop pesant de Versailles. Depuis, ce lieu avait toujours symbolisé la détente, loin de l'étiquette et des contraintes du pouvoir. Le premier château de Trianon fut édifié en 1670 par Le Vau. Ses murs étaient habillés de faïences bleues et blanches, à la chinoise, ce qui le fit surnommer le « Trianon de porcelaine ». Louis XIV l'avait dédié à sa maîtresse du moment, madame de Montespan. Puis, en 1687, il fut détruit, et Mansart éleva à sa place un petit palais de marbre et de porphyre avec des jardins délicieux, le « Trianon de marbre ». En 1768, fut achevé la construction d'un nouveau château, « le petit Trianon », commandé par le roi Louis XV pour madame de Pompadour, sa favorite. Puis, la reine Marie-Antoinette marqua ces lieux de sa présence. Louis XVI le lui offrit dès son avènement, et chaque année, elle y passait la plus grande partie de la belle saison, à la grande indignation de la Cour qui trouvait qu'elle y oubliait trop facilement ses devoirs.

Après avoir marché un moment, Beaumont et Massart arrivèrent devant la maison de la Reine et ses dépendances : le moulin, le boudoir, le colombier, la maison du garde, toujours habitée par un jardinier du domaine.

En approchant du petit Trianon, ils aperçurent un attroupement. Les hommes que Beaumont avait envoyés se trouvaient là, ainsi que monsieur Evrard, monsieur Monturo et l'équipe de l'Identité judiciaire en plein travail. Il aperçut également Mégane, agenouillée près du perron, masquant en partie celle que Beaumont devina être la nouvelle victime. Il s'approcha de la jeune femme et posa la main sur son épaule.

– Oh, bonjour, Axel, dit-elle en relevant la tête, cela devient une habitude de nous rencontrer ici, n'est-ce pas ?

Il ne répondit pas et s'agenouilla à son tour près du cadavre. Il s'agissait d'une femme ayant environ la trentaine. Elle avait de longs cheveux blonds et de grands yeux bleus, comme Louise Salvi. La balle qu'elle avait reçue avait creusé un trou dans son front. Sur le dessus de sa tête, des cheveux avaient été arrachés par poignées. Beaumont détourna son regard.

— Sait-on déjà qui est cette femme ?

— L'I. J. a examiné son sac à main. Ils y ont trouvé de l'argent liquide, environ quatre-vingts euros. Ses papiers et son livret de famille se trouvaient également à l'intérieur. Elle s'appelle Anaïs Charenton. C'est une femme mariée et mère de trois enfants.

— Mon Dieu..., murmura Beaumont.

Il se leva et se dirigea vers le responsable de l'Identité judiciaire, en grande conversation avec monsieur Evrard.

— Bonjour, André. Quelque chose de particulier à signaler ?

— Nous allons tout examiner au peigne fin comme à l'accoutumée, commissaire, mais à première vue, il s'agit du même scénario que les fois précédentes. À une exception près, toutefois...

— Laquelle ?

— Eh bien, comme lors du second meurtre, mon équipe a eu beau chercher partout, il a été impossible de retrouver la douille, expliqua-t-il. La dernière fois, je n'y ai pas accordé grande importance, mais aujourd'hui, je constate que le corps est recroquevillé de manière étrange. De plus, étant donné qu'il a plu cette nuit, nous avons aisément relevé des traces de roue sur le sol...

Beaumont fronça les sourcils. Des traces de roue avaient également été décelées dans le bosquet de la Colonnade, près du cadavre de Marie Métivier, la première victime.

– Tout ceci me laisse à penser que la victime a été tuée ailleurs, et transportée ensuite ici, conclut le responsable de l'I. J.

Beaumont se tourna vers le responsable de la sécurité.

– Monsieur Monturo, à quelle heure ces lieux ont-ils été inspectés pour la dernière fois hier soir ?

Olivier Monturo réfléchit un instant. Il paraissait dans ses petits souliers, et se sentait évidemment responsable de ce nouveau meurtre alors qu'il était chargé de renforcer la surveillance du château et du parc.

– Aux environs de vingt heures, commissaire. J'avais envoyé une équipe faire une ronde dans la totalité du parc, et rien d'anormal n'avait été signalé... Vous savez, si je n'ai pas laissé des gardiens en permanence à Trianon, c'est que je pensais que... Enfin, les meurtres avaient toujours eu lieu aux abords direct du château de Versailles... Je n'aurais pas cru... Et de plus, il y a là l'ancienne maison du garde, où habite toujours l'un des jardiniers. Le tueur ne manque pas d'audace...

– Il fallait le prévoir, monsieur Monturo ! glapit monsieur Evrard, furieux. Vous êtes payé pour assurer la sécurité de ce domaine, et d'autant plus quand un tueur ayant la marotte d'y oublier des cadavres se promène en liberté !

Confus, Monturo baissa la tête et ne répondit pas.

– Où est-il ce jardinier ? A-t-il été interrogé ? s'enquit Beaumont.

– Je suis là, monsieur le commissaire. C'est moi qui habite dans cette maison.

Beaumont se retourna et aperçut un petit homme brun portant une épaisse moustache.

– Avez-vous vu ou entendu quelque chose d'anormal cette nuit ? interrogea-t-il.

– Pas le moins du monde, commissaire. Celui qui a déposé cette pauvre femme ici a dû le faire au beau milieu de la nuit, et avec beaucoup de discrétion car aucun bruit ne m'a réveillé.

– De toutes façons, il est très probable que le meurtre n'a pas eu lieu ici, intervint Mégane. Le corps a été déplacé. Cette femme a été déposée ici alors qu'elle était déjà morte, j'en suis quasiment certaine. Monsieur Monturo affirme qu'à vingt heures, il n'y avait rien d'anormal ici. Or, à première vue, j'estimerais la mort de cette femme légèrement plus tôt, aux environs de dix-huit heures hier. Je vous le confirmerai après l'avoir examinée plus en détail, bien sûr, mais je ne pense pas me tromper.

– En tout cas, c'est inadmissible ! répéta monsieur Evrard avec colère. Nous avions renforcé la surveillance, justement pour éviter qu'un tel incident ne se reproduise. Et le tueur a malgré tout réussi son coup une fois de plus !

Beaumont se caressa le menton, songeur. La victime avait été déposée à l'extérieur du château, ce qui avait rendu l'alarme inutile. Néanmoins, le tueur avait dû traverser le parc pour transporter le corps jusque-là, alors que les équipes de surveillance étaient sur place. Cela signifiait prendre le risque d'être vu. À moins que... l'assassin ne connaisse suffisamment les lieux pour éviter d'être repéré. Christophe Dupin était-il venu souvent au château lorsqu'il fréquentait Louise Salvi ?

Il se tourna vers le président.

— Monsieur Evrard, je suis désolé, mais je vais demander la fermeture du château jusqu'à nouvel ordre. Nous ne pouvons faire courir le moindre risque au public avec ce qui se passe ici.

— Et... ça va prendre combien de temps ? lança le président d'un ton sceptique.

— Plus beaucoup, je l'espère. Nous avons identifié un suspect et nous allons lui mettre la main dessus d'un jour à l'autre. Au fait, n'aviez-vous pas parlé de faire changer les serrures ?

— J'en ai parlé au conseil d'administration, et cela devrait être fait d'ici la semaine prochaine, répondit monsieur Evrard.

Beaumont se tourna vers Olivier Monturo.

— Je veux un homme devant chaque porte, chaque grille, chaque accès, quel qu'il soit. Aucune personne étrangère au château ne doit y pénétrer sans être immédiatement repérée. Placez également des gardiens dans chaque allée du parc !

Les dents serrées, Beaumont se détourna et rejoignit son adjoint.

– Massart, il faut mettre les bouchées doubles pour retrouver Dupin ! Vous imaginez bien ce qui va nous tomber sur le dos après ce qui vient de se passer...

Un équipage de gardiens de la paix était en train d'enlever le corps pour le transporter à la morgue. Mégane le rejoignit et observa à ses côtés le spectacle morbide.

– Je te plains, Axel... Ce cinglé ne te laisse pas un instant de répit..., murmura-t-elle doucement.

– Je ne suis plus si sûr qu'il s'agisse d'un cinglé, Meg. Le fait qu'il ait récidivé alors que le château était particulièrement surveillé prouve qu'il a de la suite dans les idées. Il poursuit un but bien précis, et je te jure bien que je découvrirai lequel !

– Pour l'instant, tu me parais avoir besoin de te détendre un peu. Il est presque midi. Si nous allions déjeuner dans ce petit restaurant italien que nous fréquentions à l'époque ? J'ai très envie de manger des pâtes fraîches.

Beaumont émit une petite toux embarrassée. Il n'avait aucune envie de parler de sa vie privée, mais s'il allait dans ce restaurant avec Mégane, il ne pourrait s'empêcher de se sentir déloyal envers Marie. C'était stupide et il le savait. Mégane était une très bonne amie et, d'un autre côté, sa relation avec Marie débutait à peine et ne déboucherait peut-être sur rien de sérieux. Néanmoins, il préférait éviter les malentendus.

– Pas aujourd'hui, Meg. Je... Je dois rentrer au bureau. Avec ce qui vient de se passer, tu te doutes bien que le divisionnaire doit m'attendre de pied ferme.

– Justement, tu ne devrais donc pas être aussi pressé de le voir. Allez, viens. Je suis sûre que ça te changera les idées !

– Non, vraiment Meg... Et puis... je n'ai pas très faim.

– Bon... Comme tu voudras...

Mégane n'insista pas et s'éloigna. Beaumont eut l'impression gênante qu'elle n'était pas dupe. Bah, après tout, cela n'avait aucune importance. Il avait malheureusement d'autres chats à fouetter. Il soupira et jeta un regard aux alentours. Près du jardin anglais créé par Marie-Antoinette, l'aile du château, réservée aux chefs de l'État, s'étendait majestueusement. À l'époque de Louis XIV, les hôtes de ces appartements étaient la princesse Palatine, la seconde épouse du frère du roi, Philippe d'Orléans, son gendre le duc de Chartres, et sa fille la duchesse de Bourbon. Encore une fois, Beaumont se demanda ce qui pouvait avoir poussé l'assassin à choisir ces lieux comme cadre de ses crimes. Pourquoi prendre de tels risques pour que les cadavres soient retrouvés ici ? Il soupirait, abattu, lorsqu'il aperçut une fine silhouette qui s'avançait dans l'allée. Son cœur battit en reconnaissant Marie Berger. Elle l'aperçut et se dirigea vers lui.

– Bonjour, Axel..., dit-elle doucement en lui effleurant la main. J'ai appris ce qui s'était passé et... j'ai pensé que je te trouverais ici... Comment vas-tu ?

– Comme tu peux l'imaginer ! répondit-il en grimaçant. Ce qui s'est passé cette nuit tend un peu plus la corde sur laquelle je marche depuis le début de cette histoire...

— J'en suis désolée, dit-elle en pressant doucement sa main. En tout cas si tu as besoin de moi, je suis là...

Ils échangèrent un regard significatif, puis Marie retira sa main.

— Il faut que j'y aille à présent, murmura-t-elle avant de s'éloigner.

— Marie !

Beaumont la rejoignit et reprit sa main dans les siennes.

— Marie... Je risque d'être pas mal occupé dans les jours qui viennent. À cause de cette sale histoire... Mais sache que j'aimerais beaucoup que l'on se revoit...

Elle leva vers lui son regard vert.

— Moi aussi, Axel.

— Il y a autre chose, Marie. Je me fais du souci pour toi. Un assassin rôde dans le coin et il semble de préférence s'en prendre aux jolies jeunes femmes. Promets-moi d'être prudente, d'accord ?

Une lueur de crainte passa dans les yeux de Marie. Néanmoins, elle s'efforça de sourire.

— Ne t'inquiète pas, Axel, je suis certaine que tu ne vas pas tarder à résoudre cette affaire. J'ai confiance en toi. Mais je te promets tout de même d'être prudente.

Elle se haussa sur la pointe des pieds, effleura ses lèvres d'un baiser et s'éloigna. Le commissaire se retourna et aperçut son adjoint qui le dévisageait. Apparemment, il n'avait rien perdu de la scène, mais il ne fit aucun commentaire.

– Bon, vous venez, Massart ? Je crois que le divisionnaire doit être impatient de me voir ! De votre côté, tâchez d'en apprendre le plus possible sur Anaïs Charenton. Je veux savoir si elle a un lien quelconque avec le château de Versailles. Si elle y connaissait quelqu'un, ou bien si elle s'intéressait à l'histoire des rois de France. Vérifiez si elle était inscrite à la même bibliothèque que Marie Métivier. Il faut absolument que je découvre le lien existant entre ces trois femmes !

*

Maurel arpentait son bureau de long en large. Lorsque Beaumont entra, il lui fit signe de s'asseoir sans un mot. Lorsqu'il parla, ce fut sur un ton exceptionnellement calme.

– Beaumont, je ne vais pas tourner autour du pot avec vous. L'affaire est grave. Très grave. Comme vous pouvez l'imaginer, j'ai passé la matinée au téléphone. Avec le juge d'instruction, avec le préfet, et même avec le directeur central de la Police judiciaire. Nous ne pouvons laisser une telle situation se prolonger davantage. Les gens sont terrorisés et nous, nous sommes la risée de la presse.

Il prit une profonde inspiration.

– Beaumont, je crois que je vais devoir vous retirer l'enquête.

Stupéfait, le commissaire dévisagea son supérieur. Malgré la gravité de la situation, il n'avait pas prévu une sanction si brutale.

– Monsieur le divisionnaire, je...

– Je sais, Beaumont, je sais. Vous êtes plein de bonne volonté, et vous êtes persuadé que vous coffrerez bientôt ce salaud. Mais les faits sont là. Trois jeunes femmes sont mortes en moins d'un mois, et celui qui a fait ça court toujours. Vous n'avez pas été capable de l'arrêter après son premier meurtre, résultat, il a fait deux autres victimes, et s'apprête sûrement à en faire de nouvelles. Je sais, dit-il en balayant de la main les protestations qui s'apprêtaient à sortir des lèvres de Beaumont, vous n'êtes pas magicien, et il n'est pas évident de retrouver un assassin en si peu de temps et avec si peu d'indices, même lorsqu'on est un bon flic. Je peux vous comprendre. Mais tout le monde n'est pas aussi compréhensif que moi ! L'opinion publique n'hésitera pas à vous traîner dans la boue, parce qu'il faut un coupable. Si les gens ne peuvent pas s'en prendre à l'assassin parce qu'il demeure inconnu, ils se défouleront sur le commissaire de police qui n'a pas été capable de l'arrêter, et par conséquent, deviendrait indirectement responsable des crimes. C'est injuste, mais c'est comme ça.

– Monsieur le divisionnaire, notre principal suspect a été identifié et il est activement recherché. De plus, j'établis peu à peu un lien entre les victimes et le château de Versailles. Deux de mes hommes ont rouvert l'enquête de la station-service où a été utilisée l'arme de notre affaire, arme qui est activement recherchée par notre indic. Nous allons forcément obtenir bientôt des résultats. Tout ce que je vous demande, c'est un peu de temps !

– Mais reconnaissez que vous n'avez rien de vraiment concret, Beaumont !

– Pour l'instant, monsieur le divisionnaire, pour l'instant. Mais ça ne va plus tarder à présent. Laissez-moi le temps de mener cette enquête à bien ! Faites-moi donc confiance. Que je sache, vous ne l'avez jamais regretté jusqu'à aujourd'hui !

Maurel leva les yeux au ciel et poussa un profond soupir.

– Une semaine, Beaumont. Je vous donne une semaine et pas un jour de plus, vous avez compris ? Et c'est bien parce que je suis obligé de reconnaître que vous êtes un bon élément. Mais si, dans sept jours, vous n'avez pas identifié l'auteur de ces crimes, je vous retire l'affaire, c'est clair ?

– Parfaitement clair, monsieur le divisionnaire.

Beaumont s'apprêtait à sortir lorsqu'il se ravisa.

– Si vous êtes d'accord, j'ai l'intention de faire appel à un profileur. Peut-être que cela ne donnera aucun résultat, mais l'avis d'un expert peut nous être utile. En

tout cas, nous n'avons rien à perdre à essayer.
– Faites ce que bon vous semblera. Mais n'oubliez pas, Beaumont. Une semaine, pas plus !

Beaumont regagna son bureau tout en essayant de contenir la rage qui grondait en lui. Il adorait son métier, mais comment l'exercer correctement face à une hiérarchie butée qui s'imaginait qu'un assassin laissait sa carte de visite sous le coude de sa victime ? Il se sentait parfaitement capable de retrouver le tueur de Versailles, mais encore fallait-il qu'il soit libre de mener son enquête correctement. Il pouvait déjà s'estimer heureux de conserver l'affaire. Maurel lui avait clairement fait comprendre qu'il lui faisait une fleur en la lui laissant. Une semaine ! Cela serait-il suffisant pour découvrir la vérité ? Il consulta sa messagerie électronique et y trouva les habituels rapports du médecin légiste et du laboratoire. Encore une fois, les mêmes éléments apparaissaient. Présence de somnifère dans le sang, balle tirée par le même MAS G1, aucune violence sexuelle mais des traces de coups assenés post-mortem. Mégane confirmait que la victime avait été tuée ailleurs, puis transportée jusqu'au château. Cela prouvait qu'en dépit de son habileté, le tueur se méfiait. Il avait beau placer un silencieux sur son arme, il n'avait tout de même pas pris le risque de commettre son crime dans des lieux hautement surveillés. Peut-être avait-il eu peur que le jardinier qui vivait dans la maison de Trianon aperçoive l'éclair produit par la détonation... Beaumont soupira. Le fait que l'assassin soit parvenu à trois reprises à tromper la vigilance des gardiens prouvait qu'il était particulièrement malin. Il avait glissé entre les mailles du filet comme une anguille, et avait réussi à déposer les cadavres là où il le souhaitait, sans que quiconque ne s'en aperçoive. À moins qu'il n'ait un complice dans la place... Beaumont ne pouvait tout de même pas placer en garde à vue tous les employés du château. Et pourtant, il avait bien l'intention d'avoir tout ce petit monde à l'œil. Il commençait à y avoir un peu trop de fumée pour qu'un feu ne se cache pas quelque part à Versailles !

On frappa à la porte, et le commandant Massart entra.

– Je me suis renseigné sur Anaïs Charenton, commissaire. Elle avait trente-deux ans, elle était mariée depuis sept ans et avait trois enfants en bas âge. Le mari affirme qu'elle n'avait aucune fréquentation suspecte, d'ailleurs elle ne voyait que ses quelques amies. D'après lui, elle n'avait aucune relation avec quiconque travaillant ou ayant travaillé au château de Versailles. Et de plus, elle ne s'intéressait pas du tout aux rois de France, pas plus qu'à d'autres chapitres de l'histoire. Elle n'avait pratiquement pas fait d'études, elle n'était pas inscrite à la bibliothèque car elle n'aimait pas lire excepté les romans à l'eau de rose, et d'après ce que j'ai appris sur elle, ses principaux centres d'intérêt étaient la mode, les feuilletons télé et les commérages entre copines. J'ai d'ailleurs rencontré les copines en question, toutes des dindes sans cervelle ! En bref, sans vouloir manquer de respect à sa mémoire, Anaïs Charenton n'avait vraiment rien d'exceptionnel... C'était bien une femme, quoi..., ajouta-t-il d'un ton méprisant.

Beaumont leva la tête et dévisagea son adjoint.

– C'est une remarque particulièrement discriminatoire que vous venez de faire, Massart. Il vaudrait mieux éviter ce genre de propos à l'avenir, cela ne peut vous faire que du tort.

Massart pinça les lèvres et ne répondit pas. Le commissaire croisa les bras et le regarda avec insistance.

– Puisque nous abordons le sujet, Massart, je tiens à vous signaler que j'ai remarqué à plusieurs reprises votre hostilité envers les femmes. On pourrait presque vous suspecter de misogynie. Que vous ont-elles fait pour que vous les méprisiez à ce point ?

Le commandant rougit légèrement et ne répondit pas.

– Loin de moi l'idée de vouloir me mêler de votre vie privée, Massart, reprit le commissaire. Je voudrais seulement éviter que vos idées personnelles ne vous entraînent à porter un jugement erroné dans votre travail. Comprenez-vous bien ce que je veux dire ?

– Parfaitement, commissaire, répondit Massart d'un ton neutre.

– Bien. L'incident est clos. Tâchons à présent de résumer la situation.

Il prit une feuille de papier et un stylo, et écrivit :

« *Marie Métivier, vingt-deux ans, passionnée par l'histoire des rois de France, retrouvée dans le bosquet de la Colonnade, meurtrissures au cou. Louise Salvi, vingt et un ans, fille du responsable des installations hydrauliques du parc de Versailles, retrouvée sur l'autel de la chapelle, marques de griffures sur les joues. Anaïs Charenton, trente-deux ans, mariée et mère de famille, aucun lien apparent avec le château de Versailles, aucun intérêt pour son histoire, retrouvée à Trianon, poignées de cheveux arrachés sur le dessus du crâne.* »

Beaumont relut ce qu'il venait d'écrire et fronça les sourcils.

– Quelque chose ne colle pas avec la troisième victime. Jusqu'à présent, j'étais certain que le tueur les choisissait en fonction d'un lien quelconque avec le château de Versailles. Or, Anaïs Charenton n'en présente aucun. De plus, elle était mariée et mère de famille, ce qui n'était pas le cas des deux autres. Dois-je en déduire que l'assassin se base sur d'autres critères pour choisir ses victimes, ou bien est-ce là un pur hasard ?

Absorbé par ses réflexions, Beaumont griffonnait machinalement sur sa feuille de papier.

– Moi, ce sont ces marques de violence faites post mortem qui m'intriguent, intervint le commandant. Puisque l'assassin leur avait déjà tiré une balle dans la tête, quel intérêt avait-il à leur taper dessus ?

– Les types capables de commettre des crimes obéissent souvent à des pulsions incontrôlées. Il est probable que l'assassin haïssait ces femmes à un point tel qu'il n'a pu résister au désir d'assouvir sa rage, même après les avoir tuées.

– Pourtant, si l'on en croit leurs proches, aucune d'entre elles n'avait d'ennemis acharnés, ajouta Massart. Je suis de plus en plus persuadé que ce type est tout simplement cinglé !

– Eh bien, moi, voyez-vous, j'ai l'impression inverse. Non pas que je me représente l'assassin comme un modèle de stabilité psychologique, mais il est loin d'être tout simplement un illuminé qui agit sans réfléchir. Si vous voulez mon avis, il poursuit un but. Et je suis certain que rien n'est laissé au hasard dans son entreprise : ni le choix des lieux, ni le choix des victimes, ni la façon dont il les traite. Le tout est de découvrir ses motivations.

– Si vous le dites, commissaire.

Massart consulta sa montre et se leva.

– Je vais devoir y aller, j'ai un rendez-vous. Ah, j'allais oublier, commissaire, j'ai contacté un profileur comme vous me l'avez demandé tout à l'heure. Il s'agit de Christian Jaquetti, psychologue expert au pénal. La police a déjà fait appel à ses services dans le cadre de plusieurs enquêtes concernant des crimes en série. Il sera là demain à quatorze heures.

*

Le soir venu, Beaumont rentra chez lui, perturbé. Il avait passé l'après-midi à retourner en tous sens les éléments dont il disposait, et il n'avait pas réussi à y voir plus clair. Malgré son optimisme habituel, il ne pouvait s'empêcher de s'inquiéter. Comment parviendrait-il à retrouver l'assassin en une semaine s'il ne disposait pas d'indices plus significatifs ? Il dîna à peine et se coucha rapidement. Il dormit d'un sommeil agité, peuplé de cauchemars. Il y vit Christophe Dupin, brandissant un MAS G1 en direction de trois cadavres aux longs cheveux. Ses mains étaient maculées de sang et à son poignet brillait la gourmette en or de Laurent Robier. Tel Barbe-Bleue, un énorme trousseau de clefs pendait à sa ceinture tandis qu'autour de lui s'étalait la magnificence des jardins de Versailles, avec les courtisans de jadis profilant leurs ombres dans les allées. Puis brusquement, le décor changea. Il se trouvait dans son restaurant italien favori, celui-là même où il avait récemment dîné avec Marie. Elle était là justement, Marie. Timide et ravissante, ses yeux verts brillant comme une source fraîche. Elle lui parlait des rois de France en souriant. Et soudain, elle tomba en arrière, et lorsqu'il se pencha sur elle, il vit qu'elle avait, elle aussi, un trou sanglant au milieu du front. Ses lèvres étaient tuméfiées et elle ne souriait plus du tout. La silhouette du divisionnaire Maurel se dessinait près de lui et hurlait : « *C'est la quatrième, Beaumont !*

N'oubliez pas, vous n'avez plus qu'une semaine ! » Près de lui, le commandant Massart ricanait en disant : « *Après tout, ce n'était qu'une femme !* »

Il se réveilla en sursaut, le front trempé de sueur. Il avait rarement fait de cauchemar aussi réaliste. Il jeta un coup d'œil à sa montre et vit qu'il n'était que trois heures du matin. Il se leva et alla boire un verre d'eau, résistant à la tentation d'appeler Marie pour vérifier qu'elle allait bien. Elle le prendrait sûrement pour un fou. Il se recoucha et tenta de se rendormir. Un peu plus tard, une sonnerie résonna dans la nuit. Elle lui sembla d'abord venir de très loin, puis se fit de plus en plus insistante, lui vrillant les oreilles comme un appel au secours, avant qu'il ne réalise que c'était la sonnerie du téléphone qui venait de le réveiller. Il tâtonna dans l'obscurité pour trouver le combiné.

– Allô !
– Commissaire, ici Gérard. J'ai une bonne nouvelle pour vous. Nous venons d'arrêter Christophe Dupin ! Il vous attend au commissariat.

VII

Beaumont avait foncé jusqu'à son bureau en prenant à peine le temps de s'habiller décemment. À peine arrivé, il aperçut l'homme qui lui avait téléphoné.

– Bonjour, Gérard, et félicitations ! Comment avez-vous réussi à lui mettre la main dessus ?

– Nous avons eu de la chance, patron. Vous vous souvenez de cette femme rousse dont je vous avais parlé ? Celle qui fréquentait régulièrement Dupin et que vous nous aviez demandé de garder à l'œil ? Eh bien, nous l'avons vue sortir de chez elle les bras chargés de provisions. Nous l'avons discrètement suivie jusqu'en banlieue, où elle s'est arrêtée dans un minable entrepôt désaffecté. Et là, nous n'avons eu qu'à cueillir Dupin comme une fleur ! C'est là qu'il se cachait.

– Bien joué. Où est-il ?

– Dans sa cellule. J'ai aussi placé la fille en garde en vue. J'ai pensé que vous aimeriez l'interroger.

– Vous avez très bien fait. Je vais d'abord aller voir Dupin.

Beaumont emprunta le couloir qui menait aux cellules de garde à vue. Dès qu'il eut ouvert la porte, il se retrouva face au regard hostile de Dupin.

– Comme on se retrouve ! lança le commissaire en guise de salutations. Ce n'est pas gentil d'avoir ainsi cherché à nous fausser compagnie, Dupin. Auriez-vous par hasard quelque chose à vous reprocher ?

– C'est ça, payez-vous ma tête ! lança Dupin avec haine. De toutes façons, quoi que je dise, cela ne servira à rien. Depuis le début, vous m'avez condamné !

– Ne prenez pas des mines d'enfant martyr, cela ne vous va pas du tout, rétorqua sèchement Beaumont. Vous savez aussi bien que moi pourquoi vous êtes ici, alors si vous tenez à avoir quelque espoir d'alléger un tant soit peu votre peine, vous avez intérêt à tout avouer. Cela fera

gagner un temps précieux à tout le monde.
– Mais qu'est-ce que vous voulez que j'avoue, bon Dieu ? hurla Dupin. Depuis le premier jour où je vous ai vu, vous me dévisagez avec une mine suspicieuse. Vous m'avez posé des tas de questions sur Louise Salvi, vous m'avez même demandé si je possédais un pistolet. Un MAS quelque chose, ou je ne sais plus quoi !
– Un MAS G1, répondit calmement Beaumont. Et je réitère ma question aujourd'hui. En possédez-vous un ?
– Je vous ai déjà dit que non ! Vous êtes sourd ou quoi ? Vous voulez que je vous dise, tout ce que je pourrais vous raconter ne servira à rien. Vous n'avez qu'une seule envie, m'inculper de meurtre !
– Eh bien, voilà, je savais que vous étiez un garçon intelligent ! Vous voyez bien que vous savez pourquoi on vous a arrêté !
– Évidemment que je le sais. Je représente le coupable idéal, tout ça parce que j'ai eu le malheur d'avoir une aventure avec cette pimbêche de Louise ! Alors on me montre du doigt en criant « *voilà l'assassin* » *!*

– Vous persistez donc à clamer votre innocence ?

Dupin le toisa avec insolence et, croisant les bras, il s'appuya contre le mur sans répondre.

– À supposer que vous soyez innocent, continua Beaumont, comment se fait-il que vous vous cachiez dans cet entrepôt depuis déjà plusieurs jours ? Lorsqu'on a la conscience tranquille, on ne prend pas ainsi la poudre d'escampette, on reste tranquillement chez soi.

Dupin resta à nouveau silencieux. Il regardait droit devant lui, immobile, comme pour signifier que l'entretien était terminé et qu'on ne tirerait plus rien de lui.

– Savez-vous que ce n'est pas seulement parce que vous étiez le petit ami de Louise Salvi que nous vous faisions rechercher ? Lors de notre première rencontre, je n'ai pas mentionné un point essentiel...

Beaumont s'interrompit et observa attentivement son interlocuteur. Christophe Dupin n'eut aucune réaction.

– Je ne vous ai pas précisé qu'aucune trace d'effraction n'avait été relevée sur les grilles du parc, ni sur la porte de la chapelle. À ce moment-là, nous soupçonnions l'assassin d'avoir les clefs du château mais je n'avais pas encore eu connaissance d'un élément capital. Cet élément m'a été fourni par Laurent Robier, l'un des conservateurs du château de Versailles. Vous voyez de quoi je veux parler ?

Dupin resta silencieux, mais Beaumont nota que son visage s'était crispé. Il poursuivit, en insistant bien sur chaque mot.

– Monsieur Robier s'est rendu un soir dans un bowling, près de Corbeil. Et là, il s'est fait voler sa sacoche. Dedans, il y avait de l'argent, des papiers, une gourmette en or, mais aussi un trousseau de clefs. Et devinez un peu quelles serrures ouvraient ces clefs ? Celles du château de Versailles ! Mais vous savez tout cela, bien sûr, n'est-ce pas ?

L'autre lui décocha un regard plein de haine, mais ne répondit toujours pas.

– Peu après débutait la série des meurtres sur lesquels j'enquête. Bizarre coïncidence, ne trouvez-vous pas ? Mais nous avons eu la chance de pouvoir identifier la personne qui avait volé la sacoche du conservateur et, par conséquent, le trousseau de clefs... Il s'agit d'un certain Jean-Luc Dalmon. Ce nom vous dit quelque chose ?

Dupin avait légèrement pâli. Il se leva brusquement et fit face au commissaire.

– Si vous arrêtiez de jouer au chat et à la souris avec moi, hein ? Où voulez-vous en venir ?

– Où je veux en venir ?

Les traits de Beaumont se durcirent, et il saisit Dupin par le collet.

– Tu le sais parfaitement, Dupin. Dalmon t'a balancé. Tu étais avec lui ce soir-là. C'est toi qui as voulu voler la sacoche de Robier sous prétexte qu'il était plein aux as. Mais en fait, c'étaient les clefs qui t'intéressaient, n'est-ce pas ? Lorsque tu as quitté Dalmon, tu as eu tout le temps de les faire refaire avant de balancer la sacoche sur la route. Alors maintenant, tu vas avouer ! Pourquoi as-tu tué ces trois femmes, et où as-tu planqué ton pistolet ?

– Je n'ai tué personne, et je n'ai pas de pistolet ! hurla Dupin. Je savais que les flics allaient me tomber dessus dès que j'ai entendu parler de ces histoires de meurtres au château. C'est un malheureux concours de circonstances ! Lorsque j'ai vu Robier au bowling, je l'ai immédiatement reconnu. C'était un ami du père de Louise, un rupin plein aux as. J'ai vu qu'il ne surveillait pas particulièrement ses affaires, aussi j'ai pensé que ce serait un jeu d'enfant de lui piquer sa sacoche. J'étais certain que la récolte serait bonne et j'avais raison. Dalmon et moi, on s'est partagé le fric et il s'est chargé de revendre la gourmette. Il avait des relations pour ça. On a laissé tout le reste dedans et j'ai jeté la sacoche un peu plus loin.

— Et bien sûr, tu n'as pas remarqué qu'il y avait des clefs à l'intérieur ?

— Bien sûr que je les ai vues. Mais je n'y ai accordé aucune importance. Nous avons piqué sa sacoche pour le fric, et rien d'autre. Je me foutais bien de ces clefs ! Je n'avais pas l'intention d'aller cambrioler le château de Versailles ! C'est un trop gros morceau pour moi.

— Tu savais donc que ces clefs ouvraient le château ?

— Je m'en doutais. Je savais que le père de Louise en possédait un jeu en tant que responsable des installations hydrauliques. Robier est conservateur là-bas, il en possédait forcément un aussi !

— Si votre petite histoire est vraie, rétorqua Beaumont froidement, pourquoi avez-vous appelé Dalmon, lui recommandant d'être prudent et de ne pas chercher à refiler la gourmette pour ne pas être repéré ?

Dupin serra les dents.

— C'est lui qui vous a dit ça ? Ce type est une véritable balance !

— Ça ne répond pas à ma question, Dupin !

— Figurez-vous que je vous connais, vous les flics ! Dès que j'ai entendu parler des meurtres de Versailles, j'ai repensé à ce trousseau de clefs. C'était bien ma veine de les avoir eues entre les mains juste avant que des cadavres ne soient déposés au château ! Je me suis dit que si on découvrait que c'était moi qui avais piqué la sacoche de Robier, on ne manquerait pas de me coller ces meurtres sur le dos, d'autant plus qu'à côté de ça, j'étais l'ancien petit copain de la deuxième victime ! Et vous voyez, j'avais raison ! C'est exactement ce qui est en train de se passer !

Beaumont le regarda fixement et croisa les bras.

— Alors encore une fois, explique-moi pourquoi tu as filé à l'anglaise pour te cacher dans cet entrepôt ? S'il est vrai que tu n'avais rien à te reprocher hormis le vol de la sacoche, pourquoi ne pas l'avoir tout simplement dit ?

— Mais je savais que vous ne me croiriez jamais ! jeta Dupin exaspéré. J'ai téléphoné à Dalmon et je suis tombé sur son père. Quand il m'a dit qu'il venait d'être arrêté, j'ai pris peur. Dalmon trempe dans pas mal d'affaires louches, il aurait pu se faire pincer pour une foule de raisons, mais je me suis dit que s'il avait été embarqué à cause de l'histoire du bowling, la police ne serait pas longue à remonter jusqu'à moi et à m'accuser d'être le tueur de Versailles ! Alors j'ai paniqué et j'ai préféré me faire oublier ! C'est tout !

— Une dernière question, Dupin. Anaïs Charenton, ça te dit quelque chose ?

— Pas du tout. C'est qui ?

— Il s'agit d'une femme qui a été retrouvée assassinée devant le petit Trianon il y a deux jours, aux environs de dix-huit heures. Peux-tu me dire où tu étais à ce moment-là ?

Dupin leva les yeux au ciel.

– J'étais caché dans l'entrepôt où vos hommes m'ont trouvé !

– Seul ?

– Oui, seul !

– Si je comprends bien, comme la dernière fois, tu es incapable de fournir un alibi qui tienne la route...

– Excusez-moi, commissaire ! Si j'avais su qu'un meurtre allait avoir lieu ce soir-là, j'aurais pris soin de me mettre à chanter tout nu en pleine rue, histoire d'avoir des témoins !

Le commissaire se leva en soupirant.

– C'est un peu simpliste comme raisonnement, Dupin. Tu ne m'as pas vraiment convaincu. Il va falloir faire mieux. Peut-être qu'une nuit derrière les barreaux saura te convaincre de te montrer plus raisonnable.

Ignorant les injures dont l'abreuva copieusement Christophe Dupin, Beaumont sortit et referma la porte à double tour. À peine avait-il fait trois pas qu'il se trouva nez à nez avec Maurel.

– Eh bien ? A-t-il avoué ? s'enquit le divisionnaire.

– Il avoue avoir volé la sacoche et avoir eu les clefs en main, mais il persiste à nier les avoir fait refaire et s'en être servi pour commettre les meurtres du château.

– Ouais, ils disent tous ça. Les prisons sont remplies d'innocents, paraît-il. Il n'a aucun alibi pour les soirs où les meurtres ont eu lieu ?

– Non, il prétend être resté seul chaque fois.

– Du pipeau ! Ce type se fout de nous, j'en suis certain ! C'est lui le tueur ! Dites-moi, vous avez toujours l'intention de faire appel à un profileur ?

– Il doit venir cet après-midi à quatorze heures. Je compte lui soumettre le profil de Dupin afin qu'il nous donne son avis.

– Faites-le-lui rencontrer, je suis sûr qu'il vous confirmera que ce type a le profil même du tueur que nous recherchons !

– C'est bien mon intention, monsieur le divisionnaire. À présent, excusez-moi, je voudrais dire deux mots à la femme qui accompagnait Dupin. Elle se trouve dans cette cellule.

– Faites ! Et n'oubliez pas de revenir à la charge avec Dupin. Il faut qu'il comprenne qu'il a tout intérêt à se montrer coopératif ! Je vais téléphoner au juge d'instruction, et lui dire que nous sommes en passe d'obtenir ses aveux. Vous avez fait du bon travail, Beaumont !

Lorsque Maurel se fut éloigné, le commissaire haussa les épaules. Le divisionnaire avait l'art de précipiter les choses. Soit il était prêt à lui retirer l'enquête, soit il paraissait sur le point de clore l'affaire et le félicitait d'avoir arrêté le coupable, alors qu'il ne disposait d'aucune preuve matérielle certifiant que Dupin était l'assassin qui sévissait à Versailles. Bien que Beaumont en soit convaincu, il ne l'affirmerait pas avant d'avoir un élément solide sur lequel s'appuyer, par exemple la découverte de l'arme du crime. Il ouvrit la porte de la cellule et entra. En face de lui, une femme rousse recroquevillée sur un banc lui jeta un regard apeuré. Elle avait un œil au beurre noir, et ses joues étaient maculées de larmes et de traces de rimmel. Beaumont s'approcha et s'assit près d'elle.

– Votre nom ?

– Marlène Rostand, répondit la femme en reniflant.

– Vous êtes la petite amie de Dupin ?

La femme laissa échapper un sanglot, et hocha la tête en signe d'assentiment.

– Parlez-moi de lui. Étiez-vous au courant de ses activités louches ? Est-il de nature plutôt violente ?

Marlène Rostand s'essuya les yeux.

– Christophe ne me parlait jamais de ce qu'il faisait. Il disait que j'étais trop bête pour comprendre. Pourtant, il savait toujours me trouver quand il avait besoin de moi. Même quand la gosse de riche avec qui il sortait lui tapait sur les nerfs, c'est chez moi qu'il venait !

Beaumont dressa l'oreille.

– Vous voulez dire que Dupin vous fréquentait déjà au temps de sa liaison avec Louise Salvi ?

– Ça fait des années que je connais Christophe ! jeta la femme avec une pointe d'orgueil. Bien avant cette petite dinde ! Je n'ai jamais compris ce qu'il lui trouvait. Peut-être que ça le flattait de fréquenter les bourgeois !

– Vous savez que Louise Salvi a été assassinée ?

Marlène Rostand roula des yeux apeurés.

– Oui, je l'ai entendu au journal télévisé...

– Savez-vous où était Dupin le soir du meurtre ?

– N... non. Je préférais ne pas lui poser ce genre de questions, ça le mettait en colère...

– A-t-il l'habitude de se montrer violent ?

Elle baissa les yeux et resta un moment silencieuse.

– Christophe n'est pas méchant..., dit-elle enfin. Juste un peu nerveux, c'est tout... Et c'est souvent de ma faute... Je l'aime, vous comprenez ? jeta-t-elle avec désespoir. Alors j'ai tendance à me montrer un peu trop envahissante. Je fais des erreurs sans le vouloir, alors ça l'énerve !

Elle regarda Beaumont avec angoisse.

– Comme cette nuit, par exemple... C'est à cause de moi qu'il s'est fait prendre. Il m'avait bien dit de ne pas venir le voir là-bas. Mais je me faisais du souci... J'ai voulu lui apporter quelque chose à manger. Et je ne me suis pas aperçue que j'étais suivie... C'est normal qu'il se soit énervé contre moi. Je ne lui en veux pas...

Incrédule, Beaumont regarda son visage tuméfié.

– C'est lui qui vous a fait ça ?

La femme passa une main sur son œil enflé et détourna le regard.

– Ce n'est rien. Il ne voulait pas me faire de mal. Il ne l'a pas fait exprès...

– Je vous trouve bien indulgente, mademoiselle Rostand. Il est évident que vous tentez de couvrir un homme particulièrement violent qui n'hésite pas à vous faire subir de mauvais traitements. Alors maintenant, répondez franchement à ma question : le croyez-vous capable d'avoir commis ces meurtres ?

Marlène Rostand était devenue toute pâle. Ses mains tremblaient.

– Christophe n'est pas un méchant homme..., dit-elle d'une voix misérable. Je suis certaine qu'il n'aurait jamais fait ça...

Beaumont se leva et se dirigea vers la porte.

— Quoi qu'il en soit, vous auriez dû informer la police du lieu où se cachait Dupin. Vous n'ignoriez pas qu'il était recherché. S'il s'avère qu'il est bien l'assassin de Versailles, vous pourriez être accusée de complicité, est-ce que vous vous en rendez compte ?

Pour toute réponse, Marlène Rostand enfouit son visage dans ses mains et se mit à pleurer.

*

Christian Jaquetti frappa à la porte du bureau de Beaumont à quatorze heures précises. C'était un homme assez jeune, il devait avoir tout juste la trentaine, élégamment vêtu, qui portait un énorme attaché-case sous le bras. Beaumont le fit asseoir et appela également Massart.

— Monsieur le commissaire, en premier lieu, je tiens à vous dire que j'ai examiné avec attention le dossier que m'a fait parvenir votre adjoint et j'en ai déjà tiré quelques conclusions.

Il croisa ses jambes et sortit une cigarette.

— Vous permettez ?

– Je vous en prie...

Jaquetti aspira une longue bouffée de tabac avant de reprendre.

– Vous savez, commissaire, le profilage est souvent perçu comme la faculté qu'aurait le profileur, c'est-à-dire moi, à s'identifier à la fois à l'agresseur et à sa victime. Toutefois, chaque cas est unique, présente des spécificités et c'est bien l'analyse des différences individuelles qui permet d'obtenir des résultats. Mais si vous avez fait appel à moi, c'est que vous savez déjà ce qu'est le profilage, du moins je le suppose.

Beaumont échangea un bref coup d'œil avec son adjoint. Il aurait préféré que Jaquetti en vienne directement au fait plutôt que de lui faire un exposé sur le profilage. Comme s'il avait lu dans ses pensées, le profileur poursuivit.

– Comme je vous l'ai dit, j'ai examiné en détail le dossier de l'affaire. J'ai vu les photos des cadavres, lu les rapports d'autopsie, les comptes rendus d'interrogatoire et l'étude balistique. Cela m'a permis de reconstruire une vision globale mais précise de l'organisation de la scène de crime. D'ores et déjà, il est clair que l'assassin tenait à ce que ses victimes soient retrouvées exactement là où elles l'ont été. Dans les trois cas, il n'a aucunement cherché à dissimuler les corps, au contraire, il les a exposés bien en vue à l'endroit de son choix. Il a chaque fois agi pendant la nuit, même dans le troisième cas où l'heure du décès de la victime était estimée à dix-huit heures, il a attendu la nuit pour venir déposer le corps à Trianon. Les dates des crimes ne sont pas significatives pour moi : il ne s'agit pas de jours de fêtes comme la Saint-Valentin, Noël ou Pâques, ce qui peut parfois aider à expliquer le comportement de l'agresseur. Il ne s'agit pas non plus des dates d'anniversaire des victimes.

– Peut-être que ces dates représentent quelque chose de bien particulier dans la tête de l'assassin ? Quelque chose que nous ne sommes pas en mesure de comprendre pour l'instant, mais qui a une signification bien précise ? Par exemple, si l'assassin connaissait ses victimes, cela pourrait être la date anniversaire de leur rencontre..., suggéra Beaumont.

– C'est en effet une possibilité. Néanmoins j'ai vu dans le dossier que votre adjoint, ici présent, avait interrogé la famille de chaque victime pour connaître ses fréquentations. Et je n'ai remarqué aucun nom qui soit commun aux trois cas. Si je me souviens bien, aucun objet particulier n'a été utilisé par l'assassin hormis son pistolet, n'est-ce pas ?

– À deux reprises, des traces de roue ont été relevées sur le sol. Il est possible qu'il ait utilisé une brouette ou une petite remorque, précisa Beaumont.

– Hum... hum..., marmonna Jaquetti en se grattant le menton. Quoi qu'il en soit, le crime a été commis avec un pistolet qui, selon toute vraisemblance, appartient au tueur puisqu'il n'a pas été retrouvé et qu'il a été utilisé dans les trois cas. Ceci est une preuve que les crimes avaient été bien planifiés : le tueur avait amené son arme, munie de surcroît d'un silencieux, avec la franche intention de s'en servir, ce qui nous conduit à la notion de préméditation. Une seule balle a été tirée dans chaque cas, et les blessures faites post-mortem sont peu nombreuses, ce qui m'amène à établir que l'assassin a agi seul.

Le profileur réfléchit un instant avant de reprendre.

– Quant à la mise en scène, elle est assez simple. Après avoir drogué ses victimes, le tueur les emmène au château de Versailles où il attend qu'elles ouvrent les yeux pour leur tirer une balle en pleine tête. À moins qu'il ne les tue avant de les y transporter. Il laisse le cadavre étendu à l'endroit qu'il a choisi, soit dans le parc, soit dans le bâtiment. C'est tout. Je n'ai remarqué aucune autre spécificité dans sa façon d'agir. Pas de position particulière imposée aux victimes, pas d'objet spécial utilisé pour les torturer, pas de liens, pas de violence sexuelle, en bref aucun rituel typique, si ce n'est que les corps sont à chaque fois déposés au château de Versailles. Notre homme n'est donc ni un fétichiste, ni un pervers, et ni même un maniaque, puisque les blessures qu'il a infligées à ses victimes après leur décès étaient à chaque fois différentes. Pour la première, il s'agissait de meurtrissures au cou, pour la seconde, de griffures au visage, et pour la troisième, des cheveux arrachés. Il ne s'attache pas à reproduire exactement la même mise en scène. Son but est ailleurs.

– Alors, si ce n'est pas un cinglé, pourquoi tue-t-il toutes ces femmes ? interrogea Massart. Est-ce par vengeance personnelle ?

– Peut-être... Bien que, dans ce cas-là, cela signifierait qu'il les connaissait toutes les trois, et il est probable qu'alors, vous auriez relevé des similitudes dans leurs fréquentations lorsque vous avez interrogé les familles. Or, ce n'est pas le cas. Bien sûr, ce n'est pas non plus impossible, mais je pense qu'il n'était pas forcé de les connaître toutes les trois pour agir... À mon avis, il les a choisies, ceci est certain, en fonction de certains critères qu'il est seul à connaître. Peut-être est-ce l'apparence physique, l'état psychologique, les habitudes, l'environnement social... Ces femmes s'inséraient dans son fantasme, et je pense que c'est pour cette raison qu'il les avait repérées. Il n'avait pas besoin de les connaître particulièrement pour cela, juste de les observer. Quant à dire que ce n'était pas un cinglé... Commandant, bien que je trouve votre terme un peu excessif et péjoratif, ne me faites pas dire ce que je n'ai pas dit. J'ai précisé qu'il n'était ni fétichiste, ni pervers ni maniaque. Cela ne veut pas dire qu'il soit parfaitement sain d'esprit. Sachez que chaque agresseur présente des caractéristiques à la fois psychopathiques et schizophréniques, et il bascule d'un versant à l'autre en fonction de la situation et de la victime en présence.

Beaumont réfléchissait, sourcils froncés.

– Vous avez dit que les victimes s'inséraient dans le fantasme de l'assassin. Que voulez-vous dire exactement par là ?

– Voyez-vous, répondit Jaquetti, sûr de lui, étudier les patterns comportementaux de l'assassin conduit à se demander ensuite quels désirs ou fantasmes ces comportements satisfont. Il ne faut pas oublier qu'un agresseur ne commet généralement pas son crime par accident : il a ses propres raisons. Dans la majorité des cas, il a déjà vécu son crime à travers ses fantasmes avant de passer à l'acte sur des victimes réelles. Ainsi démontre-t-on le passage du fantasme au comportement : le fantasme étant planifié, la victime est choisie. Elle joue un rôle, celui dont l'agresseur a besoin pour que son fantasme devienne réel pour pouvoir passer à l'acte. La victime devient alors un élément de renforcement. Le passage du fantasme au réel demande un renforcement permanent et par voie de conséquence une succession de victimes. Le fantasme devient le motif et permet à l'agresseur de contrôler la situation. Parfois, celui-ci ne sent pas qu'il domine la victime tant que celle-ci n'est pas morte. Il peut ensuite contrôler le corps à volonté par divers moyens tels que des blessures post mortem, comme c'est le cas ici.

– En tous cas, ne trouvez-vous pas que de tels actes sont significatifs d'une violence particulière chez l'assassin ? demanda Massart.

– Plus il y a de victimes sur une courte période de temps, plus la force et la violence s'accroissent. Plus la situation perdure et plus l'agresseur en ressent de la satisfaction, expliqua Jaquetti. En fait, il se sent bien de savoir que ses victimes se sentent mal. L'agresseur considère qu'il fait une faveur à la victime, il lui fait partager son fantasme, ses sentiments personnels.

Massart hocha la tête d'un air incrédule, tandis que le commissaire écoutait avec beaucoup d'intérêt.

– Vous êtes donc capable de définir la personnalité d'un assassin en étudiant son comportement ? Alors, dites-moi quel genre de personne est celui qui nous intéresse...

– Il existe trois manifestations possibles de la conduite criminelle. Tout d'abord, le mode opératoire. Il peut être choisi parce qu'il est simple et efficace. Ici, il s'agit d'une balle tirée au pistolet. Une seule balle, tirée à bout portant et au moment où la victime ne pouvait se défendre puisqu'elle venait juste d'ouvrir les yeux après avoir été droguée. Cela nous montre que l'assassin ne souhaitait pas s'amuser avec elle en la torturant, par exemple. Il voulait qu'elle meure, rapidement, de façon sûre et définitive. Il avait donc un motif pour cela, une raison bien précise. Ensuite, intervient l'aspect rituel du crime, celui qui correspond au fantasme. C'est ceci qui fait le lien entre une série de crimes. Dans votre cas, c'est essentiellement le lieu où les corps ont été retrouvés, et les blessures post-mortem qui ont été faites. Je m'explique : les cadavres ont été déposés dans l'enceinte du château de Versailles, à des endroits spécifiques, et pour le tueur, cela a une signification bien précise. Peut-être que certains événements traumatisants de son enfance sont associés à ce lieu d'une manière quelconque. À moins qu'il n'ait choisi cet endroit parce que dans son fantasme, il s'identifie à un personnage qui y a vécu à l'époque. Il y a ensuite les blessures post-mortem. L'assassin a voulu que ces femmes meurent rapidement. Il n'a pas voulu perdre son temps avec elles, ce qui démontre son mépris pour elles. Mais après coup, il n'a pas résisté au désir de s'en prendre à leurs cadavres, ce qui est significatif d'une forte haine à leur encontre. Ces victimes étant toutes des jeunes femmes, cela peut être significatif d'une très forte misogynie qui peut prendre source dans le passé de l'assassin : soit il était rejeté ou maltraité par sa mère, soit il a été fortement humilié dans sa vie sentimentale. Dans les deux cas, il se venge sur ses victimes. Le fait qu'il ait choisi d'abandonner les corps dans un lieu public où tout le monde pourrait les voir démontre également un besoin de se faire remarquer. Notre assassin est probablement quelqu'un de solitaire, considéré comme « quantité négligeable » par son entourage.

Beaumont se leva et ouvrit la porte de son bureau.

— Monsieur Jaquetti, Christophe Dupin, le principal suspect de cette affaire, se trouve dans une cellule au bout du couloir. Si vous n'y voyez pas d'inconvénients, j'aimerais que vous le rencontriez, et que vous nous disiez ensuite si, selon vous, son profil correspond à celui de l'assassin de Versailles. À titre purement indicatif, bien entendu.

— D'accord. Cette expérience peut s'avérer très intéressante. Je vous ferai part de mes conclusions dès que j'aurai terminé, répondit le profileur.

Il se leva à son tour et suivit la direction indiquée par le commissaire.

Ce dernier referma la porte et se laissa à nouveau tomber dans son fauteuil.

— Eh bien, Massart, que pensez-vous de notre profileur ? Il est plutôt perspicace, ne trouvez-vous pas ?

Ce fut seulement à ce moment-là que

Beaumont s'avisa de la mine décomposée de son adjoint. Massart était livide, des gouttes de sueur perlaient à ses tempes et il serrait les poings si forts que ses jointures en étaient blanchies.

– Qu'avez-vous, Massart ? Vous ne vous sentez pas bien ? s'enquit précipitamment le commissaire.

Massart lui jeta un regard effaré et fit un visible effort pour se recomposer une attitude normale.

– Ce n'est rien, commissaire... Juste... un léger malaise. Cela m'arrive parfois...

– Cela a l'air plutôt douloureux... Avez-vous consulté un médecin, au moins ?

– Oui, plusieurs fois. Ce n'est rien, ne vous inquiétez pas...

Le commandant détourna les yeux, gêné par le regard scrutateur de Beaumont.

– Comme vous dites, commissaire, monsieur Jaquetti est certainement très perspicace, enchaîna-t-il rapidement. Toutefois, je vous avoue que je n'ai pas toujours tout compris de ce qu'il racontait...

– Cet homme me paraît être un véritable expert en criminologie. Mon instinct me pousse à avoir confiance en son jugement. Et après ce que j'ai entendu, je me sens pénétré d'un doute fort désagréable...

– Lequel ?

– Eh bien, je suis à présent moins persuadé que Christophe Dupin est notre assassin...

*

Un moment plus tard, Christian Jaquetti revint dans le bureau de Beaumont.

– Commissaire, dit-il immédiatement, je viens de parler avec votre suspect, et ce que j'en déduis ne va pas vous plaire...

Beaumont le regarda fixement et croisa les bras.

– Je vous écoute, monsieur Jaquetti.

– Voilà. Dès les premières paroles prononcées par cet individu, j'ai eu la quasi-certitude qu'il ne correspondait pas du tout au profil de votre assassin. Celui-ci est, comme je vous l'ai dit tout à l'heure, un être fort complexe, agissant selon un raisonnement bien défini que lui seul peut expliquer. Il est méthodique, précis, et sait exactement ce qu'il veut faire. Votre

Dupin n'est, si je peux m'exprimer ainsi, qu'un malfrat de petite envergure. Un opportuniste, un vulgaire voyou qui cherche à faire son profit là où l'occasion se présente. Non qu'il soit incapable de commettre un meurtre, mais s'il a déjà tué, je pense que c'était essentiellement dans un but lucratif, afin de pouvoir dérober de l'argent ou des objets de valeur. Ceci me paraît être l'unique chose qui intéresse Dupin. Ce qui n'est, en revanche, pas le cas de notre assassin. Je crois me souvenir qu'il n'a pas touché à l'argent liquide qui se trouvait dans le sac de ses victimes...

– Pourtant, j'ai parlé à sa compagne. Il lui a mis un coquart et j'ai compris qu'il n'hésitait pas à se montrer très violent. La deuxième victime avait aussi été sa petite amie. Supposez qu'il ait également eu une liaison clandestine avec les deux autres et que les choses se soient mal passées. Ne le croyez-vous pas capable de les avoir tuées sous le coup de la colère ?

– Je pense qu'il en serait capable, effectivement. Mais dans ce cas, il n'aurait pas pris la peine de transporter ensuite leurs corps au château de Versailles. Il leur aurait réglé leur compte chez elles, ou au détour de la première ruelle venue selon sa pulsion du moment, et les choses se seraient arrêtées là. Non, cet individu n'a rien d'un planificateur. Il est peut-être impliqué dans votre affaire, mais sûrement pas dans le rôle principal. Encore une fois, son image ne correspond pas du tout à celle que je me fais de l'assassin. C'est mon opinion, faites-en ce que vous voulez, commissaire.

Beaumont resta un moment silencieux, le regard songeur. Puis il releva la tête et tendit la main à son interlocuteur.

– Monsieur Jaquetti, je vous remercie de votre aide. Vous m'avez fourni de précieuses indications. Puis-je vous demander de me contacter sans faute si un élément nouveau, susceptible de m'éclairer encore davantage, vous venait à l'esprit ?

– Bien sûr, commissaire, vous pouvez compter sur moi.

Après le départ du profileur, Massart se tourna vers le commissaire.

– Qu'est-ce que vous allez faire, maintenant ? Relâcher Christophe Dupin ?

– Certainement pas, rétorqua Beaumont impassible. En théorie, Jaquetti me paraît maîtriser son sujet, d'accord, mais en pratique je ne vais pas pour autant me fier aveuglément à tout ce qu'il dit. J'ai des présomptions contre Dupin, et je ferai mon maximum pour qu'il reste à l'ombre tant que je ne les aurai pas éclaircies.

Il soupira et passa une main lasse sur son front.

– En tout cas, s'il s'avérait que Dupin soit effectivement innocent de ces crimes, cela nous ramènerait à la case départ. Car malgré toute la perspicacité de Jaquetti, je dois reconnaître que s'il m'a appris pas mal de choses sur la personnalité de l'assassin, il n'a, hélas, révélé aucun élément essentiel sur son identité s'il s'agit d'un autre que Dupin. Ce qui signifie que dans ce cas, celui qui a commis ces meurtres peut en toute tranquillité se préparer à recommencer !

*

Le lendemain matin, à sept heures précises, Beaumont fut réveillé en sursaut par la sonnerie du téléphone. C'était le divisionnaire Maurel. Au ton de sa voix, Beaumont comprit immédiatement ce qui se passait.

– Beaumont, rendez-vous immédiatement au château de Versailles. Je pense que vous connaissez le chemin ! On vient de me prévenir que monsieur Evrard avait téléphoné au bureau, dans tous ses états. Nous avons rendez-vous avec le quatrième cadavre !

VIII

Dès qu'il eut franchi les grilles dorées du château, Beaumont aperçut monsieur Evrard. Le président était seul, debout dans la cour de Marbre. Son visage était décomposé au point de paraître presque grisâtre. Il leva la tête vers le commissaire sans qu'aucune expression ne vienne animer son regard. D'un signe de tête, il désigna le premier étage du bâtiment central.

– C'est là-haut, dit-il simplement.

Beaumont demeura incapable de lui dire le moindre mot. En silence, il se dirigea vers l'intérieur.

– Commissaire ? appela monsieur Evrard.

Beaumont se retourna.

– Je pense que je vais démissionner de mon poste de président, murmura-t-il d'une voix sans timbre, je ne peux plus continuer comme ça... Je ne peux plus...

Beaumont le regarda quelques minutes, puis s'éloigna sans répondre. Que pouvait-il dire à cet homme ? Qu'il allait retrouver l'assassin ? Il n'était même plus sûr d'y croire lui-même. Il se sentait dans un état second. Il avait pensé qu'arrêter Christophe Dupin résoudrait tous les problèmes, or, pendant que celui-ci était enfermé dans sa cellule, le véritable assassin avait encore frappé. C'était donc Jaquetti qui avait raison, et son intuition n'avait pas mis longtemps à se vérifier. Parvenu au premier étage, il traversa la salle des Gardes et l'antichambre du Grand Couvert. Arrivé dans le salon de l'Œil-de-Bœuf, il aperçut les deux hommes de la P. J. qu'il avait envoyés pour renforcer la surveillance du château.

– Bonjour, commissaire, dit l'un d'entre eux d'une voix mal assurée.

– Où est le cadavre ? jeta Beaumont brièvement.

Du menton, l'autre policier désigna la pièce qui se trouvait derrière lui.

– Ici, commissaire, dit-il, dans la chambre du Roi... L'assassin l'a étendu sur le lit. C'est monsieur Evrard qui l'a trouvé tout à l'heure...

Beaumont se dirigeait déjà vers la chambre dont les portes étaient ouvertes. Le décor de la pièce était particulièrement riche : lourds brocarts tissés et brodés d'or, tableaux des plus grands maîtres de l'époque, Valentin, Van Dyck, Lafranco choisis par le Roi lui-même, boiseries dorées. Au centre, l'alcôve où se dressait le lit, lieu dévolu jadis au seul monarque, était séparée du reste de la pièce par un balustre en bois doré. La chambre royale était le cœur du château. Sa disposition tenait compte du protocole. Derrière le balustre se pressaient jadis tous les courtisans assistant au lever et au coucher du souverain, cérémonies hautement régies par l'étiquette, que Louis XIV avait portée à son apogée. Le matin, c'était madame Hamelin, son ancienne nourrice, qui avait le privilège d'entrer la première dans la chambre afin de réveiller le monarque. C'était elle qui souvent avait droit à son premier sourire, ou lui dérobait sa première faveur. Bontemps, son premier valet de chambre entrait ensuite, vers huit heures et demi. « *Sire, voilà l'heure* », disait-il. Ensuite débutait la cérémonie du petit lever. Les médecins entraient, examinaient le Roi et s'enquéraient de sa santé. Puis, c'était les membres de la famille royale qui défilaient devant l'alcôve en s'inclinant. Les officiers de la Chambre et de la Garde-robe entraient à leur tour pour le grand lever durant lequel le Roi était habillé et déjeunait d'un bouillon. Les personnages les plus importants du royaume étaient admis : les princes du sang, puis les courtisans qui par leur office ou par leur rang avaient droit à ce privilège. Les seigneurs de la Cour se disputaient jalousement l'honneur de présenter sa chemise au souverain, ou de tenir le bougeoir le soir, au coucher. On estimait à une centaine le nombre habituel des assistants, tous masculins. Dans cette chambre, Louis XIV dormait, son premier valet de chambre couché au pied de son lit. Il y dînait également lors du petit couvert, assis seul à table, mais en public. Les moments d'intimité du monarque étaient en effet particulièrement rares.

Beaumont aperçut le divisionnaire Maurel, le responsable de la sécurité et l'un des gardiens du château debout au milieu de la pièce. Tous trois parlaient à voix basse et regardaient en direction de l'alcôve. Le commissaire s'approcha à son tour. Derrière les lourds rideaux brodés du baldaquin, un corps était étendu sur le lit. Celui d'une jeune femme blonde dont les yeux bleus sans vie semblaient fixer le plafond avec étonnement. Décidément, le meurtrier aimait les blondes ! S'il n'y avait eu la première victime, Marie Métivier, qui, elle, était brune, on aurait pu penser que la couleur des cheveux était son critère de choix. En examinant le visage de la jeune femme, Beaumont eut l'impression de l'avoir déjà vue. Brusquement, il se souvint. Un frisson désagréable lui parcourut l'échine, et il déglutit péniblement. Devant lui se tenait le cadavre de celle qu'il avait vue dîner au restaurant avec le commandant Massart, le soir où il s'y trouvait avec Marie Berger. Il ne se souvenait plus de son nom, mais il reconnaissait parfaitement son visage. Au milieu de son front blanc, la balle meurtrière avait fait son œuvre. Ses lèvres étaient gonflées et tuméfiées, comme si elle avait reçu un coup. Hormis ce détail, sa beauté restait exceptionnelle, même dans la mort. Elle avait l'air d'un ange. Cette réflexion lui remémora brusquement son prénom. Angélique ! Elle s'appelait Angélique Portal. Massart le lui avait dit, ce soir-là. Un bruit de pas à ses côtés lui fit lever la tête. Son adjoint se tenait près de lui, livide, le visage décomposé. Il tenait ses mains enfoncées au fond de ses poches, comme pour les empêcher de trembler. Beaumont ne sut quoi lui dire. Le commandant s'agenouilla près du cadavre et laissa échapper un gémissement étouffé. Le commissaire s'éloigna discrètement et s'approcha des trois hommes, toujours debout au milieu de la pièce. À sa vue, les traits du divisionnaire Maurel se durcirent et il détourna le regard. Le responsable de la sécurité et le gardien paraissaient fébriles.

– C'est incompréhensible, monsieur le commissaire, s'écria Olivier Monturo. Toutes les issues étaient gardées : grilles, portes, couloirs. Personne n'aurait pu entrer ici sans être immédiatement repéré ! Je n'y comprends vraiment rien ! À croire que l'assassin a le don de se rendre invisible !

– Il est certain que nous avons affaire à

un criminel particulièrement doué...,
répondit Beaumont sombrement.

– À propos, Beaumont, ce type que
vous avez fait enfermer dans une cellule,
ce Dupin qui était soi-disant l'assassin...,
lâcha le divisionnaire d'un ton glacial, je
pense qu'à présent, le seul chef de mise en
examen qui va pouvoir être retenu contre
lui est le vol de la sacoche du conservateur. À moins qu'il n'ait la faculté de traverser les murs, ce n'est pas lui qui a
commis ce meurtre !

– Je sais, monsieur le divisionnaire. Je
me suis trompé. Ce qui s'est passé cette
nuit est terrible, mais cela me permet au
moins de recentrer mes recherches dans
le droit chemin.

– Qu'est-ce que vous voulez dire par
là ? s'exclama Maurel. Vous n'imaginez
tout de même pas que je vais vous laisser
encore tergiverser pendant des mois en
laissant une femme se faire tuer chaque
semaine ? Non, Beaumont, je vous avais
prévenu ! L'enquête va être confiée à quelqu'un d'autre !

– Monsieur le divisionnaire, je vous
avais demandé une semaine et vous me
l'aviez accordée. Il me reste trois jours, et

j'ai bien l'intention de les employer à bon escient. Je ne me laisserai plus entraîner sur une fausse piste. Après ce qui s'est passé cette nuit, j'ai d'ailleurs une petite idée quant à la façon dont je vais m'y prendre...

– Vraiment, Beaumont ? railla Maurel avec ironie. Eh bien, mieux vaut tard que jamais...

Ignorant les sarcasmes de son supérieur, le commissaire se tourna vers le responsable de la sécurité.

– Monsieur Monturo, vous m'avez bien dit que chaque issue était gardée jour et nuit ? Personne n'aurait pu entrer ici sans être repéré, vous en êtes bien certain ?

– Tout à fait certain, monsieur le commissaire. C'est bien ce qui est incompréhensible. D'autant plus que depuis la fermeture des lieux au public après le meurtre de Trianon, seul le personnel du château circulait ici et chacun était contrôlé à son arrivée.

– Et en ce qui concerne l'alarme ? Lors du dernier meurtre, le cadavre avait été déposé à l'extérieur, ce qui rendait la question inutile. Mais cette fois, quelqu'un a pénétré dans cette chambre. L'alarme s'est-elle déclenchée ?

Olivier Monturo parut brusquement mal à l'aise.

— En fait, l'alarme n'a pas sonné, commissaire..., répondit-il d'une voix mal assurée. Écoutez... rien ne vous oblige à me croire, pourtant c'est la vérité... L'alarme était tout simplement désactivée...

Le divisionnaire Maurel fronça les sourcils.

— Désactivée ? Mais vous ne m'en avez rien dit tout à l'heure ?

— Excusez-moi, monsieur le divisionnaire, répondit Monturo confus, c'est parce que nous n'avons pas abordé le sujet de l'alarme tout à l'heure... Je suis un peu perturbé par tout ça...

— Lorsque vous dites que l'alarme était désactivée, reprit Beaumont avec impatience, est-ce que cela signifie que vous aviez oublié de la mettre en marche hier soir, ou bien que quelqu'un l'a coupée pendant la nuit ?

Monturo paraissait terriblement embarrassé.

— Écoutez, commissaire... Techniquement, il n'y a aucune différence. Je veux dire qu'aucun fil n'a été coupé et qu'il n'y a eu aucun sabotage. L'alarme était tout simplement éteinte... Encore une fois, rien ne vous oblige à me croire, mais pourtant je vous jure que je l'ai bien mise en marche, hier soir. J'ai une excellente mémoire, et je suis certain de l'avoir fait. J'en suis chargé chaque soir depuis des années, et jamais je n'ai failli à ma tâche. Alors vous pensez bien que ce n'est pas dans la situation actuelle que je me serais laissé aller à la négligence... Encore une fois, je vous jure que j'ai bien activé cette alarme, hier soir...

– Je veux bien vous croire, monsieur Monturo. Mais alors, comment expliquez-vous qu'elle ne se soit pas déclenchée ? Le système ne serait-il pas fiable à cent pour cent ?

– Oh, si ! il est fiable, commissaire. Croyez-moi, lorsque cette alarme est en marche, une souris ne pourrait pénétrer dans le château sans qu'elle ne se déclenche immédiatement. Non, je ne vois qu'une seule possibilité. Le système a été désactivé par quelqu'un qui connaissait le code. Voilà pourquoi l'alarme n'a pas sonné bien qu'elle n'ait pas été sabotée. Elle a tout simplement été éteinte...

– Qui connaît le code de cette alarme ? demanda Beaumont.

Monturo baissa les yeux.

– Il n'y a que monsieur Evrard et moi-même, commissaire... Il est strictement confidentiel.

– Y a-t-il une possibilité que quelqu'un d'autre ait pu être au courant ?

– Je ne vois pas comment... Ce code n'est noté nulle part au château. Monsieur Evrard l'a noté sur un papier qu'il a enfermé dans son coffre-fort personnel, au cas où l'un de nous l'oublierait, ce qui n'est encore jamais arrivé.

Beaumont réfléchit un instant.

– Si je récapitule, celui qui a déposé ce cadavre ici a pu s'y introduire sans attirer l'attention bien que le château soit gardé et fermé au public, et il connaissait également le code de l'alarme. Vous comprenez bien que ces éléments me poussent à resserrer mes recherches autour du personnel du château. Je vais demander à monsieur Evrard de convoquer tout le monde pour cet après-midi, gardiens, architectes, conservateurs, jardiniers, etc.

Je veux revoir tout le personnel au grand complet. Et cette fois, si quelqu'un me cache quelque chose, il ne va pas s'en tirer comme ça !

Beaumont se dirigea vers la porte sans s'attarder sur l'expression effarée de Monturo. L'Identité judiciaire et le médecin légiste venaient d'arriver et entouraient le cadavre près duquel Massart était toujours agenouillé. Mégane le salua d'un léger signe de tête et d'un petit sourire. Beaumont nota qu'elle paraissait distante. Lui en voulait-elle d'avoir refusé son invitation la dernière fois ? Son regard tomba sur son adjoint. Les yeux rougis, celui-ci s'était relevé afin de laisser examiner le corps. Il paraissait extrêmement atteint. « C'est étrange..., se dit Beaumont, lui qui méprise tellement les femmes, je n'aurais jamais cru que la mort de l'une d'elles l'affecterait autant ! »

– Beaumont ?

Il se retourna et se trouva face au divisionnaire.

– Qu'arrive-t-il au commandant Massart ? s'enquit celui-ci sans détour. Il a l'air particulièrement touché par le décès de cette femme. Est-ce qu'il la connaissait ?

Beaumont hésita un instant avant de répondre. Devait-il révéler à Maurel ce qu'il savait ? Après tout, il faudrait bien qu'il l'apprenne...

– Je les ai vus un soir ensemble au restaurant, dit-il simplement.

À peine avait-il fini sa phrase que le divisionnaire se dirigeait vert Massart.

– Massart, ainsi vous connaissiez cette femme ? Dites-nous exactement tout ce que vous savez sur elle. Peut-être que cela nous mettra sur la piste de son assassin !

Le commandant leva vers lui un regard vide. Son teint était blafard et tout son corps était agité de tremblements convulsifs.

– Eh bien, Massart, répondez ! s'écria Maurel avec impatience. Et cessez vos simagrées, nom de Dieu ! Je veux bien que vous ayez connu cette femme, mais n'allez pas me faire croire que sa mort vous rend à ce point inconsolable ! Vos sentiments envers la gent féminine ne sont un secret pour personne à la P. J. ! Vous êtes un véritable misogyne !

« Seigneur ! pensa Beaumont en se

frappant le front, comme diplomate, on fait mieux ! Maurel n'a jamais su faire preuve de beaucoup de tact, mais là, il bat tous les records ! »

Il jeta un coup d'œil vers son adjoint. Massart avait pâli un peu plus en entendant les paroles du divisionnaire, et il donnait l'impression d'avoir reçu un violent coup de poing dans l'estomac. Il leva une main tremblante en direction de Maurel.

– Vous ne comprenez pas ! dit-il d'une voix hachée. Non, vous ne pouvez pas comprendre ! C'est à cause de moi qu'elle est morte ! C'est ma faute, vous entendez ?

Bousculant le divisionnaire, Massart se rua hors de la pièce. Immédiatement, le commissaire le suivit.

– C'est ça, Beaumont, rattrapez-le ! lança Maurel, je m'occupe de faire convoquer tout le personnel pour cet après-midi !

Lorsqu'il fut dans la cour du château, Beaumont s'aperçut que Massart avait disparu. Il eut beau regarder de tous côtés, il avait perdu sa trace. Où était-il donc passé ? Il fallait pourtant qu'il le retrouve et qu'il lui parle. Qu'avait-il voulu dire en affirmant que la jeune femme était morte par sa faute ? Beaumont devait-il également placer son adjoint sur la liste des suspects ? Il soupira et se remémora les paroles du profileur : « *L'assassin a tué ces femmes, et s'en est ensuite pris à leur cadavre, ce qui démontre une forte haine à leur encontre. Cela peut être significatif d'une forte misogynie pouvant prendre source dans le passé de l'assassin. Il a souffert à cause des femmes, donc il se venge sur ses victimes* ». Beaumont se souvenait à présent combien son adjoint avait paru perturbé après avoir entendu ces paroles. Son visage s'était littéralement décomposé, et quand le commissaire lui avait demandé ce qui se passait, il avait prétendu être souffrant. Y avait-il en fait une autre raison à son trouble ? Beaumont se rappela également les paroles déplacées de Massart au sujet d'Anaïs Charenton, la troisième victime. « *Elle n'était guère futée, c'était bien une femme* », avait-il dit. Il y avait aussi les regards de mépris jetés au divisionnaire lorsque celui-ci se disputait avec son épouse, et même la façon dont il l'avait observé, lui, quand il l'avait vu en compagnie de Mégane ou de Marie. En dépit de son manque de tact, le divisionnaire Maurel avait raison : la réputation de misogyne du commandant n'était plus à faire. Beaumont soupira. Malgré sa répugnance, il savait qu'il devrait faire part de ces réflexions à Maurel. Il ne pouvait négliger aucun indice, et il fallait bien reconnaître que Massart avait eu un comportement plutôt troublant. Et le fait que la dernière victime se trouve justement être la femme avec qui il avait récemment dîné pouvait jouer en sa défaveur. Oui, il était impératif qu'il retrouve son adjoint au plus vite. Il prit son téléphone et tenta de le joindre sur son portable, mais il obtint seulement la messagerie vocale.

Il se dirigea vers son véhicule et s'installa au volant. Il s'accorda cinq minutes de répit et appuya sa tête sur le siège en fermant les yeux. Il se souvenait de cet adage : « *l'endroit où l'on est le plus à l'abri pendant un cyclone, c'est dans l'œil du cyclone* ». Il semblait que l'assassin ait appliqué ce précepte. En dépit de l'attitude troublante de son adjoint, Beaumont était de plus en plus certain que c'était en direction du personnel du château qu'il devait orienter ses recherches. Outre la possession des clefs et la parfaite connaissance des lieux, il y avait à présent cette histoire d'alarme désactivée. Celui qui commettait ces crimes semblait parfaitement à son aise dans le château, en tout cas suffisamment pour passer chaque fois à travers les mailles du filet.

– Je l'aurai ! lâcha Beaumont entre ses dents, même si je dois dormir moi-même dans le lit du Roi et poster un gardien dans chaque pièce. Je ne le laisserai pas continuer !

Il frissonna brusquement. Fouillant dans ses poches, il sortit son téléphone et composa le numéro de Marie. Personne ne répondait. Il essaya de la joindre sur son portable et elle décrocha à la troisième sonnerie.

– Marie, c'est Axel. Où es-tu ?
– Pas très loin de toi, je suppose... J'ai appris la nouvelle dès que je suis arrivée ce matin. Tout le monde était sens dessus dessous. Monsieur Evrard vient de nous

dire que tu voulais voir tout le personnel cet après-midi ?

– Ainsi, tu te trouves au château ? Marie, est-il vraiment nécessaire que tu viennes travailler en ce moment ?

Elle eut un petit rire désabusé.

– Axel, crois-moi, ce n'est pas parce que le château a fermé ses portes aux visiteurs que cela nous dispense de faire notre travail. Monsieur Evrard ne nous a pas offert de congé pour cause de meurtres en série, si c'est à ça que tu penses !

– Je me fais simplement du souci pour toi... L'assassin ne s'en prend qu'à de jolies jeunes femmes, et je suis quasiment certain qu'il fréquente assidûment le château, voire qu'il y travaille. Je n'aime pas te savoir là-bas dans ces conditions. Qui te dit qu'il ne jettera pas son dévolu sur toi ?

Marie resta silencieuse un moment.

– Ne t'inquiète pas, Axel. Concentre-toi sur ton enquête. Je te promets de faire attention.

Malgré les efforts que faisait la jeune femme pour paraître forte, Beaumont perçut clairement de la peur dans sa voix.

– Je suis dans ma voiture, devant la

place d'Armes, dit-il rapidement. Dis-moi où tu es, je viens te rejoindre.

– Je suis dans les appartements de la Reine, dans la chambre à coucher précisément. Il y a une tapisserie à réparer. C'est au premier étage à gauche.

– Bien, j'arrive !

Il sortit de sa voiture et franchit les grilles du château. Il devait faire un effort pour se maîtriser et ne pas courir. Tout en montant l'escalier, il s'interrogea sur ses sentiments envers Marie. Bien que leur relation soit toute récente, il devait bien avouer qu'il s'était attaché à elle bien plus qu'il ne l'aurait cru tout d'abord. L'idée qu'elle puisse être menacée le rendait fou. Depuis qu'il avait fait ce sinistre cauchemar l'autre nuit, il ne pouvait s'empêcher d'être anxieux à son sujet. Il ressentait un indicible besoin de veiller sur elle mais il devait se contrôler. Marie n'apprécierait peut-être pas d'être surprotégée. Malgré son inquiétude, le commissaire ne tenait pas à se montrer trop envahissant. Marie paraissait être une jeune femme plutôt indépendante, et si elle se sentait étouffée, cela risquait de compromettre leur relation. Arrivé devant les appartements de la Reine, Beaumont déglutit péniblement. Il ne supporterait pas de retrouver Marie étendue, une balle dans le front. Il serait probablement dans le même état que l'était son adjoint tout à l'heure. Il secoua la tête et tâcha de se raisonner. Il devait absolument garder le contrôle de ses émotions. Il entra dans la chambre de la Reine et aperçut Marie. Elle se tenait agenouillée dans l'alcôve, près de l'immense lit à impériale où dormaient jadis les souveraines. L'épouse de Louis XIV, la reine Marie-Thérèse d'Espagne l'occupa jusqu'à sa mort précoce, en 1683. Plus tard, la pièce fut occupée par Marie Leszczynska, l'épouse de Louis XV, et enfin par la reine Marie-Antoinette qui en renouvela le décor et le mobilier qu'elle trouvait démodés. La chambre apparaissait aujourd'hui telle qu'elle était au moment où la malheureuse reine quitta Versailles en 1789 pour n'y plus revenir. Elle ne devait certes pas retrouver la même splendeur dans les demeures qui l'attendaient et qui marqueraient les étapes de sa tragique destinée et de son chemin vers la guillotine : le palais des

Tuileries, l'auberge de Varennes, la prison du Temple et enfin la prison de la Conciergerie où elle avait vécu ses dernières heures dans le dénuement le plus complet.

Absorbée par sa tâche, Marie ne l'avait pas entendu entrer. Centimètre par centimètre, elle examinait avec attention les soieries tissées ou brodées de lilas et de plumes de paon qui habillaient l'alcôve et le lit. Sa mine sérieuse lui donnait l'air d'une écolière appliquée. Il s'approcha doucement et posa une main sur son épaule. Elle sursauta violemment.

– Oh, c'est toi ! Tu m'as fait peur. Je ne t'ai pas entendu arriver.

– Excuse-moi, je ne voulais pas t'effrayer, dit-il en lui caressant la main. En tout cas, ta réaction me confirme ce que je pensais. Le fait d'être ici te rend nerveuse, n'est-ce pas ?

La jeune femme eut un petit rire sans joie.

– On le serait à moins, en effet. J'ai parfois l'impression que toutes ces femmes mortes hantent les appartements du château. Leurs âmes errent probablement parmi les ombres glorieuses des rois, des reines et des courtisans qui ont vécu ici...

– C'est romanesque, ce que tu dis là, plaisanta-t-il. Mais ce n'est guère rassurant. Ainsi, alors que je pense être seul avec toi, nous serions cernés de fantômes ? Brrr...

– Les fantômes sont parfois moins effrayants que certains êtres vivants, répondit-elle doucement. Que je sache, ce n'est pas un revenant qui a tué ces pauvres femmes...

Beaumont ne souriait plus. Il prit la main de Marie dans les siennes et la regarda dans les yeux.

– Marie, tu devrais demander quelques jours de congé. Il est malsain pour toi de rester dans une telle ambiance et, de plus, je ne te cache pas qu'il y a du danger. Je suis certain que l'assassin n'est pas loin, et je préfèrerais te savoir en sûreté loin d'ici au cas où il déciderait de frapper à nouveau.

La jeune femme ne répondit rien. Elle secoua tristement la tête et feignit d'examiner à nouveau les tapisseries.

– Marie...

– Je ne crois pas que ce soit possible,

Axel. Nous avons beaucoup de travail, et nous devons profiter de l'absence de touristes en ce moment. Cela nous laisse beaucoup plus de liberté pour veiller au bon état du château. Maintenant que j'ai examiné cette tapisserie, je dois aller à l'atelier chercher de quoi la réparer. Tu vois, je n'ai guère le temps de me reposer... De plus, suite à ta demande de convocation du personnel cet après-midi, monsieur Evrard nous a dit que tout le monde devait se tenir à la disposition de la police. Cela m'étonnerait qu'il m'accorde des vacances en ce moment...

Elle leva les yeux vers lui et esquissa un sourire courageux.

– Et puis je n'ai pas aussi peur que cela. Je suis juste un peu nerveuse, c'est tout. Je t'en prie, ne t'inquiète pas pour moi. Concentre-toi sur ton enquête. Je suis certaine que tu ne vas pas tarder à démasquer l'assassin.

Beaumont soupira. Il valait mieux ne plus insister s'il ne voulait pas avoir l'air d'une mère poule couvant ses poussins.

– Promets-moi au moins d'être prudente, d'accord ? murmura-t-il en se penchant vers elle.

— Je te le promets, souffla-t-elle, et si tu es libre ce soir, nous pourrions peut-être dîner ensemble...

— J'en serai ravi. Alors à cet après-midi...

Il lui embrassa furtivement le bout des doigts et la regarda s'éloigner. Il s'apprêtait à quitter la pièce à son tour lorsqu'il aperçut la responsable de la restauration des œuvres d'art, madame Bédélin, sur le pas de la porte. Avait-elle surpris son bref moment d'intimité avec Marie ? Si tel était le cas, elle n'en laissa rien paraître. Elle lui sourit avec amabilité et lui tendit la main. Tout en la serrant, il remarqua qu'elle aussi semblait avoir une lueur de crainte au fond des yeux.

— Bonjour, commissaire. Je suis heureuse de vous revoir, mais j'aurais préféré que ce soit dans d'autres circonstances.

— Bonjour, madame Bédélin. Croyez bien qu'il en est de même pour moi !

— En fait, j'ai une bonne raison d'être heureuse de vous voir, commissaire, il y a quelque chose dont je voudrais vous parler...

Beaumont haussa les sourcils.

— Je vous écoute...

– C'est-à-dire... C'est assez personnel... Je préfèrerais discuter dans un endroit plus tranquille... Auriez-vous un moment à m'accorder ?

– Bien sûr. Allons dehors.

Elle le suivit hors de la pièce. Tout en marchant le long des couloirs, il s'avisa à nouveau de sa mine soucieuse. Il nota également qu'aujourd'hui, madame Bédélin ne lui offrait pas de visite guidée. Il était visible qu'elle était préoccupée par quelque chose. Lorsqu'ils furent sortis du château, elle l'entraîna vers la terrasse d'un café, presque en face de la place d'Armes.

– J'ai appris que vous souhaitiez réunir tout le personnel du château cet après-midi. Avez-vous découvert quelque chose à l'occasion de ce nouveau meurtre ?

Beaumont hésita une seconde avant de répondre.

– Voyez-vous, madame Bédélin, j'ai l'impression que quelqu'un au château en sait plus long qu'il ne veut bien le dire. Cette nuit, l'alarme a été désactivée par une personne qui en connaissait le code et, de plus, le meurtrier a réussi à pénétrer dans la chambre du Roi avec sa victime alors que toutes les issues étaient gardées, ce qui à mon sens signifie qu'il connaît parfaitement les lieux. Ou bien qu'il a un complice dans la place. En tout cas, il faut une sacrée détermination pour prendre de pareils risques. Je ne crois pas au hasard, et le château de Versailles joue un rôle essentiel dans toute cette histoire. Il faut que je découvre lequel.

– Vous avez raison, commissaire. Et peut-être que je peux vous y aider...

Interloqué, Beaumont la regarda sans mot dire.

– J'ai quelque chose à vous montrer, commissaire.

Madame Bédélin fouilla dans la poche de sa veste et en sortit une feuille de papier pliée en quatre qu'elle lui tendit.

– Tenez, lisez. J'ai reçu cette lettre ce matin.

Beaumont déplia la feuille. Le texte était composé de caractères découpés dans des journaux ou des magazines et grossièrement assemblés. Il lut les vers suivants :

« Le Roi se retire à Marly
Et d'amant, il devient mari

> *Il fait ce qu'on doit à son âge.*
> *C'est du vieux soldat le destin*
> *En se retirant au village*
> *D'épouser sa vieille putain.* »

Étonné, le commissaire leva les yeux vers madame Bédélin.

– Qu'est-ce que ça veut dire ? Quel est ce charabia ?

– Il ne s'agit aucunement d'un charabia, commissaire, répondit-elle calmement. Ces lignes ont été écrites à l'époque de Louis XIV. Il s'agit d'un pamphlet très populaire dont le but était de ridiculiser les secondes noces du souverain avec madame de Maintenon.

Comme Beaumont ne répondait rien, elle poursuivit.

– Françoise d'Aubigné, marquise de Maintenon, devint l'épouse morganatique du roi après la mort de la reine Marie-Thérèse, en 1683. C'était une belle femme, d'ailleurs, en raison de son enfance passée dans les îles, elle était surnommée la « Belle Indienne ». Elle avait quelques années de plus que le roi. Sans fortune, elle dut épouser très jeune le poète Scarron, un infirme repoussant mais à l'esprit

fort bien tourné. La meilleure société de
l'époque défilait dans son salon, et ce
n'était pas seulement pour admirer sa
jeune épouse. Après sa mort, elle se
retrouva dans le dénuement le plus
complet. Heureusement pour elle, son
amitié avec madame de Montespan, la
maîtresse attitrée du Roi, lui permit d'obtenir
un rôle privilégié dans la vie du
monarque. Elle devint la gouvernante des
enfants illégitimes qu'il avait eus avec la
favorite. Peu à peu, Louis XIV se rapprocha
d'elle. Il lui offrit en présent le marquisat
de Maintenon, effaçant ainsi son
passé peu glorieux. Après le discrédit de
madame de Montespan dans l'affaire des
poisons, ils devinrent plus intimes encore.
Lorsque le roi fut veuf, ils se marièrent en
dépit des hauts cris du ministre Louvois,
qui ne concevait pas que le Roi-Soleil
s'abaisse à épouser la « veuve Scarron ».
Il est probable qu'à quarante-quatre ans,
Louis XIV a fait un mariage d'amour.
Madame de Maintenon devint ainsi une
reine sans couronne. Elle ramena le
monarque dans le chemin de la fidélité, et
surtout de la foi religieuse. Très pieuse,

elle changea le ton de la Cour, préférant l'austérité à la frivolité...

— Tout ceci est très intéressant, madame Bédélin, mais je ne vois pas très bien le rapport avec mon enquête... Et ça ne m'explique pas non plus pourquoi vous avez reçu ce pamphlet, répondit Beaumont toujours aussi surpris.

— Je vais vous expliquer..., dit-elle doucement. Comme je viens de vous le dire, madame de Maintenon, dont il est question dans ce pamphlet, se prénommait Françoise. Or, je m'appelle aussi Françoise.

Le commissaire fronça à nouveau les sourcils.

— Et alors ? Pensez-vous que ce soit la seule raison pour laquelle vous avez reçu ce papier ? Vous n'êtes sûrement pas la seule femme à s'appeler Françoise dans cette ville, ajouta-t-il.

— Commissaire, j'ai l'impression que jusqu'à ce que cette affaire éclate, vous ne vous étiez pas énormément intéressé au château de Versailles ni à l'histoire de ses rois, je me trompe ?

— Eh bien... non, c'est vrai. Je ne m'étais jamais vraiment penché sur la question, et je le regrette. Peut-être que si j'avais autant de connaissances que vous sur ce château et ceux qui y ont vécu, je pourrais y trouver la clef du mystère. Oui, c'est peut-être là qu'il faut la chercher..., ajouta-t-il, songeur.

– C'est exactement cela, commissaire. Et vu votre ignorance sur le sujet, il est normal que vous ne compreniez pas où je veux en venir. Vous ne pouvez deviner ces choses-là sans vous y être intéressé.

– Je ne pouvais deviner quoi ? s'enquit Beaumont qui comprenait de moins en moins.

– Voyez-vous, commissaire, je suis comme vous, je ne crois pas aux coïncidences... Et c'est ce qui m'a amenée, j'en suis à présent certaine, à découvrir la motivation du tueur. La lettre que j'ai reçue ce matin ne fait que confirmer mes soupçons et, hélas, mes craintes...

Beaumont la regarda fixement.

– Vous voulez dire que vous savez pourquoi l'assassin a tué ces femmes et a laissé leurs cadavres au château ?

– Je peux me tromper, commissaire. Mais oui, je pense savoir pourquoi.

Stupéfait, Beaumont la dévisagea en se

demandant si elle ne se moquait pas de lui.

— Eh bien, dans ce cas, vous allez m'être d'une aide précieuse ! Je vous écoute !

Madame Bédélin prit une profonde inspiration.

— Tout à l'heure, vous avez dit que le château de Versailles était au centre de toute cette affaire. Eh bien, vous avez raison. Vous savez, bien que plusieurs rois aient vécu ici, c'est Louis XIV qui en est le symbole. D'abord parce que c'est lui qui a fait de Versailles la résidence royale, lui qui a ordonné les gigantesques travaux nécessaires à la création de ces jardins magnifiques, de ces appartements somptueux. Le château de Versailles est son œuvre, autant que celle des artistes qui l'ont réalisé. Ensuite, parce que Louis XIV fut un des plus grands rois que la France ait connus : le Roi-Soleil, à la fois chef d'État et idole. Il était le symbole de la monarchie absolue.

— Si je comprends bien, vous pensez que mon affaire a quelque chose à voir avec Louis XIV, conclut Beaumont d'un air dubitatif.

Madame Bédélin se mordit la lèvre.

– Commissaire, je vais en venir au fait tout de suite, et vous allez comprendre. Comme je viens de vous le dire, Louis XIV représentait à cette époque le centre de Versailles. Tout gravitait autour de lui, les alliances, les guerres, les faveurs, les disgrâces et bien évidemment, les femmes. Il a eu un nombre impressionnant de maîtresses et de favorites. Elles lui ont donné une multitude de bâtards qu'il a ensuite légitimés. En cela, il n'a rien fait d'exceptionnel puisque d'autres rois avant lui, à commencer par son grand-père Henri IV, surnommé « le vert galant », avaient agi de même. De tous temps, les rois ont eu des favorites. Mais je pense que celles de Louis XIV vont particulièrement vous intéresser en ceci...

Brusquement attentif, Beaumont dressa l'oreille. Madame Bédélin continua.

– ... Si on ne compte que les favorites célèbres, j'entends par là celles qui ont eu avec le monarque une relation quasiment officielle, il y en a eu cinq. D'abord, Marie Mancini, l'une des nièces du cardinal Mazarin. Elle fut son premier amour alors qu'il avait tout juste vingt ans. Il voulait l'épouser, mais pour des raisons d'État, il fut forcé d'y renoncer et dut épouser sa cousine Marie-Thérèse, l'infante d'Espagne, afin que soit conclue la paix avec ce pays. À l'époque, il en eut le cœur brisé. Quelques temps plus tard, il tomba éperdument amoureux de Louise de la Baume Le Blanc, duchesse de la Vallière. Elle devint sa maîtresse peu après son mariage avec la reine et lui donna quatre enfants, dont Marie-Anne de Bourbon, titrée mademoiselle de Blois et qui devint plus tard princesse de Conti. Louis XIV s'était entiché de son côté fleur bleue, de sa douceur et de son charme. Ils ont vécu une véritable passion durant de longues années. Pour abriter leur amour, le roi avait fait construire par Francine la grotte de Thétis, véritable merveille de coquillages et de cristaux de roches où des statues de marbre s'ébattaient parmi les jeux d'eaux. Cette grotte, aujourd'hui détruite, se trouvait à l'emplacement actuel de la chapelle.

Madame Bédélin s'interrompit un instant et regarda fixement le commissaire. Celui-ci était suspendu à ses lèvres.

– Je vois que vous commencez à comprendre, commissaire. Alors permettez-moi de continuer. Lorsque le roi se lassa des larmes douces de la trop romantique La Vallière, c'est sur une femme certes fort belle, mais beaucoup moins tendre qu'il jeta son dévolu, Athénaïs de Rochechouart de Mortemart, marquise de Montespan. Elle est probablement la plus célèbre des favorites de Louis XIV. Elle lui donna sept enfants tous légitimés et déclarés princes et princesses du sang. Pour elle, il fit construire le Trianon de Porcelaine, un petit bijou entièrement orné de faïences qui fut ensuite détruit, et à l'emplacement duquel se trouve le Grand Trianon actuel. D'un orgueil démesuré et d'une dureté implacable, la belle Athénaïs ne recula devant rien pour conserver son titre de maîtresse royale et, bien sûr, tous les avantages que cela impliquait. Elle ne fit qu'une bouchée de la pauvre La Vallière, et usa de tous les moyens à sa disposition pour évincer d'éventuelles rivales. Le monarque étant, à l'image de son grand-père Henri IV, plutôt sensible aux charmes du beau sexe, elle veillait constamment à le garder sous sa coupe, n'hésitant pas pour cela à avoir recours à la magie noire. Elle se procurait des poudres censées inspirer l'amour et le désir, et les faisait absorber au roi à son insu. Quant à ses rivales, les poudres ou breuvages qu'elle leur destinait avaient pour but de les faire passer directement dans l'autre monde. Mais on ne tenait pas éternellement en laisse un homme de la trempe de Louis XIV. Il finit par se lasser de sa méchanceté, de sa morgue et de sa causticité pour s'enticher d'une toute jeune fille âgée d'à peine dix-sept ans, Marie-Angélique de Scoraille de Roussille, demoiselle de Fontanges, qui était fille d'honneur de la Princesse Palatine, sa belle-sœur. Alors qu'il avait dépassé la quarantaine, le roi se prit d'une folle passion pour cette petite ingénue fraîchement débarquée de sa province. Il allait même jusqu'à la parer en public de rubans assortis aux siens. À la cour, on disait d'elle qu'elle était « belle comme un ange », mais « sotte comme un panier ». Parallèlement, il se rapprocha de Françoise Scarron, la gouvernante de ses enfants, et lui fit don du marquisat de Maintenon. Jalouse, la marquise de Montespan disait : « *Le roi a trois maîtresses : madame de Maintenon pour le cœur, moi pour le nom, et mademoiselle de Fontanges pour le lit* ». Lorsque la jeune Marie-Angélique mourut à vingt ans des suites d'une fausse couche dont la rumeur attribua la responsabilité à madame de Montespan, le roi écarta définitivement cette dernière, d'ailleurs fortement compromise dans l'affaire des poisons, et à la mort de la reine quelques temps plus tard, il épousa secrètement madame de Maintenon.

Madame Bédélin but quelques gorgées d'eau car sa gorge était sèche d'avoir tant parlé. Elle leva les yeux vers Beaumont et observa sa réaction. Le commissaire semblait pétrifié, mais son regard brillant indiquait que son cerveau bouillonnait.

– Eh bien, commissaire, avez-vous compris où je voulais en venir ? Les dames qu'a aimées Louis XIV s'appelaient Marie, Louise, Athénaïs, Marie-Angélique et Françoise. Comment s'appelaient vos victimes, déjà ?

Beaumont frissonna et ferma les yeux. Il lui semblait que toutes les pièces du puzzle se mettaient brusquement en place.

– Marie Métivier, Louise Salvi, Anaïs Charenton... et Angélique Portal..., murmura-t-il comme pour lui-même.

– Vous voyez... Bien sûr, il y a quelques petites différences dues au changement d'époque. Par exemple, Athénaïs qui est un prénom quasiment disparu aujourd'hui s'est transformé en « Anaïs » et Marie-Angélique s'est simplifié et est devenu « Angélique ».

– Même les lieux correspondent. Louise Salvi a été retrouvée dans la chapelle, et vous m'avez dit que jadis à cet endroit, s'élevait la grotte de Thétis où le roi abritait ses amours avec Louise de la Vallière. Vous m'avez également appris qu'il avait fait bâtir Trianon pour Athénaïs de Montespan, or c'est là qu'a été retrouvé le cadavre d'Anaïs Charenton. Enfin, vous dites que Louis XIV voulait Marie-Angélique de Fontanges pour les plaisirs du lit, et c'est justement sur le lit du Roi qu'a été retrouvé le corps d'Angélique Portal... C'est parfaitement clair à présent, oui, c'est l'évidence même...

Madame Bédélin soupira.

– Il est également possible que je me

trompe, commissaire, et je souhaiterais vraiment que ce soit le cas...

Beaumont sursauta.

– Vous voulez rire ? Alors que vous venez de me fournir le fil conducteur de cette affaire ?

– Cela n'a rien à voir avec vous... C'est juste que si j'ai raison...

Elle s'interrompit et lui adressa un pauvre sourire. Beaumont comprit et resta silencieux.

– Ce pamphlet que j'ai reçu... Et le fait que je m'appelle Françoise... Cela signifie que pour le tueur, je symbolise très probablement madame de Maintenon. Et que, par conséquent, je suis logiquement la prochaine sur sa liste.

IX

Après avoir quitté madame Bédélin, Beaumont se sentait l'esprit en effervescence. Il se rendit à son bureau et informa le divisionnaire Maurel de ce qu'il venait de découvrir.

– Beaumont, la première chose est de faire surveiller étroitement cette madame Bédélin. Si elle est vraiment la prochaine cible du tueur, cela nous permettra de le prendre sur le fait. Faites-la suivre constamment, et postez deux hommes devant chez elle.

– J'en avais l'intention, monsieur le divisionnaire. Je compte aussi empêcher le tueur d'accomplir son œuvre sinistre avec elle. L'hypothèse qu'elle a soulevée me paraît parfaitement plausible. Tout concorde. Le tueur semble très concerné par la vie de Louis XIV et tue des femmes qui symbolisent ses maîtresses. D'après la façon dont madame Bédélin m'a décrit ces dernières, j'ai également constaté qu'il y avait des similitudes physiques entre elles et les jeunes femmes assassinées. Marie Mancini, d'origine italienne, était brune aux yeux noirs, comme Marie Métivier, notre première victime. Louise de la Vallière, la première maîtresse officielle du roi après son mariage était blonde aux yeux pervenche, comme Louise Salvi, la deuxième victime. Madame de Montespan était également blonde aux yeux bleus, tout comme Anaïs Charenton que nous avons retrouvée à Trianon et quant à Marie-Angélique de Fontanges, son exceptionnelle beauté se rapprochait de celle d'Angélique Portal, la victime de ce matin. Maintenant, il faut très vite découvrir qui est le tueur. Comme je le pensais, il connaît parfaitement les lieux autant sur le plan historique que géographique, et nous savons qu'il possède les clefs et le code de l'alarme. Il me paraît évident qu'il faut directement chercher la piste du coupable dans le périmètre même du château. Cet après-midi, je vais mettre tout le personnel sur le gril et si quelqu'un sait quelque chose, je le ferai parler ! s'exclama Beaumont avec force.

– N'avez-vous pu tirer aucun renseignement de cette lettre ? D'où avait-elle été postée, par exemple ?

– Il n'y avait aucun cachet. La lettre a probablement été déposée dans la boîte aux lettres de madame Bédélin.

– Oui... vous avez très certainement raison..., répondit Maurel, songeur. Avez-vous reçu les rapports de l'Identité judiciaire et du légiste au sujet d'Angélique Portal ? Ont-ils pu relever des traces quelconques qui nous aideraient à identifier le tueur ?

– Malheureusement non, monsieur le divisionnaire. Toujours pas d'empreintes, ni d'éléments permettant d'obtenir l'ADN de l'assassin. Je ne crois pas qu'il y ait quelque chose à espérer de ce côté-là. Nous avons affaire à quelqu'un d'extrêmement prudent.

– Il faut tout de même espérer qu'il commettra une erreur..., marmonna Maurel. Mais dites-moi, Beaumont, et le commandant Massart dans tout ça ? Avez-vous réussi à le joindre ?

– J'ai tenté à plusieurs reprises de l'appeler sur son portable, mais chaque fois je suis tombé sur sa boîte vocale. J'ai laissé plusieurs messages, et il ne m'a pas rappelé. Personne ne répond non plus à son domicile.

– Son attitude a été plus que troublante..., reprit Maurel. Tout d'abord, il est indéniable que Massart n'a guère d'affinités avec les femmes. Il n'en a même carrément aucune. Et pour une fois qu'il en fréquente une, elle se fait assassiner ! Avouez que c'est une étrange coïncidence ! De plus, il y a le point de vue de ce profileur. D'après ce que vous m'avez dit, il a décrit le tueur comme un type éprouvant de la haine envers les femmes, probablement en raison d'un traumatisme vécu à cause de l'une d'elles. D'après lui, c'est pour cela qu'il se vengerait sur ses victimes. J'ignore ce que le commandant cache dans son passé, mais ce qui est sûr, c'est qu'il correspond à ce profil. Vous le savez aussi bien que moi, Beaumont, c'est un véritable misogyne ! Tout le monde ici pourra le confirmer. Il ne rate pas une occasion d'afficher ouvertement son mépris pour les femmes. Croyez-vous que je n'ai pas remarqué les regards qu'il me lançait lorsqu'il assistait par hasard à mes disputes avec ma femme ? Et vous, j'ai bien remarqué la façon dont il vous dévisageait lorsque vous fricotiez avec cette petite employée, très jolie fille soit dit en passant. Et comme si tout ça ne suffisait pas, il a clamé haut et fort que c'était sa faute si Angélique Portal était morte ! Vous l'avez entendu comme moi ! Et puis, vous avez vu dans quel état il s'est mis ?

– Il n'a peut-être pas apprécié que vous le traitiez de misogyne devant tout le monde..., dit Beaumont d'un ton neutre, surtout qu'il avait l'air sincèrement désespéré de la mort de cette fille...

– Balivernes ! Massart ne peut être affecté par la mort d'une femme ! Il les méprise toutes !

En entendant ces paroles, Beaumont repensa à la réaction de son adjoint après la mort d'Anaïs Charenton, la troisième victime. Il entendait encore résonner à ses oreilles la phrase qui l'avait tellement choqué : « *Elle n'était guère futée... C'était bien une femme !* » Effectivement, il était difficilement concevable qu'un homme ayant de telles idées soit capable de pleurer sincèrement la mort d'une femme.

Sans s'en rendre compte, Beaumont avait froncé les sourcils et sa mine s'était renfrognée.

– Vous voyez bien ! lança Maurel comme s'il lisait dans ses pensées. Vous savez parfaitement que j'ai raison ! Alors il n'y a pas trente-six solutions. Massart n'a peut-être rien à voir avec cette histoire, et le fait qu'il ait fréquenté cette fille peut relever d'un pur hasard, d'accord. Mais sa réaction de ce matin... j'ai vraiment énormément de mal à croire qu'il tenait à elle au point de se mettre dans de pareils états... Alors que faut-il croire ? Nous a-t-il joué la comédie ? Doit-on le considérer comme suspect ? Pourrait-il dissimuler en lui le psychopathe poussé au crime par sa haine des femmes ? En toute franchise, qu'en pensez-vous, Beaumont ?

– Je pense que nous ne devrions pas tirer de conclusions hâtives avant d'avoir eu une discussion avec le commandant, répondit calmement le commissaire. Je vais faire le maximum pour le joindre avant la réunion de cet après-midi au château.

– Mouais..., marmonna Maurel d'un

ton dubitatif, à moins qu'il n'ait de bonnes raisons d'avoir pris la poudre d'escampette...

— Monsieur le divisionnaire, encore une fois, évitons de juger trop rapidement. J'admets que la situation de Massart a besoin d'être éclaircie, car plusieurs éléments jouent en sa défaveur. Mais à côté de cela, je reste persuadé que le tueur est intimement lié au château de Versailles et à son histoire. Ses actes et sa mise en scène prouvent qu'il est parfaitement au courant des détails de la vie de Louis XIV et qu'il connaît les lieux comme sa poche. Or, je ne pense pas que ce soit le cas de Massart. Ou alors, il l'a toujours bien caché !

— Mais enfin, il a sûrement un lien quelconque avec cette histoire ! s'exclama le divisionnaire, sinon, pourquoi aurait-il dit qu'il était responsable de la mort de cette Angélique Portal ?

— Je n'en sais rien. Mais croyez bien que c'est la première question que je lui poserai lorsque je l'aurai retrouvé !

*

Beaumont tenta de joindre le commandant une bonne vingtaine de fois sans succès. Sans y être parvenu, il dut se résoudre à se rendre au château de Versailles où il avait convoqué le personnel. Comme il l'avait souhaité, tous les employés étaient réunis dans la galerie des Glaces, de monsieur Evrard jusqu'aux jardiniers, aux gardiens et aux chargés d'entretien en passant par les architectes, les conservateurs, les restaurateurs d'œuvre d'art et les fontainiers. Dès qu'il entra, le commissaire fut abordé par Rodolphe Grancourt. L'architecte semblait furieux.

– Dites-donc, commissaire, que signifie cette plaisanterie ? Croyez-vous que je n'ai rien d'autre à faire qu'assister à vos petites conférences ? J'ai des travaux très importants qui m'attendent, moi ! Je n'ai pas de temps à vous consacrer !

Beaumont le regarda fixement.

– Je ne saurais pourtant trop vous conseiller de rester parmi nous, monsieur Grancourt. J'ai à parler à tout le monde ici, et c'est très important. Mais si vous préférez partir, vous avez peut-être une bonne raison pour cela...

– Que voulez-vous dire ? jeta Grancourt sèchement.

– Eh bien, peut-être que vous avez quelque chose à cacher..., murmura Beaumont avec un sourire suave.

Grancourt étouffa une exclamation de rage mais la fureur empourpra ses joues.

– Comment osez-vous me parler de cette manière ? hurla-t-il. Vous n'êtes tout de même pas en train d'insinuer que j'ai quelque chose à voir avec tout ça ?

– Je n'ai rien dit de tel, monsieur Grancourt. Seulement, si votre conscience est en paix, pourquoi refusez-vous que je vous interroge ?

– Parce que c'est trop facile ! s'exclama Grancourt. Allez-vous venir nous harceler et nous poser les mêmes questions stupides à chaque fois que vous vous retrouverez avec un cadavre sur les bras ? Parce que si c'est le cas, vu comme c'est parti, je crois que nous allons vous voir souvent !

Ignorant le sarcasme, Beaumont le regarda fixement.

– Je vais avoir besoin d'un emploi du temps très précis de vos activités les soirs où les meurtres ont eu lieu, monsieur Grancourt. Je veux également ceux de toutes les personnes ici présentes, ajouta-t-il en se tournant vers les autres employés. Mes hommes vont vous interroger individuellement, et je vous prie de leur dire tout ce qui serait susceptible de nous aider.

Rodolphe Grancourt le toisa avec mépris.

– Parce que vous croyez vraiment que c'est parmi nous que vous allez trouver le coupable ? lança-t-il, méprisant.

– Monsieur Grancourt, connaissez-vous le code de l'alarme du château ? rétorqua Beaumont du tac au tac.

L'architecte resta un instant décontenancé avant de répondre sèchement par la négative.

– Eh bien, l'assassin le connaît, lui. Tout comme il connaît cet endroit à la perfection. Il en possède également les clefs, et suffisamment d'informations pour avoir réussi à passer à travers les mailles du filet alors que le château était sous surveillance... Alors, je vais essayer d'être très clair..., ajouta-t-il en promenant son regard sur l'assemblée, tâchez tous de vous souvenir attentivement des moindres détails. Est-ce que l'un d'entre vous aurait pu involontairement laisser échapper des informations susceptibles de renseigner le tueur sur le système de surveillance du château ? En ce qui concerne les clefs, je sais que j'ai déjà posé la question à ceux qui possèdent un trousseau, mais néanmoins, je les prie encore de réfléchir s'il n'a pas existé une possibilité, même infime, que leurs clefs aient été empruntées sans qu'ils s'en aperçoivent. Monsieur Evrard, ajouta-t-il en se tournant vers le président, quelles sont les personnes qui connaissent le code de l'alarme ?

Evrard leva vers lui un regard vide.

– Seulement monsieur Monturo et moi-même, répondit-il d'une voix monocorde.

– Êtes-vous bien certain de ne l'avoir jamais communiqué à quiconque ? Ou bien de l'avoir écrit quelque part où un individu mal intentionné aurait pu en prendre connaissance ? Vous non plus, monsieur Monturo ?

Les deux hommes se consultèrent du regard et répondirent par la négative.

– L'alarme n'étant branchée que la nuit, il était inutile d'en donner le code aux quelques autres personnes possédant les clefs du domaine pour raisons professionnelles. Et le seul document écrit mentionnant ce code se trouve dans mon coffre personnel, précisa monsieur Evrard. Et je peux vous certifier que nul autre que moi n'y a accès !

Beaumont soupira.

– Bien, alors le mystère reste entier. Pourtant l'assassin a bien dû apprendre ce code d'une façon ou d'une autre..., lança-t-il en dévisageant les deux hommes de façon insistante.

Monsieur Evrard soutint son regard et s'avança vers lui.

– Comment va votre adjoint, commissaire ? Je vois qu'il n'est pas parmi nous à l'instant. Avez-vous réussi à apprendre pourquoi, selon lui, la victime de ce matin est morte par sa faute ?

Beaumont dévisagea le président avec surprise. Qui aurait pu croire ce petit homme qui semblait complètement au bout du rouleau capable d'un tel coup bas ? Il sentait apparemment les soupçons de Beaumont peser sur lui et sur son personnel, et il choisissait d'attaquer plutôt que de se défendre.

– Je ne pense pas que les problèmes personnels de nos effectifs vous concernent, monsieur Evrard, répondit-il froidement. Contentez-vous de répondre aux questions que l'on vous pose.

– Ah ça, on peut dire que vous êtes fort pour poser des questions ! intervint à nouveau Rodolphe Grancourt. Vous êtes constamment à rôder ici comme « une poule à la recherche de ses poussins », si je puis me permettre. Mais apparemment, vos investigations n'empêchent pas l'assassin de poursuivre son œuvre !

– Comment savez-vous que l'assassin poursuit un but précis ? interrogea Beaumont en le regardant fixement. Ne pensez-vous pas qu'il s'agit d'un cinglé qui tue tout simplement parce qu'il en éprouve le besoin ?

Grancourt resta silencieux quelques secondes avant de hausser les épaules.

– Comment voulez-vous que je le sache ? C'était juste une façon de parler ! Je voulais juste vous faire remarquer qu'en dépit de vos soi-disant recherches, il continue à tuer. Mais peut-être est-ce parce que vous avez mieux à faire qu'effectuer correctement votre travail..., insinua-t-il d'un air mauvais.

– Qu'entendez-vous par là ? demanda Beaumont sur le même ton.

– Simplement que lorsque vous êtes ici, vous paraissez plus occupé à conter fleurette aux jolies jeunes filles qu'à avancer dans votre enquête !

Beaumont s'approcha tout près de l'architecte et le fixa dans les yeux. Les deux hommes s'affrontèrent du regard sans un mot. On aurait entendu une mouche voler dans la galerie des Glaces. Brusquement, la sonnerie du portable de Beaumont rompit le silence. Il décrocha sans quitter Grancourt des yeux.

– Commissaire Beaumont, j'écoute.

– Commissaire, ici le lieutenant Lassale. Nous avons du nouveau dans l'affaire du braquage de la station-service. Nous avons trouvé une piste et obtenu le nom du type qui est très certainement le coupable. Grandier et moi sommes en train de nous rendre chez lui.

– Excellent travail, lieutenant. Rappelez-moi dès que vous l'aurez trouvé. Je tiens absolument à être tenu au courant.

– Bien, commissaire.

Après avoir raccroché, Beaumont tourna le dos à Rodolphe Grancourt et se dirigea vers ses équipiers qu'il chargea d'entendre les témoins présents. Puis, il s'approcha du divisionnaire Maurel et le mit au courant de ce qu'il venait d'apprendre.

– Mais c'est une excellente nouvelle ! s'exclama ce dernier. Si Lassale et Grandier ont vraiment réussi à dénicher le responsable du braquage, l'homme au MAS G1, il y a de fortes chances pour qu'il soit également notre assassin !

– Je l'espère, en tout cas..., répliqua Beaumont, songeur.

Son téléphone sonna à nouveau. Il répondit tout en continuant à réfléchir.

– Commissaire, c'est Massart...

Beaumont se figea instantanément.

– Où êtes-vous ? demanda-t-il simplement.

– Dans un café, près du bureau. Ça s'appelle « Les Amis ». Je... Je voudrais vous parler, commissaire. Il faut que je vous explique...

– Ne bougez pas, je vous rejoins tout de suite, répondit Beaumont d'un ton sans réplique.

Il raccrocha et dit quelques mots à l'oreille de Maurel. Celui-ci opina du chef en guise d'approbation. Beaumont chercha Marie des yeux. Il l'aperçut au fond de la galerie, en compagnie de madame Bédélin et d'autres employés de l'équipe de restauration. Il lui adressa un signe de la main discret auquel elle répondit par un sourire, et sortit rapidement.

*

Massart était assis à la terrasse du café devant un verre de bière, le regard perdu dans le vide. Il avait fort mauvaise mine, et ses gestes trahissaient sa nervosité. Lorsqu'il aperçut Beaumont, il sursauta puis resta figé. Le commissaire s'approcha et s'assit en face de lui.

– Que se passe-t-il, Massart ? Allez-vous enfin m'expliquer votre attitude ? demanda-t-il simplement.

Le commandant baissa les yeux et croisa ses doigts avec nervosité.

– Commissaire... D'abord je tiens à vous dire que je ne vous en voudrais pas du tout si vous pensiez que c'est moi l'assassin de Versailles. Je... Je me souviens parfaitement de ce que vous a dit Jaquetti au sujet du profil du tueur. Il a affirmé qu'il s'agissait d'un homme éprouvant une forte haine à l'encontre des femmes, bref d'un misogyne. Je sais que c'est mon cas. Vous l'avez sûrement remarqué à plusieurs occasions, je n'ai généralement pas une très haute estime des femmes... Vous m'en avez même fait la remarque une fois, vous vous souvenez ? Au sujet de la troisième victime, Anaïs Charenton...

– Je m'en souviens, répondit calmement Beaumont.

– Je plaide coupable, commissaire. Je reconnais avoir eu envers elles un comportement plutôt déplacé. Mais j'ai de bonnes raisons pour cela...

– Si je me souviens bien, rétorqua le commissaire, Christian Jaquetti avait dit qu'une très forte haine des femmes pouvait s'expliquer par le passé de celui qui l'éprouvait. Est-ce votre cas, Massart ?

La souffrance se lut dans le regard du commandant. Il demeura un instant silencieux avant de répondre.

– Commissaire, lorsque j'étais jeune, j'étais plutôt timide et aussi très sensible. Je n'avais guère d'expérience avec les femmes, et je n'avais pas non plus un grand succès auprès d'elles. Un jour, j'ai fait la connaissance d'une fille superbe. Elle s'appelait Natacha. Même dans mes rêves les plus fous, je n'osais espérer qu'elle pose les yeux sur moi. Je me contentais de la dévorer du regard, en cachette. Et puis un jour, le miracle a eu lieu. Elle m'a abordé, et m'a fait comprendre qu'elle avait envie de sortir avec moi. J'avais l'impression de flotter sur un petit nuage. Nous avons commencé à nous voir régulièrement, et chaque jour qui passait faisait de moi un homme de plus en plus amoureux. Je songeais même à lui demander de devenir officiellement ma fiancée. Ma famille, par contre, désapprouvait cette liaison. Mes parents, ainsi que ma sœur et mon beau-frère, trouvaient Natacha superficielle et égoïste. Connaissant ma sensibilité, ils craignaient qu'elle ne me fasse souffrir. Mais moi, j'étais si heureux que je balayais leurs inquiétudes en haussant les épaules, et j'étais certain qu'ils l'apprécieraient lorsqu'ils la connaîtraient mieux. Je me mettais en quatre pour Natacha. Je lui offrais tout ce dont elle avait envie, je me pliais à ses moindres exigences, en bref, j'aurais donné ma vie pour elle. Et puis un jour...

Sa voix se brisa, et il avala une gorgée de bière.

– Un jour, je suis allé chez ma sœur à l'improviste. J'avais fini de travailler plus tôt que prévu, et je voulais lui emprunter un bouquin dont elle m'avait parlé. Lorsque j'ai sonné à la porte, personne n'a répondu. Étant donné que ma sœur m'avait affirmé qu'elle serait chez elle, j'ai fait le tour de la maison et j'ai regardé par les fenêtres pour essayer de l'apercevoir. Et là... j'ai vu mon beau-frère... il faisait passionnément l'amour avec une femme sur le canapé du salon, une femme qui n'était pas ma sœur... Lorsqu'elle a tourné la tête, j'ai reconnu Natacha. Elle m'a aperçu, et loin de se sentir mal à l'aise, elle a éclaté de rire ! Oui, elle a ri !, s'exclama-t-il douloureusement en se prenant la tête dans ses mains. La garce ! Mon beau-frère est sorti et a tenté de bredouiller quelques explications oiseuses, tandis qu'elle, elle se tenait debout dans l'embrasure de la porte sans même avoir pris la peine de se rhabiller. Et elle riait, elle riait toujours ! gémit-il en serrant les poings. Je suis parti comme un automate. Le soir même, j'ai tout raconté à ma sœur. Elle s'est effondrée et a décidé sur-le-champ de demander le divorce. Mais le lendemain, on l'a retrouvée pendue au cerisier du jardin... Elle n'avait pas supporté le choc...

Massart ferma les yeux. Son visage était livide.

– J'ai été à deux doigts de l'imiter. Seul le désespoir de mes parents m'a empêché de le faire. Je ne pouvais pas leur infliger cela. Alors il m'a bien fallu vivre avec tout ça. Mais cette histoire m'a fait comprendre quel genre de créatures étaient les femmes : pourries, sans cœur ni âme, uniquement bonnes à humilier les autres. Alors, je me suis juré que ça ne m'arriverait plus jamais. Et je me suis mis à les haïr, toutes sans exception. Lorsque mon attitude blessait l'une d'entre elles, j'en étais heureux. Je voulais qu'elles souffrent comme j'avais souffert...

Beaumont resta un instant silencieux et posa la main sur l'épaule de Massart.

– Et Angélique Portal ? demanda-t-il doucement.

Le commandant réprima un sanglot et ferma les yeux.

– Oh, elle, c'était différent... Elle était... si douce, si gentille, si compréhensive. Elle était vraiment à l'écoute des autres. J'ai fait sa connaissance il y a déjà plusieurs mois, mais il a fallu du temps pour qu'il y ait quelque chose entre nous. Petit à petit, elle a su venir à bout de ma méfiance et elle a vaincu les fantômes du passé qui me hantaient. C'était une femme exceptionnelle...

– Pourquoi avez-vous dit ce matin que vous étiez responsable de sa mort ? demanda encore Beaumont.

Le visage de Massart se crispa et se durcit un peu plus encore.

– Parce que c'est vrai, commissaire... Je suis certain que la mort d'Angélique est survenue pour me punir de l'attitude que j'avais eue envers les femmes. Je me suis montré tellement odieux à leur égard, persistant à ne voir en elles que des monstres semblables à Natacha que j'en ai sûrement fait souffrir plus d'une. Et lorsque j'ai enfin réussi à tomber amoureux de nouveau, le destin m'a volé Angélique.

C'est ma punition pour m'être montré si dur, si stupide...

Beaumont ne savait pas quoi dire pour aider son adjoint à surmonter cette passe difficile. Au bout d'un instant, il entoura ses épaules d'un geste qu'il voulait réconfortant.

– Vous pouvez me mettre en garde à vue, commissaire. Je comprends qu'une forte présomption de culpabilité flotte au-dessus de ma tête. Faites votre travail, je ne vous en voudrai pas pour ça...

– Commandant, dit Beaumont en le regardant dans les yeux, avez-vous tué Angélique Portal ?

Massart leva vers lui un regard baigné de larmes.

– Non, commissaire... Je vous jure que non... Je... Je l'aimais. Je l'aimais vraiment. À présent qu'elle est morte, je n'ai plus rien. Plus rien...

– Je vous crois, Massart, répondit calmement le commissaire. Mon intuition me dit que vous êtes sincère.

Le commandant lui adressa un regard reconnaissant mais il se rembrunit immédiatement.

– Je vous remercie de me faire

confiance, commissaire... Vous avez toujours été un chic type. Mais je sais qu'il n'en sera pas de même du divisionnaire Maurel, ainsi que de tous les autres...

— Ne vous préoccupez pas de Maurel. Vous ne me quitterez pas d'une semelle jusqu'à ce que nous ayons découvert le véritable coupable. Je me porte garant de vous. Quant à votre sentiment de culpabilité au sujet de la mort de cette jeune femme, oubliez-le. Il ne faut pas y voir une vengeance divine destinée à vous punir, mais l'acte d'un malade qui a cru reconnaître en elle l'une des favorites de Louis XIV. Le seul tort de cette pauvre jeune femme est de s'être appelée Angélique et d'avoir eu les yeux bleus, les cheveux blonds et un visage d'ange... Elle a été identifiée à mademoiselle de Fontanges, l'une des dernières passions du Roi-Soleil.

Massart le regarda avec stupeur.

— Que... Qu'est-ce que vous dites ?

Beaumont le mit rapidement au courant de ce qu'il avait appris de madame Bédélin.

— Comme vous le voyez, notre assassin est très influencé par l'histoire de

Louis XIV, et ma conviction personnelle est qu'il a ses entrées au château. Je sens que je ne suis plus très loin d'élucider cette triste affaire, mais il me manque une pièce essentielle. Sans elle, le puzzle ne peut être complété. Peut-être que la piste du braqueur de la station-service me la fournira. Je ne sais pas de quoi il s'agit exactement, mais il faut que je trouve !

La sonnerie de son portable l'interrompit. Il fouilla dans sa poche et décrocha immédiatement.

– Commissaire Beaumont.
– Commissaire, c'est Lassale. Nous tenons notre homme. La piste dont je vous ai parlé tout à l'heure était bien la bonne ! Grandier et moi avons réussi à le maîtriser et nous l'avons mis au frais dans une cellule en vous attendant.
– Bien, j'arrive immédiatement.

Beaumont se leva et fit signe à Massart de le suivre.

– Lassale et Grandier viennent d'interpeller le type qui avait braqué la station-service de Corbeil. Il se pourrait que nous tenions enfin notre assassin. Allons-y.

*

Lorsqu'il poussa la porte de son bureau, Beaumont y trouva le lieutenant Lassale qui l'attendait.

– Je me suis permis de vous attendre ici, commissaire. Ce type s'est démené comme un beau diable, mais sitôt que nous l'avons amené ici, il n'y a plus eu moyen d'en tirer quoi que ce soit. J'espère que vous saurez vous montrer plus persuasif que nous. Il ne fait aucun doute que c'est lui qui a braqué la station-service de Corbeil.

– Comment avez-vous fait pour lui mettre la main dessus, Lassale ? Il y a deux ans, cette affaire avait été classée sans suite faute d'avoir trouvé le moindre indice, et soudain vous arrivez et vous dénichez le coupable. Est-ce vous qui êtes un génie, ou bien ce sont nos collègues d'Evry qui sont particulièrement incompétents ?

– En fait, nous avons bénéficié d'une énorme chance, commissaire, répliqua Lassale en souriant. Un de ces petits coups de pouce du destin qui permettent instantanément de trouver le fil conducteur d'une affaire. Figurez-vous qu'il y a trois jours, Grandier et moi roulions sur une route nationale pas très loin d'ici lorsque nous nous sommes aperçus que le voyant de l'essence était dans le rouge. Nous nous sommes arrêtés à la première station-service que nous avons aperçue pour faire le plein. Pendant que je payais, Grandier a remarqué une femme assez jolie, mais d'un genre plutôt vulgaire, qui se tenait assise quelques mètres plus loin. Cheveux blonds platine, outrageusement maquillée et vêtue d'une jupe assez courte, elle avait l'allure d'une prostituée attendant le client. Elle semblait inquiète, comme si elle guettait quelqu'un ou quelque chose. Vous connaissez Grandier, il ne perd jamais une occasion de jouer les tombeurs. Il l'a trouvée plutôt mignonne et lui a fait un signe de la main lorsque nous avons démarré. Un peu plus tard, nous avons entendu notre radio grésiller et avons appris avec stupeur que la station-service dans laquelle nous nous trouvions moins d'une heure auparavant venait d'être victime d'une agression. Nous avons immédiatement rebroussé chemin pour retourner là-bas et aider la police locale. C'est là que Grandier m'a fait remarquer que la fille avait disparu. Nous avons interrogé toutes les personnes ayant assisté à la scène, mais, hélas, aucune d'entre elles n'avait pu voir le visage du truand, pour la bonne raison qu'il portait une cagoule sur la tête. Par contre, l'un des témoins avait remarqué qu'il tenait son arme de la main gauche. Un autre nous a également parlé de la prostituée que nous avions aperçue tantôt. Il l'avait vue quitter les lieux peu avant que le braqueur n'arrive. En entendant cela, je me suis rappelé que cette fille avait l'air de surveiller les environs, et je me suis demandé si par hasard, elle n'était pas en train de faire le guet pour son complice. Nous sommes alors retournés à la station-service de Corbeil pour interroger à nouveau le pompiste. Nous lui avons d'abord demandé s'il se souvenait de quelle main celui qui l'avait agressé tenait son arme. Après avoir réfléchi un instant, il nous a dit qu'il lui semblait que c'était de la main gauche, mais il n'en était pas sûr. Je lui ai alors parlé de cette femme qui ressemblait à une prostituée et qui se trouvait devant la station-service cet après-midi. Je lui ai dit que nous l'avions trouvée bizarre, et qu'un témoin l'avait vue quitter les lieux juste avant l'arrivée du braqueur. Je lui ai demandé si lors de son agression deux ans auparavant, il avait remarqué une femme semblable dans les parages. Grandier lui en a fait une description très détaillée, et en des termes que je préfère vous passer sous silence. Le pompiste s'est alors rappelé une anecdote. Peu avant le drame, il avait entendu du remue-ménage à l'extérieur, et il était sorti pour voir ce qui se passait. À quelques mètres de sa boutique, il avait vu une femme correspondant à la description faite par Grandier. Deux types en moto étaient en train de la draguer de façon plutôt insistante, et tentaient de la persuader de les accompagner. La fille avait l'air complètement affolée, alors le pompiste a dit aux types de la laisser tranquille. Après leur départ, elle s'était éloignée de son côté sans même le remercier. Moins d'un quart d'heure plus tard, le tueur était arrivé. En bref, s'il s'agissait de la même femme, elle s'était trouvée deux fois sur des lieux où une agression allait être commise. C'était peut-être une coïncidence, mais nous avons décidé d'approfondir cette piste.

— Eh bien, il semble que pour une fois, le côté don juan de Grandier nous a été plutôt utile ! commenta Beaumont en souriant.

— Vous pouvez le dire ! continua Lassale. Nous avons lancé un appel à tous les postes de police des environs en donnant la description exacte de cette femme, et en disant qu'il s'agissait certainement d'une prostituée. Et c'est là que nous avons eu une chance incroyable : des policiers sont allés faire une descente dans les quartiers chauds, et ils ont remarqué que l'une des dames ressemblait en tous points au portrait que nous leur avions brossé de notre suspecte. Quand ils ont voulu lui parler, elle a pris la fuite, ce qui prouvait qu'elle n'avait pas la conscience bien tranquille. Ils ont réussi à la rattraper et ils nous ont appelés. Elle s'appelait Jeanne Marceau. Lorsque nous l'avons vue, nous avons immédiatement reconnu la femme aperçue la veille, et le pompiste de Corbeil, qui nous accompagnait, l'a lui aussi identifiée comme celle qui se trouvait chez lui lorsqu'il avait été agressé. Elle a d'abord tenté de nier, mais lorsque nous l'avons menacée de la mettre en prison pour complicité, elle s'est mise à pleurer et a lâché le morceau. Elle a avoué que c'était son petit ami, un certain Franck Silva, qui avait braqué les deux stations-service, et qu'il l'avait fait parce qu'à deux reprises, il avait contracté des dettes de jeu qu'il n'avait pas les moyens de rembourser. Chaque fois, il l'avait envoyée en reconnaissance afin de surveiller les lieux. Grandier a effectué une rapide recherche au sujet de ce type, et nous avons vu qu'il possédait un casier judiciaire. Essentiellement pour des vols à main armée. La fille nous a donné son adresse, et nous n'avons plus eu qu'à aller le cueillir. Ça n'a pas été une partie de plaisir, je vous l'avoue. Le monsieur a la gâchette plutôt facile, mais nous avons tout de même réussi à le coincer !

– Vous avez vraiment fait du très bon boulot, Lassale ! Grandier et vous avez remarquablement bouclé cette affaire. Je ne manquerai pas d'en informer le divisionnaire. Bon, à présent, où est-il ce Franck Silva ? J'ai hâte de faire sa connaissance..., lança-t-il ironiquement.

En ouvrant la porte de la cellule, Beaumont se sentait fébrile. Son instinct l'avertissait qu'il était tout proche du dénouement. L'homme assis sur le banc devait avoir la quarantaine. Ses traits étaient impassibles, excepté une lueur d'affolement qui dansait dans ses yeux et que le commissaire remarqua tout de suite. Il s'assit en face de lui.

– Alors, monsieur Silva ? lança-t-il sans aménité, on s'amuse à braquer les stations-service pour arrondir ses fins de mois ?

L'autre serra les poings d'un air menaçant, mais ses yeux trahissaient une inquiétude grandissante.

– Je sais pas de quoi vous parlez ! Je n'ai braqué aucune station-service ! C'est une pure calomnie !

– C'est inutile, Silva, rétorqua tranquillement le commissaire.

– Quoi ? Qu'est-ce qui est inutile ?

– Votre petite comédie... Vous perdez votre temps et vous me faites perdre le mien. Il est inutile de nier, c'est votre complice elle-même qui vous a dénoncé. Vous savez, Jeanne Marceau, celle que vous chargiez de surveiller les environs avant de passer à l'acte...

Franck Silva blêmit.

– La salope ! lâcha-t-il entre ses dents.

– Oh, oh, voilà un langage bien discourtois ! ironisa Beaumont. Je vais être direct avec vous, Silva. Je vous rappelle que vous avez tué un homme. Alors soit vous vous entêtez, et je ferai en sorte que vous soyez très, très vieux lorsque vous sortirez de prison, soit nous nous aidons mutuellement.

– Ce qui veut dire ? lança Silva.

Son attitude était agressive, mais au son de sa voix, Beaumont sentit que sa proposition ne le laissait pas indifférent.

– Ça veut dire que si tu reconnais avoir braqué les deux stations-service, une il y a deux ans et l'autre avant-hier, si tu me dis toute la vérité à ce sujet, je ferai en sorte que ta peine soit moins lourde. Par exemple, en disant que tu n'avais aucune intention de tuer ce type il y a deux ans, que si tu as appuyé sur la gâchette, c'est que tu as paniqué, et qu'il s'agissait d'un accident. Tu seras alors inculpé d'homicide involontaire...

– Et si je refuse ?

Beaumont se pencha et le regarda droit dans les yeux.

– Dans ce cas, ton chef d'accusation sera le meurtre avec préméditation. Je t'enfoncerai tellement que tu ne reverras plus jamais la lumière du jour !

Silva resta quelques secondes effaré et garda le silence.

– Si j'accepte, vous me trouverez un bon avocat pour prouver que la mort de ce type était accidentelle ? demanda-t-il enfin. En plus, c'est la vérité ! Je n'avais pas l'intention de me servir de mon arme, mais cet idiot ne m'a pas laissé le choix, il était prêt à se jeter sur moi. Je n'ai pas réfléchi, et j'ai tiré instinctivement...

– Bien. Je crois que nous sommes sur la bonne voie. À présent, dis-moi : qu'as-tu fait de ton arme ? Est-qu'elle est toujours en ta possession ?

Silva lui jeta un regard méfiant.

– Pourquoi me demandez-vous ça ?

– Ça ne te regarde pas ! Contente-toi de répondre à ma question.

– Je ne l'ai plus..., lâcha l'homme d'un ton hésitant.

– Vraiment ? Tu en es bien certain ?

– Mais oui, j'en suis certain ! s'écria

Silva avec rage. Pourquoi je vous mentirais alors que j'ai avoué être l'auteur de ces braquages ?

– Peut-être pour dissimuler les autres occasions où tu t'es servi de ce pistolet... Un MAS G1, je crois... Excellent pistolet !

Le visage de Franck Silva devint rouge de fureur.

– Non mais qu'est-ce que ça veut dire ? Ça ne vous suffit pas que j'avoue avoir braqué ces foutues stations-service ? Vous voudriez me coller d'autres meurtres sur le dos ? Je vous dis que je ne l'ai plus ce pistolet ! Je m'en suis débarrassé sitôt après avoir tué ce type, il y a deux ans !

– Qu'en as-tu fait ?

– Mais qu'est-ce que ça peut vous faire, à la fin ? L'essentiel, c'est que j'ai avoué, non ?

– Ce que je veux, Silva, c'est m'assurer que tu n'es pas allé traîner tes guêtres du côté du château de Versailles, ces derniers temps. Tu as sûrement entendu parler des femmes qui y ont été assassinées ? Eh bien, figure-toi que l'étude balistique a été formelle. Ces meurtres ont été commis avec le même pistolet que celui qui a tué cet homme lors du braquage de la station-service. Autrement dit, ton pistolet...

Silva resta un moment silencieux, puis il leva la tête vers le commissaire.
– Je l'ai filé à un type que je connais. Il m'en a vendu une autre en échange. Il est spécialiste dans l'art de repasser des armes sous le manteau. J'étais pressé de me débarrasser du MAS G1, à cause de la mort de ce gars...
– Le nom de ce charmant trafiquant d'armes à feu ? s'enquit Beaumont.
– Rodriguez... Joseph Rodriguez, dit « Jojo le flingue », répondit Silva en baissant la tête. Vous avez des chances de le trouver au bar des Quatre saisons, boulevard Barbès à Paris. Il y traîne fréquemment....

*

Après avoir laissé Franck Silva dans sa cellule, Beaumont se rendit dans le bureau du divisionnaire Maurel qu'il informa des derniers rebondissements de l'affaire.
– Ce type a bien utilisé le MAS G1 que

nous recherchons, lors de son premier braquage il y a deux ans, mais si, comme il le prétend, il s'en est ensuite débarrassé auprès de « Jojo le flingue », il n'est pas le tueur de Versailles. Dès ce soir, j'irai faire un tour au bar des Quatre saisons et je tâcherai de mettre la main sur ce type. Massart m'accompagnera.

— À propos du commandant, il est venu me voir pendant que vous interrogiez Silva. Il m'a expliqué les raisons de son comportement et m'a dit que vous vous portiez garant de lui. Est-ce vrai ?

— Oui, monsieur le divisionnaire. Je le crois vraiment sincère, et je ne pense pas qu'il ait quoi que ce soit à voir avec cette histoire.

— Bon, je vous fais confiance, Beaumont. Toutefois, j'aimerais autant que vous gardiez un œil sur lui... Ah, au fait, je voulais vous prévenir que j'ai pris sur moi de faire surveiller nuit et jour les personnes qui possèdent les clefs du château, tout particulièrement cet architecte si antipathique. À présent que nous sommes sûrs du lien qui relie l'assassin à ces lieux, j'ai bien l'intention qu'aucun d'entre eux ne puisse bouger un orteil sans que nous en soyons immédiatement informés. Il vaut mieux prévenir que guérir ! Quant à Françoise Bédélin, elle est évidemment la plus surveillée de tous. Si elle est véritablement la prochaine cible du tueur, nous ne devons lui faire courir aucun risque !

— Vous avez raison, monsieur le divisionnaire. Croisons les doigts !

Beaumont regagna son propre bureau où l'attendait son adjoint.

— Massart, réservez votre soirée. Je vous offre un verre au bar des Quatre saisons, situé dans un charmant quartier, Barbès !

Le commandant grimaça tandis que Beaumont le mettait au courant de son entretien avec Franck Silva.

— Autrement dit, si nous retrouvons ce Joseph Rodriguez et qu'il nous dit à qui il a revendu le MAS G1 de Silva, nous aurons de grandes chances de tenir notre assassin... conclut-il.

— Exactement. Vous voyez qu'il n'y a pas un instant à perdre.

— À propos, commissaire, reprit Massart, pendant que vous interrogiez ce type, je suis allé voir le divisionnaire et...

— Je sais, le coupa Beaumont, il m'en a parlé. Ne vous inquiétez plus à ce sujet.

— Merci, commissaire. Je voulais aussi vous dire que j'ai pris la liberté de communiquer les informations dont vous m'avez fait part tout à l'heure à Christian Jaquetti. Je l'ai mis au courant de ce que vous avait dit madame Bédélin au sujet des maîtresses de Louis XIV. Il va réétudier le profil du tueur en fonction de ces nouveaux éléments. Cela nous apportera peut-être une aide supplémentaire.

— Vous avez bien fait, Massart. Au fait..., ajouta Beaumont d'un ton hésitant, il y a quelque chose que je voulais vous demander...

— Je vous écoute, commissaire.

— Je ne voudrais surtout pas remuer le couteau dans la plaie, mais c'est au sujet d'Angélique Portal.

Une lueur de tristesse passa dans les yeux du commandant et il baissa la tête.

— Puisque vous la connaissiez bien, reprit Beaumont, savez-vous si elle s'intéressait à l'histoire des rois de France, et particulièrement à Louis XIV ? Se passionnait-elle pour ce qui touchait au château de Versailles ?

— Pas que je sache, commissaire, répondit Massart après avoir réfléchi un instant. Angélique avait beaucoup de passions, entre autres le théâtre, la musique classique et l'équitation, mais elle ne m'a jamais parlé d'histoire. Même en sachant que j'enquêtais sur l'affaire des meurtres de Versailles, elle n'a rien dit de particulier...
— Bien, je vous remercie, Massart. Attendez-moi dans ma voiture. Nous allons manger un morceau, puis nous nous rendrons au bar des Quatre saisons. Le temps de passer un coup de fil et je vous rejoins.

Lorsque son adjoint fut sorti, Beaumont décrocha le combiné et composa le numéro de Marie Berger.
— Marie, c'est Axel. Je suis désolé, mais je vais devoir annuler notre rendez-vous de ce soir. J'ai découvert un nouvel élément très important pour mon enquête, et je dois le vérifier...
— Ne t'inquiète pas, Axel. Je comprends... J'espère que tout se passera bien. Si tu ne finis pas trop tard, tu peux toujours passer à la maison...

L'espace d'un instant, Beaumont s'imagina dans l'appartement de Marie, la serrant dans ses bras avec fougue. Il se vit caresser sa chevelure, retrouver le goût de ses lèvres... Il secoua la tête et s'efforça de chasser ces pensées qui risquaient de le distraire de son enquête.

– J'essaierai de passer te voir dans la soirée, promit-il. Excuse-moi encore, Marie. Nous irons au restaurant une autre fois.

– Il n'y a aucun problème, je t'ai dit que je comprenais... Axel ?

– Oui ?

– J'espère que tu viendras ce soir..., souffla-t-elle avant de raccrocher.

Le cœur battant, Beaumont alluma une cigarette et tenta de ne plus penser à Marie, au moins jusqu'à ce soir. Il savait déjà qu'il ferait tout son possible pour la rejoindre après sa visite au bar des Quatre saisons. Il quitta son bureau et rejoignit Massart.

*

Janvier 1684. Dès que Louis XIV eut quitté ses appartements, madame de Maintenon s'empressa de faire fermer les fenêtres. Elle était terriblement incommodée par la manie qu'avait le Roi de les ouvrir dès qu'il entrait dans une pièce, et ce même en plein hiver. En effet, depuis qu'il avait subi une intervention chirurgicale qui lui avait laissé une plaie dans le palais, Louis XIV craignait que sa mauvaise haleine ne se remarque trop et veillait à demeurer en des lieux suffisamment aérés. Or, madame de Maintenon était de nature extrêmement frileuse et, lasse de claquer constamment des dents en présence de son royal époux, elle avait fini par se faire confectionner une banquette d'un genre particulier, une sorte de cocon dans lequel elle se réfugiait, emmitouflée de fourrures. Après un rapide souper, ses suivantes la déshabillaient et l'aidaient à se mettre au lit, où elle devait encore supporter le défilé de tous les courtisans traversant sa chambre pour lui faire leur révérence.

Ces jours-là, quelqu'un l'observait avec une insistance toute particulière. Un regard plein de haine suivait chacun de ses mou-

vements en songeant que Françoise Scarron, l'ancienne épouse du poète infirme, avait décidément gravi les échelons de la gloire jusqu'aux plus hauts sommets. Qui aurait aujourd'hui reconnu la veuve misérable quémandant sans cesse une pension, sous les traits de la respectable marquise, épouse du roi de France ? Oui, madame de Maintenon avait remarquablement bien mené sa barque. Et elle allait le payer. Madame de Maintenon devait expier et mourir.

X

Le bar des Quatre saisons était un établissement d'allure sordide, dont la façade était éclairée par une simple enseigne clignotante. Beaumont et Massart s'installèrent au comptoir et commandèrent deux whiskies. En regardant discrètement autour de lui, le commissaire aperçut des individus d'allure peu recommandable installés dans divers endroits de la salle. Après avoir bu son verre, Beaumont se pencha vers le barman.

– Excusez-moi, savez-vous où je pourrais trouver un certain Joseph Rodriguez ?

L'homme posa sur lui un regard glacial.

– Connais pas ! marmonna-t-il en lui tournant le dos.

Beaumont attendit patiemment que l'autre repasse près de lui, et l'interpella à nouveau.

– On m'a pourtant dit qu'il venait très souvent ici..., murmura-t-il à voix basse.

Le barman croisa les bras et le dévisagea.

– Je vous ai dit que j'ai jamais entendu ce nom-là ! répéta-t-il d'un ton menaçant. Vous êtes sourd ou quoi ?

– Chut, pas si fort ! fit Beaumont d'un air de conspirateur. Je ne tiens pas à ce qu'on sache pourquoi je le cherche...

– Alors pourquoi posez-vous des questions à son sujet ? interrogea le barman d'un ton rogue.

Beaumont fit mine de regarder autour de lui d'un air inquiet. Il se pencha à l'oreille de l'homme.

– Je voudrais me procurer une arme..., chuchota-t-il.

Le barman le dévisagea d'un œil soupçonneux.

– Dans ce cas, allez dans une armurerie ! Ici, c'est un bar ! rétorqua-t-il.

Le commissaire émit une petite toux gênée.

– Eh bien, c'est-à-dire... Je ne sais pas trop comment vous expliquer ça, mais... Disons que je préfère rester discret, voilà tout... J'ai un ami qui a déjà eu affaire à

Joseph Rodriguez. Il m'a dit qu'il pourrait sûrement m'aider...

– C'est qui votre ami ? marmonna le barman à voix basse.

– Il s'appelle Franck Silva. C'est lui qui m'a dit que je trouverais Rodriguez ici.

Le barman fit mine d'essuyer quelques verres avec son torchon.

– Et lui, qui c'est ? demanda-t-il en désignant Massart du menton.

– C'est mon frère, improvisa Beaumont, il est au courant. Nous avons... hum... un objectif commun...

L'homme hésita un instant, puis il se pencha à l'oreille du commissaire.

– Si c'est Silva qui t'envoie, OK. Jojo n'est pas là ce soir. Essaie de repasser demain en fin d'après-midi. Je lui dirai que tu veux le voir.

– Merci beaucoup ! murmura Beaumont à voix basse, je reviendrai demain.

Il régla les consommations et il quitta le bar en compagnie du commandant. Lorsqu'ils furent dans la voiture, ce dernier ne put s'empêcher de rire.

– Bien joué, commissaire. J'avoue que votre petit numéro de caïd m'a impressionné !

– Je ne m'en suis pas trop mal tiré, c'est vrai, admit Beaumont en souriant. Mais ne vendons pas la peau de l'ours avant de l'avoir tué. Avec ces gars-là, on ne sait jamais. Il est possible que « Jojo le flingue » se méfie et ne vienne pas demain.

Il consulta sa montre. Il était presque onze heures et demi. Il décida de passer chez Marie après avoir déposé Massart chez lui. Il avait décidément très envie de l'embrasser.

*

Beaumont se gara sur le parking près de l'immeuble où habitait Marie. Il faisait nuit noire, et sans la faible lueur d'un réverbère, il aurait eu du mal à voir où il allait. Il pénétra dans le couloir et monta jusqu'au troisième étage où se trouvait l'appartement de Marie. Alors qu'il s'apprêtait à pousser la porte du palier, des éclats de voix parvinrent à ses oreilles. De toute évidence, deux personnes se disputaient violemment. Une femme cria qu'elle voulait qu'on la laisse tranquille et, incrédule, Beaumont reconnut la voix de

Marie. Il se précipita vers la porte de son appartement et heurta de plein fouet un homme qui en sortait au même moment. Beaumont ralluma la minuterie et, stupéfait, il reconnut Rodolphe Grancourt.

— Qu'est-ce que vous foutez ici, vous ? demanda-t-il sèchement.

— Je pourrais vous poser la même question, monsieur le commissaire ! jeta l'architecte sur le même ton. Pousseriez-vous le zèle jusqu'à venir interroger les employés du château en pleine nuit ? ajouta-t-il avec ironie.

— Ne me cherchez pas, Grancourt ! rétorqua Beaumont d'un ton empreint de menaces. J'ai entendu crier Marie ! Alors je vous le demande une dernière fois, qu'est-ce que vous êtes venu faire ici ? Que lui voulez-vous ?

La porte de l'appartement s'entrouvrit, dispensant Grancourt de répondre. Marie Berger apparut dans l'encadrement. Elle était vêtue d'un peignoir de soie écrue dont elle tenait les pans étroitement serrés sur sa poitrine. Ses cheveux étaient en désordre, et dans son visage livide, ses yeux verts brillaient d'une lueur étrange.

– Marie ! s'exclama Beaumont en se précipitant vers elle, tu vas bien ?

Elle ne répondit pas et demeura immobile, les yeux fixés sur Grancourt. Ce dernier la dévisageait aussi, le regard dur et la mâchoire contractée. Brusquement, il tourna les talons et s'éloigna. En deux enjambées, Beaumont le rattrapa.

– Pas si vite, Grancourt. Que lui avez-vous fait ?

L'architecte le toisa d'un œil indifférent.

– Je ne lui ai rien fait du tout. Je ne l'ai ni violée ni battue, si c'est ce que vous sous-entendez ! Et puis, vous n'avez qu'à le lui demander vous-même !

Beaumont jeta un regard vers Marie, toujours figée comme une statue.

– Marie, ça va ? Réponds-moi, enfin !

La jeune femme posa sur lui un regard vide d'expression, puis détourna la tête.

Furieux, le commissaire empoigna Grancourt par le revers de sa veste.

– Croyez-vous que je ne vois pas qu'elle n'est pas dans son état normal ? Qu'est-ce que vous êtes venu foutre ici, et que lui avez-vous fait pour qu'elle ait l'air aussi traumatisée ?

Calmement, Grancourt se dégagea et

planta son regard dans celui de Beaumont.

— Je vais essayer d'être clair, commissaire. Je vous le répète, je n'ai absolument rien fait à Marie. Quant à la raison de ma présence ici, cela ne vous regarde absolument pas ! Bonsoir !

L'architecte s'éloigna à grands pas. Beaumont renonça à le suivre et s'approcha de Marie. Il lui passa doucement un bras autour des épaules, l'entraîna à l'intérieur de l'appartement et referma la porte. Il la fit asseoir sur le canapé et alla lui chercher un verre d'eau.

— Marie, je t'en prie, parle-moi ! Qu'as-tu ? Veux-tu que j'appelle un médecin ?

Les dents serrées, le regard fixe, elle demeura immobile. Brusquement, elle s'affaissa comme si elle perdait connaissance. Affolé, Beaumont la secoua et, comme elle ne réagissait pas, il lui administra des tapes sur le visage. La jeune femme sembla revenir à elle et poussa un grand soupir.

— Marie ! Est-ce que ça va ? demanda-t-il d'un ton plein d'angoisse.

Cette fois-ci, elle sembla l'entendre. Elle leva vers lui un regard un peu perdu.

— Oui... ça va...

— Qu'est-ce qui s'est passé ? Bon Dieu ! tu m'as fait peur. Tu avais l'air vraiment choquée ! Qu'est-ce que Grancourt t'a raconté pour te mettre dans un tel état ? Et d'abord, qu'est-ce qu'il faisait chez toi à une heure pareille ? Je croyais que tu n'avais aucune affinité avec ce type...

Marie passa une main lasse sur son front et détourna les yeux.

— Réponds-moi, Marie... Qu'est-ce qu'il voulait ? insista-t-il.

Elle soupira et parut mal à l'aise.

— Il voulait... Oh ! Axel, est-ce que ça a de l'importance ?

— Bien sûr que ça en a. Tu as vu la tête que tu fais ? Si ce type t'a importunée, je tiens à le savoir. J'irai lui dire deux mots en personne !

— Non, je t'en prie... Laisse tomber... Ça ne vaut vraiment pas le coup...

Beaumont croisa les bras et la regarda fixement.

— Il te draguait ? C'est ça, Marie ? Il est venu ici ce soir pour te faire des avances ?

La jeune femme baissa la tête sans répondre.

— Néanmoins, si Grancourt se permet

de venir chez toi à une heure pareille, et que cela te bouleverse à ce point, c'est peut-être que tous les deux, vous avez une relation que j'ignore ?

Le regard de Beaumont s'était durci. En prononçant ces mots, il réalisait que la jalousie était en train de s'insinuer au fond de son cœur. L'amour le rendait vulnérable, et il avait presque oublié combien cela faisait mal. Il redoutait d'entendre la réponse de Marie. Il sentit alors une main se poser sur la sienne.

– Axel, depuis que je t'ai rencontré, jamais je n'ai posé les yeux sur un autre homme que toi. Je te le jure sur ce que j'ai de plus cher au monde. Quant à Grancourt...

Elle se mordit les lèvres et hésita un instant avant de poursuivre.

– Lui et moi avons eu une liaison il y a quelques mois. Je ne sais pas ce qui m'a pris, je n'avais pas réalisé combien il était égoïste et sans cœur. Oh, ça n'a pas duré longtemps. J'y ai très vite mis fin, mais il a eu du mal à accepter ma décision. Depuis, il ne cesse de me relancer...

– C'est donc pour ça qu'il nous a regardés de travers le jour où il nous a vus ensemble dans la cour du château. Tu aurais alors dû me dire la vérité.

– Je ne voulais pas t'ennuyer avec ça... Et puis surtout, ça n'a plus aucune importance maintenant. Je t'ai rencontré et c'est tout ce qui compte !

Elle se blottit contre lui et l'embrassa doucement sur les lèvres. Il lui rendit passionnément son baiser.

– Il n'empêche que ce type te poursuit de ses assiduités, et que cela te contrarie. Tu étais dans un tel état tout à l'heure... Tu m'as vraiment effrayé.

Marie esquissa un petit sourire contrit.

– C'est fini à présent... Tout cela appartient au passé. La seule chose qui compte, c'est que je tiens vraiment beaucoup à toi. Je voudrais que nous puissions vivre quelque chose de merveilleux ensemble. Et quel que soit l'homme qui me fasse des avances, je te resterai fidèle !

Beaumont plongea son regard dans le sien.

– Qu'ai-je fait pour mériter un tel bonheur ? murmura-t-il avec tendresse.

Il vit alors les prunelles de Marie se rétrécir jusqu'à ne plus former que deux minces fentes. Son regard devint flou, presque hagard, et elle porta ses deux mains aux tempes. Son visage sembla se transformer, et elle rejeta la tête en arrière en gémissant.

– ¡ Nada ! ¡ Los hombres, jamás hicieron nada para merecer esto ! ¡ Sólo saben hacer sufrir ! ¡ Yo, no podía soportarlo más ! ¡ Todas estas putas que querían tomarme a mi marido ! ¡ Le sonreían y giraban en torno a él, y él, se las tomaba todas ! ¡ Dios ! ¡ Que soy desgraciada ! ¡ Cada noche, lo esperaba, y él, era con estas putas ! ¡ Me lo tenía conmigo sólo una horita, cuando venía la mañana, y todavía, solamente si no se lo guardaban con ellas toda la noche. ¡ Las detestaba, odiaba ellas todas* ! hurla-t-elle avec un fort accent espagnol.

---

* *Rien ! Les hommes n'ont jamais rien fait pour mériter ça. Ils savent seulement faire souffrir. Moi, je ne pouvais le supporter davantage ! Toutes ces putes qui voulaient me voler mon époux. Elles lui souriaient et tournaient autour de lui. Et il les prenait toutes ! Mon Dieu, que je suis malheureuse ! Toutes les nuits, je l'attendais. Et lui, il était avec ces putes. Je l'avais seulement à moi une petite heure quand venait le matin. Et encore seulement si elles ne le gardaient pas avec elles toute la nuit. Je les détestais !*
Je les haïssais toutes !

Elle roula des yeux exorbités et s'affaissa à nouveau sur le canapé comme si elle ne tenait plus sur ses jambes. Beaumont restait pétrifié, ayant peine à réaliser ce qu'il venait de voir et d'entendre. Il avait étudié l'espagnol jusqu'au lycée, et les notions qu'il en avait gardées lui permettaient de comprendre à peu près l'essentiel de la diatribe prononcée par Marie. L'espace d'un instant, il se demanda si elle n'avait pas perdu la raison. De quoi parlait-elle ? Quelle était cette histoire de « putes qui lui volaient son mari pendant qu'elle l'attendait toute la nuit » ? Et quel mari ? Elle ne lui avait jamais dit qu'elle avait été mariée. Tout comme il ignorait qu'elle parlait si bien l'espagnol.

Il se pencha sur elle et posa une main sur son front. Il était glacé. À son contact, elle frissonna et ouvrit les yeux, comme si elle s'éveillait d'un songe.

– Je suis fatiguée, Axel... Tellement fatiguée... Je crois que je vais aller dormir. Nous nous verrons demain...

Elle le raccompagna jusqu'à la porte et il s'aperçut que ses yeux papillonnaient, comme si elle ne parvenait plus à les maintenir ouverts.

– Marie... Tu es sûre que tout va bien ? Je ne peux pas te laisser comme ça. Je vais appeler un médecin.

Elle posa sur lui un regard empreint de lassitude.

– Tout va bien, Axel. Je te l'ai dit, je me sens juste très fatiguée... Ça ira mieux demain matin... Ce n'est vraiment pas la peine de t'inquiéter.

– Marie...

Il s'interrompit et décida de ne pas insister. Ce n'était visiblement pas le moment de lui dire combien sa réaction l'avait surpris, ni de lui avouer que l'espace d'un instant, il avait eu l'impression de se trouver en face d'une étrangère, et non plus de la jolie jeune femme si douce qu'il appréciait tant. Elle paraissait tout juste assez lucide pour tenir debout.

– Bonsoir, Axel..., murmura-t-elle en déposant un léger baiser sur ses lèvres.

Après qu'elle eut refermé sa porte, Beaumont demeura un instant immobile dans le couloir obscur avant de regagner son véhicule. Il n'avait certes pas imaginé que sa visite chez Marie tournerait de la sorte. D'abord, il y avait eu ce Grancourt, et puis le comportement bizarre de la jeune femme. Il était venu ici pour y chercher du bien-être et de la détente, et il en repartait avec encore plus de questions à éclaircir. Il en ressentait un vague mélange d'irritation et de déception.

Il mit le contact et roula tranquillement jusque chez lui. Il se coucha en se promettant de demander à Marie des explications sur son attitude, dès le lendemain. Il réalisait combien il tenait à elle et n'avait pas l'intention de laisser planer le moindre doute à son sujet. Si elle avait été mariée, il faudrait bien qu'elle lui en parle ! Et puis, il y avait cette injure en espagnol sans cesse répétée : « puta ! ». Quelles femmes qualifiait-elles ainsi ? De plus, il restait persuadé qu'elle lui cachait quelque chose au sujet de Rodolphe Grancourt. Contrarié, Beaumont poussa un profond soupir et sombra dans un sommeil sans rêve.

Le lendemain matin, il tenta en vain de joindre Marie. Même si elle dormait à poings fermés, la sonnerie persistante du téléphone aurait dû la réveiller. Elle avait beau être très fatiguée la veille, il paraissait invraisemblable qu'elle ait le sommeil aussi lourd. Au moment de sortir déjeuner, il décida de faire un détour par le château de Versailles afin de la voir un moment. Il frappa à la porte de l'atelier de restauration et entra. Il aperçut madame Bédélin, qui travaillait avec minutie sur une tenture. Elle leva la tête et lui sourit avec nervosité.

– Bonjour, commissaire. Du nouveau ?

– Nous ne devrions pas tarder à en avoir. Je suis quasiment certain que d'ici ce soir, je saurai qui est l'assassin. Nous allons retrouver sa piste grâce à l'arme du crime.

Elle soupira, et il remarqua combien son visage, habituellement si enjoué, était rongé d'inquiétude.

– Bon, je n'ai plus qu'à vous faire confiance alors, commissaire. J'espère que vous m'épargnerez le rôle de madame de Maintenon au tableau de chasse du

tueur. J'avoue que je vous en saurai gré...,
ajouta-t-elle avec une pointe d'humour.

Obéissant à une impulsion soudaine,
Beaumont prit ses deux mains dans les
siennes.

– Ne vous inquiétez pas, madame
Bédélin. Vous êtes sous surveillance, nuit
et jour. Et je vais trouver ce salopard. Ce
n'est qu'une question d'heures. Dès que je
saurai à qui le pistolet a été revendu, je
lui mettrai la main dessus. Tant pis pour
vous, vous ne serez pas l'épouse du Roi-
Soleil !

En dépit de sa nervosité, madame Bédélin ne put s'empêcher de rire.

– J'avoue que je pourrai survivre à cette
déception, commissaire. Les faveurs des
rois, très peu pour moi. Surtout dans de
telles circonstances !

– Madame Bédélin, est-ce que Marie
est là ?

– Marie ? Elle m'a téléphoné ce matin
pour me dire qu'elle était souffrante. Elle
ne viendra pas aujourd'hui.

Devant l'expression perplexe de Beaumont, madame Bédélin lui sourit amicalement.

– Vous êtes très proches tous les deux, n'est-ce pas ?

Beaumont hésita un instant.

– Oui, c'est vrai, répondit-il franchement.

– Je l'ai compris à la minute où je vous ai vus ensemble. Cela crève les yeux. Permettez-moi de vous dire que vous formez un très joli couple.

– Merci, madame Bédélin. Elle vous a dit qu'elle ne bougerait pas de chez elle ?

– Je le suppose, puisqu'elle est souffrante. Elle ne vous a rien dit ?

– Je n'ai pas réussi à la joindre ce matin. Mais je vais faire un saut chez elle, histoire de voir si tout va bien.

– Vous avez raison, allez-y. Bon, je dois poursuivre mon travail à présent. Au revoir, commissaire, et pensez à moi. Je compte sur vous.

– Ne vous inquiétez pas, madame Bédélin. Je ne risque pas de vous oublier ! Continuez d'être prudente, mais je vous promets que vous pourrez bientôt dormir sur vos deux oreilles.

En quittant le château, Beaumont fila directement chez Marie. Il sonna plusieurs fois à la porte sans obtenir de réponse. Au bout d'un quart d'heure, il se résigna à repartir. « Où peut-elle bien être ? se demanda-t-il avec anxiété, lorsqu'on est souffrant, on reste chez soi. À moins qu'elle n'ait menti à madame Bédélin. Mais pourquoi ? »

Il reprit le chemin de son bureau. Malgré l'heure tardive, il n'avait pas faim.

« Mon Dieu, pourvu qu'elle aille bien..., songea-t-il, elle était tellement bizarre hier soir. Qui sait ce qui peut lui être passé par la tête... Je n'aurais jamais dû la laisser seule ».

Dans le couloir, il croisa son adjoint.

– Vous êtes prêt, Massart ? lança-t-il. Souvenez-vous, nous devons retourner au bar des Quatre saisons d'ici une heure.

– C'est quand vous voulez, patron. Dites, Christian Jaquetti a téléphoné. Il ne m'a pas dit ce qu'il voulait, mais il tient à ce que vous le rappeliez de toute urgence.

– Bien, je vais le faire.

Beaumont entra dans son bureau et décrocha le téléphone. Il hésita un instant, puis composa le numéro de Marie. Il laissa la sonnerie retentir dans le vide plusieurs fois avant de raccrocher. Il tenta ensuite de la joindre sur son portable, sans succès. « Marie... Où es-tu ? J'ai tellement besoin de te parler..., songea-t-il avec un bref pincement au cœur, j'ai le pressentiment que tu ne vas pas bien... »

Il soupira et feuilleta son calepin pour trouver le numéro de Christian Jaquetti. Le profileur répondit dès la première sonnerie.

– Monsieur Jaquetti ? Ici le commissaire Beaumont. Vous souhaitiez me parler, je crois.

– Ah, commissaire. J'attendais votre appel. Votre adjoint m'a mis au courant des derniers rebondissements de votre affaire, cette histoire de femmes assimilées aux maîtresses du roi Louis XIV... Et je vous avoue qu'après y avoir beaucoup réfléchi, j'en suis arrivé à une conclusion évidente. Étonnante certes, mais évidente...

– Eh bien, je vous écoute.

– Souvenez-vous, le fait que le tueur éprouve le besoin de s'en prendre ainsi à ses victimes après qu'elles soient mortes m'avait poussé à conclure qu'il éprouvait une forte haine à leur encontre. J'avais envisagé qu'il soit misogyne, qu'il ait été victime d'un événement traumatisant l'ayant poussé à détester les femmes. Néanmoins, quelque chose me chiffonnait. Voyez-vous, dans ces cas-là, les blessures post-mortem sont rarement le seul sévice infligé aux victimes. Elles sont presque toujours précédées d'un viol, ou de certaines formes de torture.

— Comment cela ?

— Je veux dire par là qu'un tueur qui éprouve une haine violente pour sa victime la tue rarement d'une balle dans la tête après l'avoir droguée. Il désire plutôt faire durer le plaisir, si j'ose m'exprimer ainsi. Soit il abuse d'elle sexuellement pour la dominer, soit il lui inflige un maximum de souffrances avant de la tuer, pour assouvir son besoin sadique de vengeance. Le mode opératoire utilisé dans cette affaire ne correspond pas aux schémas classiques. L'assassin a tué ces femmes de façon très expéditive, ce qui fait qu'elles n'ont pour ainsi dire pas souffert. Les blessures post-mortem représentent ici le seul indice visible de sa haine envers ces femmes. Et c'est assez exceptionnel. J'ai déjà vu des cas où l'assassin tuait rapidement sa victime, mais avait ensuite des rapports sexuels avec elle alors qu'elle était morte. C'était sa manière de la dominer totalement, de ne pas craindre son jugement sur sa façon de faire l'amour. Mais là, à part quelques marques de griffures, d'écorchures et de coups, nous n'avons rien. Aucun rapport sexuel, aucune des marques de violence habituelles dans ces cas-là. Cela me paraissait étrange. Mais quand votre adjoint m'a raconté que les femmes assassinées représentaient chacune l'une des favorites de Louis XIV, l'évidence m'est brusquement apparue, et toutes les pièces du puzzle se sont mises en place. J'ai soudain compris pourquoi les éléments typiques d'un crime commis par un tueur misogyne ou sadique n'apparaissaient pas dans notre affaire.

– Vraiment ? Alors pourquoi ? s'enquit Beaumont avec curiosité.

– Eh bien, commissaire, tout simplement parce qu'à mon avis, notre tueur est une tueuse !

– Qu'est-ce que vous me chantez là ? s'exclama Beaumont après quelques secondes de stupéfaction.

– C'est évident, commissaire. Seule une femme pouvait tuer de la sorte une autre femme même profondément haïe. Un homme aurait forcément abusé d'elle sexuellement ou l'aurait violentée de façon plus brutale. Et puis, il y a cette référence aux maîtresses de Louis XIV... Ce sont des histoires de bonnes femmes... Rivalité, jalousie, etc.

– Mon cher monsieur Jaquetti, je ne vous suis pas très bien. Insinuez-vous que celui ou plutôt celle, si j'en crois votre théorie, qui a commis ces crimes serait jalouse des favorites du roi, des femmes mortes il y a plus de trois siècles ?

– Disons plutôt qu'elle est jalouse de femmes qu'elle croit être les maîtresses de Louis XIV. D'après ce que votre adjoint m'a dit, il y avait de grandes similitudes entre chaque victime et la favorite qu'elle était censée représenter. Même couleur de la chevelure et des yeux, même prénom... Même les lieux où les corps ont été retrouvés symbolisaient un lien. Pour moi, c'est clair : ces crimes sont l'œuvre d'une femme, une femme qui, je ne sais pour quelle raison, considérait les favorites du roi, autrement dit nos victimes, comme ses rivales.

– Pourquoi l'auteur des ces meurtres ne serait-il pas plutôt un mythomane qui se prendrait pour la réincarnation du roi ?

– Mais je vous l'ai déjà dit, commissaire. S'il s'était agi d'un homme, il n'aurait pas procédé de la sorte. Et si, comme vous le dites, il se prenait pour Louis XIV, dont ces mêmes femmes étaient, je vous le rappelle, les maîtresses attitrées, il aurait fait comme lui : il aurait eu des relations sexuelles avec elles. Pour moi, c'est l'évidence même. Qui plus est, voyez le mode opératoire. Pensez-vous réellement qu'un homme aurait eu besoin de droguer ses victimes pour les tuer ? Il aurait pu les maîtriser sans cela. Tandis qu'une femme...

Beaumont réfléchit un instant.

– Votre théorie n'est pas à écarter, monsieur Jaquetti. Toutefois, je reste un peu sceptique. Les serial killers sont généralement des hommes... Sans vouloir paraître macho, bien sûr...

– Cela n'a pas toujours été le cas, commissaire. Les femmes aussi, savent tuer. Avez-vous déjà entendu parler de l'affaire des poisons, survenue justement sous le règne de Louis XIV ? Eh bien, figurez-vous qu'un nombre incroyable de femmes ont été accusées d'avoir envoyé leur prochain dans l'autre monde, essentiellement pour des questions d'argent, de jalousie ou de rivalité amoureuse. Les plus célèbres coupables dans cette affaire sont deux femmes : la marquise de Brinvilliers, qui fut brûlée vive, et madame de Montespan, la maîtresse du roi. Alors, vous voyez, notre assassin n'a rien inventé...

– Bien, je vous remercie, monsieur Jaquetti. Je vais étudier votre point de vue, et voir si je dispose d'éléments susceptibles de le confirmer.

– Comme vous le dites, commissaire, il s'agit uniquement de mon point de vue. Je n'ai pas de preuves matérielles qui le confirment, ça, c'est votre boulot. Mais je suis, pour ma part, convaincu de ce que j'avance. Cela n'engage que moi, mais je vous conseille tout de même d'en tenir compte. Je me suis rarement trompé.

Après avoir raccroché, Beaumont demeura songeur un instant. Sa conversation avec le profileur soulevait des aspects et des hypothèses non encore exploités dans cette affaire. Une femme... Jamais il n'avait envisagé cette éventualité. Et pourtant, cela faisait partie des possibilités. Il consulta sa montre et se leva. Du couloir, il fit signe au commandant Massart, et tous deux quittèrent le bureau.

*

Il était presque dix-huit heures lorsqu'ils arrivèrent au bar des Quatre saisons. À peine le barman les eut-il aperçus qu'il quitta son comptoir et se dirigea vers le fond de la salle. Quelques secondes plus tard, il revint et leur fit signe de le suivre. Il les conduisit près d'une table où un homme au teint basané était assis.

– Il paraît que vous me cherchez ? lança ce dernier sans aménité.

Beaumont ne se démonta pas.

– Vous êtes Joseph Rodriguez ?

L'autre le toisa sans répondre.

– C'est Silva qui vous envoie ? demanda-t-il enfin.

– Vous n'avez pas répondu à ma question, fit remarquer Beaumont.

– Vous non plus ! rétorqua sèchement l'homme. Alors je vais la poser une seconde et dernière fois. Est-ce que c'est Silva qui vous envoie ? Parce que si ce n'est pas le cas, j'ai autre chose à faire qu'à discuter avec vous !

– Oui, c'est Franck Silva qui nous a parlé de vous, répondit le commissaire. Pouvons-nous sortir un instant ? Je préfèrerais vous parler en privé.

– Alors comme ça, vous voudriez un pistolet, hein ? Et vous croyez que je peux vous aider ?

Beaumont fit mine de regarder autour de lui d'un air apeuré.

– Plus bas, je vous en prie ! chuchota-t-il en feignant l'affolement. Je préfère rester discret...

– Quand on s'adresse à moi, c'est toujours parce qu'on souhaite être discret... répondit Rodriguez avec un sourire narquois.

– Alors, allons dans un endroit plus tranquille..., feignit d'implorer Beaumont.

L'homme se leva.

– Suivez-moi. L'arrière-boutique fera l'affaire.

Lorsqu'ils eurent refermé la porte derrière eux, Rodriguez s'adossa au mur et croisa les bras.

– Eh bien, je vous écoute.

– Je recherche un pistolet, monsieur Rodriguez. Un pistolet automatique... Un MAS G1, par exemple...

L'autre leva les sourcils d'un air étonné.

– Qu'est-ce que ça peut vous foutre que ce soit un MAS G1 ou un autre modèle ? Pour buter quelqu'un, n'importe quel pistolet automatique fera votre affaire !

– Pas tout à fait... C'est un MAS G1 que je cherche. Un MAS G1 qui s'est trouvé en votre possession il y a environ deux ans. Après le braquage d'une station-service près de Corbeil...

Un éclair affolé passa dans le regard de Rodriguez. Il amorça un mouvement vers la porte, mais le commandant Massart le maintint d'une poigne solide.

– Vous êtes flics, hein ? Vous êtes des pourris de flics !

– On ne peut rien vous cacher, monsieur Rodriguez, rétorqua Beaumont en lui montrant sa carte, à présent, parlez-moi de ce MAS G1.

— J'ai rien à vous dire. Je ne sais pas de quoi vous parlez !

— Vraiment ? Pourtant, il n'y a pas cinq minutes, vous paraissiez vous y connaître en matière de pistolet. Alors écoutez-moi bien, monsieur Rodriguez. Je vais essayer d'être clair et bref : j'enquête sur une série de meurtres qui ont été commis avec cette arme. Je sais par Franck Silva, qui soit dit en passant se trouve en ce moment au frais, qu'elle lui appartenait et qu'il s'en est servi pour braquer la station-service de Corbeil. Vu que les choses ont plutôt mal tourné, il s'est débarrassé de son arme et vous l'a refilée en échange d'une autre. Alors ma question est : à qui avez-vous revendu ce pistolet ?

Rodriguez lui jeta un regard rempli de haine.

— Je revends des armes, OK, mais ce n'est pas moi qui m'en sers ! Alors cherchez votre coupable ailleurs !

— Je crois que vous n'avez pas bien compris ma question, monsieur « Jojo le flingue ». Je vais donc gentiment vous la répéter. À qui avez-vous revendu ce MAS G1 après que Silva vous l'ait refilé ?

Les dents serrées, Rodriguez l'affronta

un instant du regard avant de baisser les yeux.

— Si vous croyez que je garde en mémoire tous les gens à qui j'ai affaire, vous vous trompez ! Et puis, il faut pas croire que les clients me montrent leur carte d'identité !

— Je suis certain qu'en faisant un petit effort, vous vous souviendrez de ce client-là. Enfin du moins, je l'espère pour vous...

— Qu'est-ce que vous voulez dire par là ? lança Rodriguez. Si un type a buté quelqu'un avec un pistolet qu'il m'a acheté, je n'y suis pour rien, moi. Si je ne le lui avais pas vendu, il l'aurait acheté ailleurs !

— Oui, je connais la chanson. C'est en général le genre d'argument que nous servent les dealers, pour nier leur responsabilité dans la mort de plusieurs gosses... Ça ne les sauve pas en général. Et ça ne vous sauvera pas non plus.

Beaumont s'approcha de Rodriguez et le regarda droit dans les yeux.

— Si vous ne coopérez pas avec nous, je vous fais coffrer pour complicité de meurtre, Rodriguez. Est-ce que c'est clair ?

— Mais... Vous n'avez pas le droit ! Je n'ai absolument rien à voir avec cette histoire !

— Ça, ce sera au juge d'en décider..., répliqua calmement Beaumont. En revanche, si vous pouvez me fournir des renseignements précieux à ce sujet, j'essaierai de minimiser les ennuis que vous n'allez pas manquer d'avoir à cause de votre petit commerce illicite...

Rodriguez resta quelques minutes silencieux.

— Peut-être... Peut-être que je me souviens de quelque chose..., lâcha-t-il enfin.

— À la bonne heure ! Je me doutais que la mémoire n'allait pas tarder à vous revenir !

— C'était une femme... Elle cherchait une arme, alors on l'avait dirigée vers moi...

Beaumont échangea un regard significatif avec son adjoint, tandis que les paroles de Jaquetti résonnaient dans sa tête. « Nous n'avons pas affaire à un tueur, mais à une tueuse... »

— Et qui était-elle, cette femme ?

— Je vous l'ai déjà dit, je ne fais pas remplir de fiche d'identité à mes clients !

répondit furieusement Rodriguez. Tant qu'ils payent en liquide, le reste ne me regarde pas ! J'ignore qui est cette femme. Je n'ai même pas vu de quoi elle avait l'air. Elle portait une espèce de grand manteau avec une capuche qui recouvrait presque entièrement son visage, et en plus, il faisait nuit quand je l'ai rencontrée. Par contre, je me souviens de sa voix... Oui, elle s'exprimait avec un très fort accent espagnol. C'était probablement une étrangère. Elle paraissait avoir des difficultés à parler notre langue. Parfois même, elle disait des mots en espagnol... J'ai eu un peu de mal à la comprendre.

Beaumont avait brusquement pâli. Des pensées très désagréables s'insinuèrent peu à peu dans son esprit, et il s'efforça de les repousser. « Non, c'est impossible... Je suis en train de devenir fou ! » Il passa une main tremblante sur son front, et il lui sembla à nouveau entendre la voix de Jaquetti à ses oreilles : « *Ces crimes sont probablement l'œuvre d'une femme qui considérait les favorites du roi comme ses rivales* ». Puis, il entendit résonner dans sa tête la voix de Marie lorsqu'il l'avait vue la veille. « *Toutes ces putes qui tournent autour de mon mari. Elles me le volent. Je les hais !* » avait-elle hurlé en espagnol. Elle ne semblait plus elle-même...

Beaumont se dirigea brusquement vers la porte.
– Où allez-vous, commissaire ? interrogea Massart, étonné.
– Je vous laisse vous occuper de ce monsieur, Massart. Je dois absolument partir. On se retrouve au bureau !

XI

Angoissé, Beaumont fonçait sur la route allant de Paris à Versailles. Tout en conduisant, il composa le numéro de Marie. Une fois de plus, la sonnerie retentit dans le vide. Il prit la nationale qui conduisait chez elle. Ses mains tremblaient sur le volant. « Il doit y avoir une explication..., se disait-il, il y en a forcément une ». La sonnerie de son portable le fit sursauter.

– Allô ! dit-il d'un ton fébrile en prenant la communication.

– Commissaire, ici le capitaine Martin. Je continue de surveiller madame Bédélin. Je voulais juste vous signaler qu'elle est sortie de chez elle il y a environ deux heures. Elle m'a indiqué qu'elle se rendait chez sa collègue de travail pour une tâche urgente et m'a dit qu'il était inutile de la suivre. Est-ce que je dois continuer à l'attendre ici, ou préférez-vous que je la rejoigne ?

Beaumont sentit des gouttes de sueur perler à son front.

— Chez qui est-elle allée ? Vous a-t-elle dit son nom ? demanda-t-il en s'efforçant de masquer son angoisse.

— Heu... Il me semble que c'était chez une certaine mademoiselle Berger. Oui c'est bien ça, mademoiselle Berger. Elle m'a indiqué l'adresse, ce n'est pas tellement loin du château de Versailles. Attendez que je m'en souvienne...

— Inutile, coupa Beaumont, je connais l'adresse. Vous dites que madame Bédélin est partie il y a environ deux heures ?

— Oui, c'est à peu près ça. Voulez-vous que je la rejoigne là-bas ?

— Non, restez où vous êtes. Je vous rappelle si j'ai besoin de vous.

Beaumont raccrocha et appuya sur l'accélérateur. « Vite, mon Dieu, vite... Faites que je me trompe ! »

Quelques minutes plus tard, il freina devant l'immeuble de Marie dans un crissement de pneus. Il bondit hors de sa voiture, pénétra dans le hall et fonça jusqu'au troisième étage. Il sonna fiévreusement à la porte de l'appartement. Ne recevant pas de réponse, il recommença de manière insistante. « Seigneur..., pensa-t-il affolé, où es-tu, Marie ? Et où est madame Bédélin ? »

Dans un état second, Beaumont regagna sa voiture. Il se força à prendre quelques instants pour retrouver son calme. Il respira profondément et serra les poings. Des phrases résonnaient dans sa tête, toujours les mêmes : « *Le tueur est une tueuse* », « *une femme jalouse des favorites du Roi* », « *le pistolet a été vendu à une femme qui parlait espagnol* », « *toutes ces putes qui me volent mon mari ! Je les déteste !* ».

« Oh, non, Marie. Non, non, non ! gémit-il en se prenant la tête à deux mains, dis-moi que je me trompe ! Tu ne peux pas être mêlée à tout ça... Pas toi ! » Les pièces du puzzle se mettaient en place dans sa tête à une rapidité effrayante. Marie qui travaillait au château de Versailles. Marie qui savait tant de choses sur la vie intime des rois. Marie qui avait exprimé en espagnol une haine qu'il n'aurait jamais soupçonnée chez une personne si douce. Mais pourquoi ? Quelle raison aurait-elle d'agir ainsi ? Marie pour qui il éprouvait un si tendre penchant... Il la connaissait si peu au fond. Il ne savait pour ainsi dire rien d'elle. Mais cela ne l'avait pas empêché de tomber amoureux. Il saisit son téléphone portable et tenta en vain de l'appeler. Martin avait dit que madame Bédélin s'était rendue chez elle. Françoise Bédélin, la prochaine cible du meurtrier ! Ou plutôt de la meurtrière... Beaumont avait les mâchoires tellement contractées qu'elles lui faisaient mal. Il composa un autre numéro.

– Martin, c'est Beaumont. Dites-moi, madame Bédélin est-elle rentrée chez elle ?

– Non, commissaire. Toujours pas. Voulez-vous que j'aille jeter un œil à l'adresse qu'elle m'a donnée ?

– Non. Prévenez l'équipe la plus proche, et filez au château de Versailles. Je vous retrouve là-bas.

– Bien, commissaire.

Beaumont démarra en trombe et fonça en direction du château. Il devait envisager le pire. Si seulement madame Bédélin n'avait pas dit à Martin qu'il n'était pas nécessaire de la suivre... Peut-être n'aurait-elle pas disparu à présent. Il consulta l'horloge digitale du tableau de bord. Il était plus de vingt heures. Tout en conduisant, Beaumont essayait de réfléchir. Dans quelle pièce, dans quelle partie du jardin madame Bédélin était-elle susceptible d'être emmenée si son exécution devait avoir lieu ce soir ? Il se maudissait de ne pas connaître davantage de détails sur le château. Les autres victimes symbolisant les favorites du roi avaient été retrouvées dans des endroits bien précis, en rapport avec l'histoire de ces dernières. Si comme elle l'avait dit, Françoise Bédélin représentait bien madame de Maintenon, quel lieu serait choisi pour exposer son cadavre ? Soudain, il eut une illumination. Il se souvint de sa visite au château après le premier meurtre, lorsque madame Bédélin l'avait guidé vers les jardins en lui donnant des détails sur les pièces qu'ils traversaient. À un certain moment, elle avait mentionné les appartements de madame de Maintenon. Où se situaient-ils déjà ? Il lui semblait que c'était dans l'aile gauche, assez près de l'appartement du Roi. Y avait-on emmené madame Bédélin ? Il persistait à employer intérieurement ce pronom anonyme « on » pour désigner l'assassin, pour éviter de lui mettre un visage, visage pour lequel il aurait tout donné afin de l'éloigner de ce cauchemar. Mais Beaumont savait qu'il devait aller jusqu'au bout, au risque même de souffrir. Il gara sa voiture sur la place d'Armes et se précipita vers les grilles du château. Après que le gardien l'eut laissé entrer, il courut vers l'aile gauche. Un autre gardien se tenait posté au pied de l'escalier de la Reine.

– Quelqu'un est-il entré ici ce soir ? haleta-t-il sans reprendre son souffle.

Le gardien parut un peu surpris de la fébrilité de sa voix.

– Non, personne de suspect, commissaire. Seulement une employée de l'équipe de restauration qui ramenait des tableaux après les avoir nettoyés. Une jolie brune que je connais un peu... Elle est arrivée il y a un peu moins d'une demi-heure.

Beaumont avait pâli et ses mains s'étaient mises à trembler.

– Elle était seule ?

– Ah oui, elle était seule. Elle poussait tous ses tableaux dans une grosse brouette. J'ai proposé de lui donner un coup de main, mais elle m'a dit qu'elle s'en sortirait toute seule.

– Où se trouvent les appartements de madame de Maintenon ? Est-ce de ce côté ? demanda-t-il d'une voix blanche.

– Il faut prendre par là et c'est juste à gauche, répondit l'homme, interloqué.

À peine avait-il fini de parler que Beaumont se rua vers l'escalier.

– Eh ! commissaire, attendez ! C'est fermé à clef, vous ne pourrez pas y entrer ! Tenez, c'est la plus petite ! ajouta-t-il en lui lançant un trousseau de clefs.

Beaumont l'attrapa au vol et poursuivit sa course sous l'œil stupéfait du gardien. Il monta les marches à toute vitesse et fonça dans la direction indiquée.

« Mon Dieu..., pria-t-il en silence, faites que j'arrive à temps ! »

*

« Allez, réveillez-vous... Ouvrez donc vos jolis yeux noirs, madame de Maintenon... Ou plutôt, devrais-je dire Françoise Scarron... Et non, voyez-vous, je n'ai pas oublié de quel ruisseau vous sortiez lorsqu'il a pris

fantaisie au Roi de vous offrir le domaine de Maintenon et le titre de marquise. Allez, dépêchez-vous d'ouvrir les yeux. Je veux que vous me regardiez en face lorsque je vous tuerai ! »

Françoise Bédélin entrouvrit les paupières et les referma presque aussitôt. Elle avait horriblement mal à la tête, et avait l'impression de flotter dans un brouillard inconnu. Ses membres étaient lourds comme du plomb, et elle ne parvenait pas à bouger. Peu à peu, elle tenta d'émerger de la nuit où elle avait sombré. Ses souvenirs revinrent par bribes. Qu'avait-il bien pu se passer ? La dernière chose dont elle se rappelait était de s'être assise avec Marie devant une tasse de thé avant d'examiner les tableaux. Les tableaux endommagés... Elle ne les avait pas encore vus. Marie lui avait téléphoné, complètement paniquée, en lui disant qu'elle avait accidentellement abîmé plusieurs tableaux de valeur. Elle l'avait suppliée de venir constater les dégâts et de l'aider à les réparer. Lorsqu'elle était arrivée, elle avait bu ce thé, et ensuite, elle ne se souvenait plus de rien. Un véritable trou noir... Elle s'efforça à nouveau d'ouvrir les yeux. Tout d'abord, elle eut du mal à distinguer la pièce où le jour tombant pénétrait difficilement par les immenses fenêtres aux rideaux tirés. Elle reconnut la chambre de madame de Maintenon. En dépit de ses efforts, elle ne parvenait pas à se souvenir comment elle avait pu arriver là. Elle cligna des paupières et essaya de bouger, mais elle ressentit une douleur dans ses poignets et ses chevilles et s'aperçut qu'elle était attachée à sa chaise. Elle comprit immédiatement ce qui lui arrivait et s'efforça de rester calme, en dépit de la bouffée de terreur qui s'insinuait en elle. Elle vit quelqu'un, debout à quelques mètres de l'endroit où elle se trouvait. Lorsqu'elle distingua son visage, madame Bédélin demeura tellement stupéfaite qu'elle ne put articuler un mot.

– Restez tranquille ! Ou je vous tue sur-le-champ ! ordonna une voix au fort accent espagnol.

– Marie... Mais qu'est-ce qui vous prend ? balbutia madame Bédélin.

– Comment osez-vous m'appeler ainsi ? Avez-vous perdu l'esprit ? Ce n'est pas parce que vous vous êtes empressée d'épouser mon mari après ma mort qu'il faut vous prendre pour la reine de France ! Vous ne l'avez jamais été, et vous ne le serez jamais ! Vous n'êtes qu'une *puta* !

– Mais enfin, Marie... Que... Que dites-vous ? bégaya madame Bédélin, abasourdie.

– Taisez-vous, insolente ! Vous n'êtes qu'une minable roturière ! Vous n'êtes pas digne de m'adresser la parole ! Croyez-vous parler à cette petite dinde de Marie Berger ? Je suis Marie-Thérèse, infante d'Espagne, fille du Roi Philippe IV, reine de France de par mon mariage avec Louis le Quatorzième, célébré à Saint-Jean de Luz en juin 1660 et mère du Dauphin de France. Votre Marie n'est qu'un instrument dont je me suis servi. Et vous, vous n'êtes que la veuve Scarron, une minable intrigante, fourbe et hypocrite !

Marie se rapprocha d'elle et se pencha pour la regarder droit dans les yeux. Madame Bédélin frémit devant ce regard. Les pupilles de la jeune femme étaient dilatées et brillaient d'un feu étrange. La haine déformait ses traits dans une expression qui la rendait méconnaissable. Madame Bédélin avait l'impression de se trouver face à une étrangère, une terrifiante inconnue décidée à ne lui laisser aucune chance et qui était radicalement différente de la douce jeune fille avec laquelle elle travaillait. Quelqu'un d'autre semblait avoir pris possession de son corps. « Mon Dieu..., songea madame Bédélin avec angoisse, elle est folle, elle est complètement folle ! Elle se prend pour la reine Marie-Thérèse ! »

Les yeux de Marie se rétrécirent en deux fentes étroites brillant d'une lueur haineuse. Elle se pencha encore vers sa prisonnière, jusqu'à ce que celle-ci sente son souffle sur son visage.

– Vous me croyiez morte, n'est-ce pas ? Jamais vous n'auriez imaginé que je reviendrais... Et cela m'a permis de voir votre vrai visage, Françoise Scarron ! Ah, je vous félicite ! Vous avez remarquablement bien intrigué sous vos airs de sainte nitouche ! Avec vos yeux baissés, vos robes austères, vous prôniez la vertu et la morale, et pendant ce temps-là, vous n'aviez qu'un but : attirer le Roi dans vos filets ! Vous jouiez les gouvernantes modèles, et même les amies attentionnées envers moi. Vous faisiez mine de vouloir le rapprocher de moi. Mais à peine étais-je refroidie que vous manœuvriez déjà pour vous faire épouser ! Et vous avez réussi, seulement trois mois après ma mort ! Mais vous n'aviez pas prévu que je reviendrais. Je suis de retour pour vous punir, tout comme ces autres « *putas* » qui m'ont volé mon mari chacune à leur tour ! Je le leur ai fait payer, à toutes ! Cette Marie Mancini, qui voulait l'épouser à ma place au grand scandale de toute l'Europe, cette Louise de la Vallière, avec sa jambe boiteuse et ses mines d'amoureuse éplorée, elle m'a ridiculisée pendant des années ! Dieu sait ce que le Roi a pu lui trouver ! Quant à la Montespan, cette garce ! Elle feignait d'être scandalisée par la situation de la Vallière, un jour, elle m'a même dit : « *Votre majesté, que Dieu me préserve d'être un jour la maîtresse du Roi, car j'aurais bien trop de honte à me présenter à nouveau devant vous* ». La « *puta* » ! hurla à nouveau Marie en espagnol. Elle n'attendait qu'une chose, pouvoir prendre la place à son tour. Il fallait la voir se pavaner lorsque le Roi lui a offert le Trianon de porcelaine. Elle ne savait pas à l'époque que cet endroit serait son tombeau !

Marie se mit à arpenter la pièce de long en large, à grandes enjambées fébriles. Elle murmurait des bribes de phrases en espagnol et paraissait extrêmement agitée. Brusquement, elle fit volte-face et revint vers madame Bédélin.

– Quant à cette Marie-Angélique de Fontanges, cette petite oie stupide, j'ai toujours su que le Roi ne s'intéressait à elle qu'au-dessous de sa ceinture ! D'ailleurs, comment aurait-il pu en être autrement ? Elle n'avait pas plus de cervelle qu'un moineau. Elle s'affichait orgueilleusement à son bras comme une traînée qu'elle était ! Mais elle aussi, elle a payé ! Elle est morte là où elle avait péché, dans le lit de mon époux !

Marie se prit la tête à deux mains et la renversa en arrière dans un gémissement. Françoise Bédélin la regardait, à la fois fascinée et terrorisée. « C'est incroyable..., pensait-elle, elle semble totalement possédée. Elle se prend vraiment pour la reine Marie-Thérèse. Elle parle comme elle, avec l'accent espagnol. Elle imite ses gestes, ses expressions. Mon Dieu, protégez-moi... »

– Toutes ! Toutes, vous m'avez trahie ! Devenir la maîtresse du Roi, c'était le rêve de toutes ces catins de la cour. Oh, je voudrais pouvoir les tuer toutes ! Toutes celles sur qui il a posé le regard... Moi, je l'aimais tant ! Lorsque je l'ai vu pour la première fois, j'en ai presque oublié que je n'étais pour lui qu'un gage de paix. ¡ *Sólo quería que el Rey me quisiera tambien** ! J'étais une bonne épouse... Lorsqu'il m'a perdue, le Roi a même dit de moi : « *C'est le premier chagrin qu'elle m'ait causé* ».

La jeune femme tordit ses mains dans un geste de désespoir.

– Sans toutes ces « *putas* » qui lui faisaient les yeux doux, j'aurais pu être heureuse au lieu de passer ma vie à pleurer dans mes appartements privés, entourée de mes nains et de mes petits chiens, à cause des perpétuelles infidélités du Roi. À Madrid, j'avais reçu une éducation stricte et sévère et en France, j'ai mené la

---

* *Je voulais seulement que le Roi m'aime aussi !*

plupart du temps une existence effacée. Les courtisans ne m'aimaient pas, ils trouvaient que j'étais trop timide, que ma conversation était ennuyeuse, et ils riaient sous cape de mon mauvais français. J'étais si malheureuse... Il ne me restait que la bonne chère. Et cela m'a occasionné un embonpoint que six grossesses n'ont fait qu'accentuer. Oui, six enfants. Et tous sont morts avant moi, excepté le Grand Dauphin... J'ai donné un héritier au trône de France !

« Il me faut jouer son jeu, songea fébrilement madame Bédélin, je dois à tout prix gagner du temps, feindre de croire qu'elle est véritablement la reine Marie-Thérèse. Il faut que je reste en vie le plus longtemps possible... »

– Votre Majesté, vous avez toujours été une épouse et une reine exemplaire, tout le monde à la cour le savait bien..., murmura-t-elle d'une voix mal assurée.

Marie se redressa avec violence et darda sur elle un regard haineux.

– Taisez-vous, hypocrite ! Croyez-vous que j'ignore ce que vous pensiez de moi ? Après ma mort, vous avez osé dire au Roi qu'en dépit de toutes mes qualités, je n'avais pas celles qui m'auraient permis de le retenir près de moi ! Je sais tout de la noirceur de votre âme, Françoise Scarron ! Vous pensiez sans doute les avoir, vous, ces qualités !

Marie était littéralement en transes. Son visage était livide, et elle était agitée de tremblements convulsifs.

– Pourquoi m'avoir attachée, votre Altesse ? s'efforça de dire madame Bédélin, les autres femmes ne l'étaient pas...

Marie se pencha à nouveau vers elle et la fixa de ses yeux étranges.

– Parce qu'avec vous, c'est différent... D'abord, les autres, je ne les ai pas tuées ici, excepté cette garce de Marie Mancini. Oui, j'ai procédé pour elle comme pour vous. Je m'étais liée avec elle et je l'avais invitée à dîner. Je l'ai droguée et, lorsqu'elle a été inconsciente, je l'ai mise dans une brouette et j'ai dissimulé son corps sous des tapisseries et des tableaux. Puis, j'ai porté son corps dans le bosquet de la Colonnade. Là, j'ai attendu qu'elle ouvre les yeux, et je lui ai dit pourquoi elle allait mourir. Puis j'ai tiré ! Cela a été un jeu d'enfant. Pour les autres, j'ai agi de même, sauf qu'elles étaient déjà mortes lorsque je les ai emmenées ici. Les garces ! Elles pleuraient, elles suppliaient, elles osaient même nier leur liaison avec le Roi ! Comme si toute la cour n'avait pas été au courant de la façon scandaleuse dont elles se comportaient ! Elles ont osé me dire que j'étais folle, moi, la reine de France ! Alors que par leur faute, j'ai été la risée du pays pendant toute la durée de mon règne !

– Mais... Votre Majesté n'ignore pas que le château est sous haute surveillance depuis le meurtre de Louise Salvi... Enfin, je veux dire de mademoiselle de La Vallière, se reprit-elle précipitamment. N'aviez-vous pas peur que l'un des gardiens ne vous aperçoive avec votre brouette et ne le signale à la police ?

– Croyez-vous que je sois stupide ? Je me souvenais d'un petit cabinet dérobé près des appartements du Roi. C'est là que durant la journée, j'avais caché les corps de la Montespan et de la Fontange, soigneusement dissimulés dans la brouette, en attendant le moment propice pour les déposer là où je voulais, l'une sur les marches de Trianon, l'autre sur le lit du Roi. C'est en cela que cette petite oie de

Marie m'a été utile. Avec le métier qu'elle exerçait, il était naturel pour elle de se promener avec une brouette pleine d'objets à restaurer, sans que cela ne paraisse suspect. Et de plus, je me suis montrée suffisamment discrète pour qu'aucun gardien ne me voit ici en dehors des heures d'ouverture... Excepté ce soir...

Une lueur d'espoir éclaira les yeux de Françoise Bédélin.

– Mais alors... Votre Altesse ne peut pas prendre le risque de me tuer maintenant. Si un gardien vous a vue entrer ici, il le dira à la police... Le Roi sera furieux que vous soyez mêlée à tout cela..., lança-t-elle à tout hasard.

Marie sursauta comme sous l'effet d'une gifle.

– Comment osez-vous prononcer le nom du Roi sans rougir de honte ? Putain, traînée, usurpatrice ! C'est moi qui suis sa femme, et non vous !

Elle se calma, et son visage refléta une expression machiavélique.

– Si vous désirez le savoir, ce benêt de gardien n'a rien remarqué. Il m'a suffit de lui sourire et de lui dire que je venais installer des tableaux dont j'avais un besoin urgent pour demain matin... Il n'y a vu que du feu !

— Mais... lorsque la police l'interrogera, il se souviendra probablement de votre passage.

— Je m'en moque... Car je ne serai plus là... Ma vengeance sera accomplie. Je pourrai rejoindre le Roi la tête haute... Jamais ils ne me retrouveront !

Elle esquissa un petit sourire suave.

— Au pire, ils accuseront Marie... Tant pis pour elle...

Elle ôta le cran de sûreté de son arme. Françoise Bédélin chercha désespérément à gagner du temps.

— Votre Majesté..., bredouilla-t-elle, pourquoi ne m'avoir pas tuée chez vous ? Pourquoi m'avoir emmenée ici ?

— Parce que je veux que vous mouriez ici, dans cette chambre où mon époux venait vous rejoindre, où il passait son temps près de vous, achevant ainsi de me trahir alors que je pourrissais au fond d'une crypte ! Vous êtes la pire de toutes ! Vous avez osé vouloir vous élever au même rang que moi. Vous êtes devenue son épouse légitime, vous avez voulu prendre définitivement ma place ! Alors regardez une dernière fois cette chambre où vous avez trahi ma confiance, et préparez-vous à mourir !

Elle leva le bras et pointa son pistolet vers le front de madame Bédélin. Terrorisée, celle-ci ouvrit la bouche pour hurler mais, prompte comme l'éclair, Marie bondit et lui assena un violent coup sur la tête avec la crosse du pistolet. À demi-inconsciente, Françoise Bédélin laissa tomber sa tête sur son épaule.

– Non..., gémit-elle d'une voix presque inaudible, non...

– Il fallait y penser avant, madame de Maintenon ! Avant de me trahir de façon ignominieuse ! Avant d'intriguer pour parvenir à cette place que vous convoitiez depuis si longtemps ! C'est au Roi que vous auriez dû dire non, lorsqu'il a voulu vous épouser. Mais à lui, vous avez répondu oui. ¡ *Y por esa razón, usted va a morir** !

Marie appuya le canon de son arme entre les deux yeux de madame Bédélin et posa son doigt sur la gâchette.

– Non, Marie, arrête !

---

* *Et pour cette raison, vous allez mourir !*

La jeune femme sursauta violemment et se retourna. La lumière s'alluma, et dans l'encadrement de la porte apparut la silhouette du commissaire Beaumont.

– Restez où vous êtes ! lança-t-elle. ¡ *O la mato** !

– Pose ce pistolet, Marie..., dit Beaumont en s'efforçant de maîtriser les tremblements de sa voix, je t'en prie...

Marie se tourna vers madame Bédélin.

– ¿ *Quién es este hombre*** ? jeta-t-elle avec violence. Un de vos laquais, peut-être ? Ou votre amant ? Ne croyez surtout pas qu'il vous sauvera ! S'il le faut, je le tuerai aussi !

– Marie, Marie, c'est moi. C'est Axel ! Tu ne me reconnais pas ?

Elle posa sur lui ses pupilles dilatées et tressaillit violemment. Elle poussa un gémissement déchirant et porta les mains à ses tempes. Beaumont voulut s'approcher mais, immédiatement, elle se redressa et pointa son pistolet dans sa direction. Stupéfait, le commissaire parvenait à peine à la reconnaître. Elle était

---

* *Ou je la tue !*
** *Qui est cet homme ?*

comme transfigurée, tout en elle était différent : sa voix, son regard, son visage, ses gestes. Il ne reconnaissait pas la femme qui l'avait séduit sous les traits de cette étrangère. Il tenta à nouveau de la raisonner.

– Marie..., murmura-t-il d'une voix qu'il tenta de rendre ferme, Marie... Pose ce pistolet. Je t'en supplie, ma douce... Tu sais bien que je ne te veux aucun mal... Dis-moi que tu me reconnais...

– Comment osez-vous me parler de cette manière, misérable individu ? Je me plaindrai au Roi, et il vous fera fouetter en place de Grève, pour vous punir d'avoir manqué de respect à votre souveraine ! hurla-t-elle d'un ton qui frisait l'hystérie, et où dominait toujours un fort accent espagnol. Si c'est pour sauver la Maintenon que vous venez, vous perdez votre temps. Elle va mourir, comme les autres *putas* qui ont couché avec mon époux !

Interloqué, Beaumont la dévisagea. Ainsi, c'était donc vrai. Marie, sa Marie pour laquelle il éprouvait un si tendre penchant, Marie se prenait pour la reine Marie-Thérèse, l'épouse du grand roi

Louis XIV... Elle ne le reconnaissait même plus...

Elle s'apprêtait à tirer sur madame Bédélin, et c'était donc elle qui avait commis tous les autres meurtres. Beaumont sentit son cœur se déchirer dans sa poitrine, et dut faire un violent effort pour se maîtriser. Quelle que soit sa souffrance, il ferait son devoir. Il n'avait pas le choix. Marie tenait toujours son pistolet braqué sur lui. Son regard croisa les yeux affolés de madame Bédélin qui semblaient vouloir lui faire comprendre quelque chose. Elle redressa péniblement la tête, et sa voix s'éleva dans le silence.

– Votre Majesté, je ne pense pas que cet homme ait voulu vous manquer de respect... Il désirait simplement vous aider..., implora-t-elle.

D'un brusque mouvement, Marie s'était retournée vers elle.

– Vous, taisez-vous ! Et ne croyez surtout pas que...

Elle n'acheva pas sa phrase. Profitant du fait qu'elle regardait ailleurs, Beaumont bondit vers elle et tenta de la ceinturer. Elle se débattit de toutes ses forces, avec une énergie dont il ne l'aurait pas cru capable, et tenta de l'atteindre avec son arme. Il lui saisit le poignet, mais elle le mordit violemment à l'épaule et, sous l'emprise de la douleur, il relâcha son étreinte. Elle parvint à se dégager et pointant son pistolet vers lui, elle tira. La balle passa à quelques millimètres de la poitrine du commissaire. Impuissante, madame Bédélin assistait à la scène, ligotée sur sa chaise, et appelait à l'aide. Beaumont plongea vers l'avant et, s'agrippant aux jambes de Marie, il la fit basculer avec lui sur le sol. Ils roulèrent ensemble en se débattant, chacun tentant de prendre le dessus sur l'autre. On entendit un bruit de pas précipité, et le gardien apparut sur le pas de la porte. Il resta stupéfait devant le spectacle qui s'offrait à lui.

– Que se passe-t-il ici ? Qui a crié ?

– Attention, elle est armée ! cria madame Bédélin.

Soudain, un bruit sourd domina les ahanements de la lutte. Les deux corps cessèrent de se débattre. Sur le seuil, le gardien semblait changé en statue de pierre. Horrifiée, madame Bédélin ne pouvait détacher son regard du couple enlacé sur le sol, immobile. Un petit filet de sang se fraya un chemin sous leurs corps et coula sur le parquet ciré. Au bout de quelques secondes qui parurent une éternité, le commissaire Beaumont releva la tête.

– Marie..., murmura-t-il d'une voix brisée en pressant l'épaule de la jeune femme inerte, Marie...

Il se releva. Son visage était livide comme celui d'un mort. Ils entendirent du bruit dans la pièce voisine, et le capitaine Martin entra précipitamment, accompagné de trois de ses hommes. Ils jaugèrent la scène d'un coup d'œil.

– Appelez une ambulance ! ordonna le commissaire d'une voix qui tremblait. Vite... Elle a peut-être encore une chance...

L'un des policiers sortit en courant. Martin s'approcha de Beaumont.

– Tout va bien, commissaire ?

Beaumont se releva sans répondre. Il se tourna vers madame Bédélin qui pleurait à chaudes larmes, toujours ligotée à sa chaise.

– C'est fini... Calmez-vous... Tout est fini à présent...

Il jeta un dernier regard sur le corps de Marie qui gisait sur le sol, puis se détourna et marcha jusqu'à une fenêtre où il se tint debout, immobile, le dos tourné.

– Capitaine, détachez madame Bédélin. Occupez-vous d'elle jusqu'à l'arrivée des secours, dit-il d'une voix atone.

– Commissaire...

– Je vous en prie, Martin..., le coupa Beaumont en levant la main, plus tard...

Il se tourna à nouveau vers la fenêtre et resta silencieux, tandis que Martin et ses coéquipiers délivraient la pauvre femme de ses liens. Quelques instants plus tard, une sirène annonça l'arrivée des secours. Les pompiers entrèrent dans la pièce en portant une civière. L'un d'entre eux s'agenouilla auprès de Marie.

– Elle est morte..., dit-il après quelques secondes, il n'y a plus rien à faire.

Beaumont s'était rapproché. Son visage resta impassible, mais ses poings se crispèrent. Il se détourna et se dirigea vers la porte d'un pas lourd.

– Je vais prévenir le divisionnaire et l'Identité judiciaire... Ils seront bientôt là.

— Commissaire ? appela Françoise Bédélin d'une voix affaiblie.

Elle était toujours assise sur sa chaise. L'un des pompiers pansait sa blessure à la tête. Ils échangèrent un regard.

— Ce n'est pas de votre faute, commissaire, dit-elle, elle... elle n'était plus elle-même...

— Je sais..., répondit-il d'une voix sans timbre avant de franchir la porte.

*

Après que le corps de Marie ait été emmené et que madame Bédélin ait été conduite à l'hôpital le plus proche, le divisionnaire Maurel et le commandant Massart rejoignirent Beaumont dans la cour du château. Il était plus de minuit, mais la température extérieure était relativement douce.

— Allons boire quelque chose, proposa le divisionnaire, cela nous détendra un peu...

Ils quittèrent le château en silence et montèrent en voiture. Après avoir roulé quelques instants, Maurel s'arrêta devant un petit bar encore ouvert. Ils entrèrent, et Massart commanda trois bières.

— C'est drôle que vous ayez justement choisi cet endroit, monsieur le divisionnaire..., murmura Beaumont, c'est ici que je lui ai parlé pour la première fois... Il n'y a pas si longtemps, d'ailleurs.

Le divisionnaire échangea un coup d'œil avec Massart avant d'émettre une petite toux gênée.

— Beaumont... Il ne faut pas vous inquiéter. D'après ce que vous m'avez raconté, il est clair qu'il s'agit d'un accident. Personne ne pensera que vous avez tué cette fille de sang-froid. Madame Bédélin pourra en témoigner.

— Ce n'est même pas moi qui ai appuyé sur la gâchette..., répondit Beaumont d'une voix monocorde. J'essayais seulement de lui faire lâcher son pistolet. Je lui avais saisi le poignet, et elle a tiré au moment où l'arme était retournée contre elle...

— Vous ne risquez donc rien, répéta Maurel d'un ton qu'il voulait rassurant. Écoutez Beaumont..., je sais que vous fréquentiez cette fille... C'est un coup dur pour vous, mais vous êtes capable de remonter la pente. Et songez que le fameux tueur de Versailles, ou plutôt la tueuse, ne fera plus de victimes. Vous avez réussi à la démasquer, et vous êtes arrivé à temps pour sauver madame Bédélin. C'est ce qui compte...

– Vous avez probablement raison, monsieur le divisionnaire... Mais ce n'est pas tout ce qui compte pour moi. J'étais très attaché à Marie, nous étions en train de tisser des liens très forts, et pas une fois, je n'ai remarqué quoi que ce soit de suspect dans son comportement. Excepté hier...

Beaumont avala une gorgée de bière.

– Je suis passé chez elle après avoir raccompagné Massart. J'y ai trouvé cet architecte antipathique, ce Rodolphe Grancourt. Marie paraissait dans un état second et, peu après, elle a fait une crise. Elle s'est mise à délirer, à parler en espagnol. Je ne la reconnaissais plus, elle était comme métamorphosée... Exactement comme ce soir...

– Et c'est quand Joseph Rodriguez vous a dit qu'il avait refilé le MAS G1 à une femme ayant un fort accent espagnol que vous avez fait le rapprochement, constata Massart.

— Exactement... Et quand j'ai appris que madame Bédélin s'était rendue chez Marie...

Beaumont n'acheva pas sa phrase et demeura pensif.

— Ce Grancourt, vous l'avez interrogé ? s'enquit le divisionnaire. Peut-être qu'il en savait plus que vous sur l'état mental de cette fille ?

— J'ai chargé Martin de le convoquer au bureau pour demain. Ce soir, j'ai plutôt besoin... de ne plus penser à rien...

— Cette jeune femme avait tout simplement l'esprit dérangé. Elle avait réussi à cacher son jeu jusqu'à présent, mais son naturel a fini par la trahir. Vous ne pouviez pas le savoir, Beaumont...

— Si seulement j'avais su... Peut-être que j'aurais pu l'aider...

— J'en doute..., répliqua Maurel. À mon avis, elle aurait plutôt eu besoin d'un bon psychiatre, voire d'un établissement spécialisé !

Le divisionnaire se leva.

— Bon, il faut que je rentre à présent. Nous reparlerons de tout cela demain. Et encore une fois, Beaumont, songez plutôt combien tout le monde sera soulagé en apprenant que le tueur de Versailles est définitivement hors d'état de nuire !

Après le départ de Maurel, Massart posa amicalement sa main sur l'épaule du commissaire.
– Notre cher divisionnaire est comme toujours merveilleusement diplomate..., murmura-t-il, n'y faites pas attention, commissaire...

Beaumont leva vers lui un regard vide.
– Vous avez su me comprendre lorsque Angélique a été tuée..., continua le commandant. C'est à mon tour à présent. Si vous avez besoin de quoi que ce soit, je suis là...

Machinalement, Beaumont fit tourner son verre vide entre ses mains.
– Merci, Massart, répondit-il. Je m'en remettrai... J'ai juste besoin de temps... Oui... de temps...

XII

Le lendemain matin à la première heure, Rodolphe Grancourt se présenta à la P.J. de Versailles. Il paraissait nettement moins arrogant que les fois précédentes, et ses traits tirés paraissaient indiquer qu'il avait passé une nuit agitée.

– Je... Je pense que je vous dois une explication, commissaire, bredouilla-t-il, au sujet de mes relations avec Marie...

– Je vous écoute, répondit Beaumont d'un ton neutre.

– Je... J'ai eu une liaison avec elle. Il y a quelques mois.

– Je le sais. Elle m'en avait parlé...

– Elle m'a très vite quitté... J'en ai été profondément vexé, et j'ai continué à la relancer. J'étais furieux lorsque je me suis aperçu que vous la fréquentiez. Lorsque vous m'avez vu chez elle, ce soir-là, je venais lui demander de me donner une autre chance... Mais elle...

Il s'interrompit, et un éclair d'amertume passa dans ses yeux.

– Elle ne semblait pas être dans son état normal... Elle avait un drôle de regard, et puis, soudain, elle s'est mise à parler, moitié en français, moitié en espagnol. Elle m'a appelé Bontemps, et m'a remercié de lui avoir donné les clefs... Je lui ai demandé de quelles clefs elle parlait, mais elle ne semblait pas m'entendre. Elle continuait de tenir des propos incompréhensibles. Elle m'a dit que c'était grâce à moi, Bontemps, premier valet de chambre du Roi, qu'elle avait pu mener à bien sa vengeance. Elle a ajouté qu'elle ne l'oublierait pas, puis elle m'a demandé de me retirer de ses appartements, car elle désirait se reposer ! Je ne comprenais rien à ce qu'elle me racontait. C'est alors que vous êtes arrivé. J'ai préféré partir sans chercher à comprendre... J'ai essayé de la joindre sans succès le lendemain. Et puis le lieutenant Martin m'a appris... ce qui s'est passé... Ainsi, c'était elle qui tuait toutes ces femmes ?

– Disons que c'était elle sans vraiment

l'être... Lorsqu'elle commettait ces crimes, elle se trouvait dans l'état où vous l'avez vue l'autre soir. C'est-à-dire qu'elle semblait être sous l'emprise d'une autre personnalité. Je ne suis pas psychiatre pour analyser correctement ce phénomène, mais il était clair qu'elle se prenait pour l'épouse de Louis XIV, la reine Marie-Thérèse. Et qu'elle avait assimilé toutes les femmes qu'elle a tuées aux favorites du Roi.

Grancourt resta songeur.

– Donc c'est pour cette raison qu'elle me prenait pour le valet de chambre du Roi ? Vous pensez qu'elle était réellement possédée ?

– Comme je vous l'ai dit, je ne suis pas expert en la matière. Mais tout comme vous, je l'ai vue dans cet état et, qui plus est, au moment où elle s'apprêtait à frapper à nouveau. Elle ne m'a pas reconnu, tout comme elle ne vous avait pas reconnu, vous, elle s'exprimait en permanence avec l'accent espagnol, son visage était transfiguré et elle paraissait évoluer dans un monde totalement différent...

Beaumont alluma une cigarette et observa l'architecte.

– Mais dites-moi, monsieur Grancourt, qu'est-ce que c'est que cette histoire de clefs ?

Grancourt baissa les yeux.

– Après coup, je comprends beaucoup de choses... Par exemple pourquoi Marie, qui était plutôt réservée, m'avait fait comprendre de façon aussi flagrante qu'elle voulait sortir avec moi... Pourquoi elle a mis fin si vite à notre liaison. Tout est clair, à présent. Elle voulait obtenir quelque chose de moi, et elle m'a quitté dès qu'elle l'a eu. Ce qui l'intéressait, c'était mon trousseau de clefs...

– Lorsque je vous ai interrogé, vous m'avez pourtant dit qu'il ne vous avait jamais été dérobé ?

– Je l'ignorais à l'époque. Un soir, Marie est venue passer la nuit chez moi. Lorsque je me suis réveillé le lendemain matin, elle n'était plus là. Elle est revenue vingt minutes plus tard avec des croissants. Mais je suis à présent certain qu'elle avait pris mes clefs pour en faire exécuter un double. Elle m'a quitté le jour même...

– Je vois..., fit Beaumont. Et le code de

l'alarme, l'a-t-elle également appris grâce à vous ?

– Non, personnellement je ne le connais pas. Mais vous savez, il aura été plutôt facile pour elle de le découvrir. En tant qu'employée au château, elle était dans la place... Il lui aura suffi de se dissimuler près du récepteur et d'attendre que monsieur Monturo ou monsieur Evrard vienne taper le code... En observant bien les mouvements des doigts, il est possible d'en reconstituer les chiffres...

L'architecte se leva.

– Je m'en vais à présent, commissaire. Je vous ai dit tout ce que je savais, mais je reste bien sûr à votre disposition si vous avez d'autres questions... Et veuillez m'excuser d'avoir été si désagréable envers vous... J'étais fou de jalousie...

– Cela n'a plus de raison d'être, à présent..., répliqua Beaumont avec une pointe d'amertume.

Lorsque Grancourt eut quitté son bureau, le commissaire ferma les yeux. Ses tempes étaient douloureuses, et il avait l'impression que tout tourbillonnait dans sa tête. Marie était morte. Le problème de savoir si elle était ou non responsable de ses actes ne se poserait donc pas devant une cour d'assises. Mais Beaumont sentait que, pour retrouver la paix, il avait besoin de comprendre ce qui s'était réellement passé dans la tête de la jeune femme. Était-elle mentalement dérangée, ou bien avait-elle admirablement bien joué la comédie ? L'idée lui vint de téléphoner à Christian Jaquetti. Après tout, il était psychologue, et il avait compris le premier que le meurtrier de Versailles était une femme. Peut-être pourrait-il lui en dire plus sur le comportement de Marie. Il décrocha son téléphone et informa le profileur qu'il voulait le voir. Celui-ci lui promit de lui rendre visite dans l'après-midi. On frappa à la porte, et le commandant Massart entra.

– Bonjour, commissaire. Ainsi que vous me l'avez demandé, j'ai effectué quelques recherches approfondies au sujet de Marie Berger. Elle est née à Biarritz, le 10 septembre 1972. Elle s'appelait en réalité Marie-Thérèse Aguacil. En 1995, elle a épousé Alain Berger, mais leur mariage a fort peu duré. Le divorce a été prononcé quelques mois plus tard.

Elle a conservé son nom d'épouse lorsqu'elle est venue vivre ici. J'ai recherché son dossier médical, il ne mentionnait aucun problème particulier. Elle n'a jamais été traitée pour aucun trouble psychologique ni pour dépression. Son casier judiciaire était également vierge. Voilà, c'est à peu près tout ce que j'ai pu trouver... Ah, j'allais oublier. J'ai également découvert qu'elle fréquentait assidûment la bibliothèque, c'est sans doute là qu'elle avait repéré Marie Métivier, sa première victime. Elle avait fait la connaissance de la seconde sur son lieu de travail, puisque Louise Salvi était la fille du responsable des réseaux hydrauliques du parc. Quant à la troisième, cette Anaïs Charenton, j'ai appris qu'il s'agissait de son ancienne voisine de palier. Sa quatrième cible...

La voix de Massart trembla légèrement.

– C'est probablement moi qui la lui ai offerte, le soir où je vous ai rencontré au restaurant, et où je vous ai présenté Angélique Portal... Et sa cinquième victime était toute trouvée puisqu'il s'agissait de sa patronne...

Le commandant se tut quelques instants et dévisagea Beaumont avec sympathie.

– Comment vous sentez-vous ce matin ? demanda-t-il.

– Comme ci, comme ça..., rétorqua le commissaire d'une voix monocorde. Ainsi, elle ne s'appelait pas seulement Marie, mais Marie-Thérèse. Comme la Reine... Tout concorde...

Il se tourna vers son adjoint.

– Bien, Massart, je vous remercie. Laissez-moi seul à présent.

Lorsque son adjoint fut sorti, Beaumont soupira et laissa machinalement son regard errer dans son bureau. Ses yeux tombèrent sur une plante, posée sur le rebord de la fenêtre. Les feuilles étaient d'un vert légèrement translucide, un vert qui lui rappela la couleur des yeux de Marie. Il s'accouda à son bureau et enfouit son visage dans ses mains.

– Oh, Marie, Marie... Pourquoi ?

*

Dans l'après-midi, Beaumont reçut la visite de Françoise Bédélin. Elle semblait bien se porter, en dépit de l'énorme pansement qui recouvrait sa tête. Elle s'assit en face de lui et esquissa un petit sourire triste.

– Eh bien, voilà le mystère résolu, n'est-ce pas, commissaire ?

Beaumont acquiesça en silence.

– Comment va votre blessure ? demanda-t-il.

– Ça va, ne vous inquiétez pas pour moi. En fait, je suis venue pour vous remercier. Vous m'avez sauvé la vie... Sans vous...

Beaumont l'interrompit d'un geste.

– Je vous en prie, madame Bédélin, n'en parlons plus. Je n'ai fait que mon devoir. Je ne pouvais pas vous laisser mourir sous prétexte que votre agresseur n'était autre que ma petite amie...

– Qui aurait cru cela de Marie ? soupira madame Bédélin. Elle était... si douce, si timide. Jamais je ne l'aurais cru capable de...

On frappa à la porte, ce qui dispensa Beaumont de lui répondre. Christian Jaquetti passa sa tête dans l'entrebâillement.

— Bonjour, commissaire. J'espère que je ne vous dérange pas.

— Non, bien sûr. Entrez, dit Beaumont en venant à sa rencontre.

— Si vous êtes occupé, commissaire, je vais vous laisser..., dit madame Bédélin en se levant.

— Non, restez, dit Beaumont en la retenant, Monsieur Jaquetti ici présent est psychologue et expert en matière de profilage. Nous avons travaillé ensemble pendant l'enquête, et si je lui ai demandé de venir aujourd'hui, c'est pour essayer de comprendre qui était vraiment Marie. Vous la connaissiez vous aussi, et de plus vous savez énormément de choses sur la reine Marie-Thérèse. J'aimerais que vous assistiez à notre entretien.

Madame Bédélin se rassit tandis que Beaumont mettait Jaquetti au courant de ce qui s'était passé. Il lui décrivit en détail le comportement qu'avait eu Marie lorsqu'il lui avait rendu visite chez elle et lors de l'agression de madame Bédélin.

— Qu'en pensez-vous, monsieur Jaquetti ? Vous, le premier, vous avez deviné que ces crimes étaient l'œuvre d'une femme. Croyez-vous qu'elle ait agi de sang-froid, ou qu'elle ait été réellement atteinte de troubles mentaux ? Je sais que cela n'a plus aucune importance au niveau judiciaire puisqu'elle est morte, mais... j'étais plutôt proche d'elle et j'aimerais connaître la vérité...

Christian Jaquetti se caressa le menton d'un air songeur.

– Ce que vous me dites me porte à croire que Marie Berger possédait une double personnalité. Je ne veux pas dire par là que la reine Marie-Thérèse s'était réincarnée en elle, non. Personnellement, je ne suis pas un fervent adepte des phénomènes paranormaux. Je préfère chercher une explication concrète et logique dans la science médicale. D'après Freud, la dissociation de personnalités est une division du psychisme, la présence d'un « conscient inconscient » pouvant être mise en évidence par l'hypnose. Le sujet étant, dans notre cas, décédé, il est évidemment impossible de procéder à cette expérience. Mais dans ses « Cinq leçons sur la psychanalyse », Freud indiquait que dans un seul et même individu, il pouvait y avoir plusieurs personnalités, assez indépendantes pour qu'elles ne sachent rien les unes des autres. Des cas de ce genre, dits « de double conscience », peuvent parfois se présenter spontanément à l'observation. C'est selon toute vraisemblance ce qui s'est passé, puisque vous avez pu voir vous-même Marie Berger métamorphosée en une personne tout à fait différente. Les symptômes que vous m'avez décrits sont tout à fait caractéristiques de cet état de dédoublement : pupilles dilatées, métamorphose de la voix et du visage, non-reconnaissance de l'entourage. Quant aux tremblements et aux convulsions, ils sont généralement signes de la lutte intérieure entre les deux personnalités, lorsque l'une cherche à reprendre le dessus sur l'autre. Lorsque vous êtes intervenu hier soir, avez-vous cherché à raisonner Marie Berger ? Avez-vous essayé de vous faire reconnaître d'elle ?

– Oui..., murmura Beaumont d'une voix éteinte. Dès que je suis entré... je lui ai dit qu'elle ne devait pas avoir peur de moi, que je ne lui voulais aucun mal...

– Et avez-vous remarqué quelque chose de particulier à ce moment précis ?

– Eh bien... c'est là qu'elle s'est mise à

gémir, à renverser sa tête en arrière et à se tordre les mains...

— Là, vous voyez ! Lorsque vous avez fait appel à ses sentiments à votre égard, la personnalité de Marie Berger, dominée par celle qui se prenait pour la reine Marie-Thérèse, a tenté de refaire surface, mais sans y parvenir. Il est fréquent que l'une des personnalités soit plus forte que l'autre.

— Mais... si je vous comprends bien, Marie n'aurait donc pas eu conscience de cette autre personnalité ? Pourtant, elle a manipulé Grancourt en étant la Marie Berger que tout le monde connaissait, dans le seul but d'assouvir les desseins de son autre personnalité, constata Beaumont.

— Toujours d'après Freud, dans un cas de dédoublement de personnalité, la conscience reste constamment liée à l'un des deux états. On nomme cet état l'état psychique conscient, et l'on appelle inconscient celui qui en est séparé. Ma théorie est que l'état psychique conscient de cette jeune femme était Marie Berger, la restauratrice d'œuvres d'art, et l'état psychique inconscient était la reine Marie-Thérèse.

– Oui, cela me semble logique..., murmura madame Bédélin. Lorsqu'elle a tenté de me tuer, elle a parlé d'elle-même comme d'une étrangère. Elle a dit : « *J'ai utilisé cette petite oie de Marie parce qu'elle travaillait au château* ».

– Mais où ce genre de phénomène peut-il prendre source ? interrogea Beaumont. Marie était passionnée par l'histoire de Louis XIV. Pensez-vous qu'elle ait pu inconsciemment développer le fantasme d'être sa femme ?

– Ce n'est pas impossible, rétorqua Jaquetti. Généralement, il y a toujours un événement marquant qui est la cause de ce phénomène de dédoublement. Cela peut être lié à un traumatisme vécu par le sujet, et qui le conduit inconsciemment à se créer une autre personnalité. Dans le cas de Marie Berger, êtes-vous au courant d'un événement quelconque de sa vie ayant pu la rapprocher de celle de la reine Marie-Thérèse ?

– En fait, je viens juste d'apprendre qu'elle s'appelait en réalité Marie-Thérèse, et qu'elle avait été mariée. Berger était son nom d'épouse et elle l'a conservé après son divorce. Elle est née un dix septembre, et...

– Moi, je pense le savoir..., intervint calmement madame Bédélin.

Les deux hommes se tournèrent vers elle avec surprise.

– Vous dites que Marie était née un dix septembre ? Eh bien, sachez que la reine Marie-Thérèse est née le dix septembre 1638. Et quant à la suite, poursuivit-elle, Marie m'a dit un jour qu'elle avait été mariée, il y avait de cela plusieurs années. Elle était originaire du Sud-Ouest, et son mariage avait été célébré à Saint-Jean de Luz.

Beaumont dressa l'oreille.

– À Saint-Jean de Luz ? Mais n'est-ce pas là que...

– Exactement, commissaire. C'est là que furent célébrées les noces du roi Louis XIV avec sa cousine Marie-Thérèse, infante d'Espagne. Marie habitait là-bas. Moins d'une semaine après son mariage, elle a trouvé son époux au lit avec sa maîtresse... Elle a immédiatement demandé le divorce, mais elle a énormément souffert de cette trahison. Elle m'a raconté cet épisode de sa vie un jour où elle était encline aux confidences, et où nous discutions des hommes...

– Eh bien, nous y sommes ! s'écria triomphalement Christian Jaquetti. C'est le traumatisme vécu ce jour-là qui a poussé Marie Berger à s'identifier à la reine Marie-Thérèse, elle aussi mariée à Saint-Jean de Luz et trompée à maintes reprises par son royal époux... Et le fait de porter le même prénom et d'être née le même jour n'a fait que la conforter dans cette idée.

Il se tourna vers Beaumont.

– Je pense pouvoir vous affirmer avec certitude que Marie Berger était bien victime d'un dédoublement de personnalité. D'après ce que j'ai appris aujourd'hui, elle en présentait tous les symptômes. J'ignore si cela peut vous consoler, mais cela signifie que la jeune femme que vous connaissiez n'était pas consciente du mal qu'elle faisait : c'était la personnalité de la reine qu'elle avait développée en elle qui était responsable de ces actes. En tout cas, c'est mon point de vue. Si j'avais eu à témoigner de cette affaire devant un tribunal, il est probable que je l'aurais estimée non responsable de ses actes.

Beaumont resta pensif un moment.

– Je vous remercie, monsieur Jaquetti. Je dois bien reconnaître qu'au fond de moi, je souhaitais entendre un diagnostic tel que celui-ci... Au moins, je me consolerai en me disant qu'elle ne m'a pas menti, qu'elle ne s'est pas moquée de moi...

– Commissaire, intervint à nouveau madame Bédélin, excepté le soir où elle a tenté de me tuer, je n'avais jamais soupçonné cette autre personnalité que Marie avait développée en elle. Je la connaissais seulement telle qu'elle était... je veux dire lorsqu'elle se comportait normalement...

– Dans son état psychique conscient..., précisa Jaquetti.

– Si vous voulez..., reprit-elle. Eh bien, si cela peut vous consoler, commissaire Beaumont, je peux vous affirmer une chose : cette Marie-là, elle vous aimait de tout son cœur...

Épilogue

C'était le 30 juillet 2004 et il faisait un temps radieux. La réception était plutôt réussie. Elle était organisée en l'honneur de la Société des Amis de Versailles, fondée en 1907 à l'initiative de plusieurs personnalités dont Victorien Sardou, Raymond Poincaré et Alexandre Millerand. Reconnue d'utilité publique en 1913, cette Société était présidée depuis 1987 par le Vicomte de Rohan. Les eaux vertes du Grand Canal miroitaient sous le soleil, et, en dépit de la chaleur, il était fort agréable de se promener dans les huit cents hectares du parc en admirant les statues et les diverses fontaines où les grandes eaux jouaient pour l'occasion. La façade du corps central du château, mensonge architectural où les fenêtres du dernier étage n'éclairaient aucune pièce mais donnaient sur les structures portantes de la galerie des Glaces, s'étalait majestueusement au-dessus des parterres de buis et de pelouse. Le commissaire Beaumont et le divisionnaire Maurel, une flûte de champagne à la main, se tenaient près du buffet dressé dans le bosquet de la Salle de Bal, tout comme à l'époque des fêtes données par le roi Louis XIV. Monsieur Evrard les avait aimablement conviés à assister à la réception, comme pour clore définitivement le chapitre de l'enquête qui venait de s'achever.

– Eh bien, qu'en pensez-vous, Beaumont ? Il est tout de même plus agréable de se retrouver ici pour faire la fête que pour y ramasser des cadavres, n'est-ce pas ?

– Certainement, monsieur le divisionnaire, répliqua Beaumont.

Il avait employé un ton anodin, mais il ne put s'empêcher de ressentir un léger pincement au cœur.

– Je vais marcher un peu. Vous m'accompagnez ? proposa-t-il.

– Volontiers... Ce parc est une vraie merveille, répondit Maurel en lui emboîtant le pas. Cela me rappelle ces vers de Sacha Guitry, les connaissez-vous ?

« *Les rois faisaient des folies sans pareilles*
Ils dépensaient notre argent sans compter
Mais quand ils construisaient
de semblables merveilles
Ne nous mettaient-ils pas notre argent
de côté ? »

Beaumont hocha la tête en souriant.
– Oui, je les connais... Et je les approuve d'ailleurs... Je comprends que Versailles ait des adeptes dans le monde entier. C'est vraiment un lieu unique, autant sur le plan esthétique que sur le plan historique.

Ils passèrent devant l'entrée du bosquet de la Colonnade, et Beaumont eut un petit frisson en songeant à la première victime de Marie, dont le corps avait été retrouvé là par un matin pluvieux. Ils poursuivirent leur promenade le long de l'allée du Tapis Vert, jusqu'au bassin d'Apollon où plusieurs groupes de personnes profitaient comme eux du décor enchanteur. Depuis sa fondation, la Société œuvrait constamment au rayonnement de Versailles, en réunissant un nombre croissant d'amis désireux de mieux connaître et faire connaître les lieux grâce à des visites, des conférences et des voyages. Elle participait aussi financièrement à l'enrichissement des collections, recherchait les dons et des mécènes afin d'aider l'établissement public du musée et du domaine national de Versailles.

– Il y a là du beau monde..., murmura Maurel à mi-voix, et pas parmi les plus pauvres, je parie... Ne souhaitez-vous pas y adhérer, Beaumont ? Il paraît que chaque don en faveur de la Société des Amis de Versailles donne droit à une réduction de l'impôt sur le revenu. Intéressant, non ?

– Pour cela, il faudrait que vous augmentiez quelque peu mes appointements, monsieur le divisionnaire..., rétorqua le commissaire en souriant.

Les deux hommes se joignirent aux autres invités qui retournaient dans le bosquet de la Salle de Bal, où le président de la Société allait commencer son discours. Lorsque tout le monde fut rassemblé, il prit la parole et commença par remercier tous les invités de leur présence. Il remit ensuite à monsieur Evrard, au nom de la Société des Amis de Versailles, six gravures du XVIIIe siècle dans leurs cadres, représentant des scènes du mariage de Louis XIV, le sacre de Louis XVI et la cérémonie funèbre d'Elizabeth-Thérèse de Lorraine. Monsieur Evrard remercia chaleureusement au nom de l'établissement et déclara que ces gravures seraient exposées dans le vestibule de l'appartement de Madame de Pompadour. Il poursuivit en présentant les objectifs de Versailles pour les années à venir, avec, entre autres, la création d'un grand centre d'accueil moderne, la rénovation des infrastructures, l'ouverture totale du musée d'histoire de France, la replantation des arbres des jardins et du parc, la réfection de l'ensemble du système hydraulique afin que tous les jets et fontaines du parc puissent fonctionner et la réinstallation de chevaux dans la Grande Écurie pour renouer avec la tradition des reprises et des carrousels qui s'y déroulaient jadis.

– Je voudrais achever mon discours en parlant de quelque chose qui me tient à cœur, conclut-il. Comme vous le savez sans doute tous, notre beau domaine de Versailles a été récemment le théâtre d'une série de meurtres qui nous a laissé à tous une impression très désagréable. Aujourd'hui, nous pouvons fort heureusement en parler au passé grâce à l'efficacité de notre police judiciaire qui a réussi à démasquer l'assassin. Je vous demande d'applaudir ses représentants, messieurs Maurel et Beaumont, ici présents.

Le divisionnaire afficha un sourire condescendant et s'inclina avec une feinte modestie, tandis que Beaumont se contentait de plaquer un sourire factice sur son visage. Il n'avait nulle envie de récolter des lauriers pour ce qui s'était passé. Faire son devoir lui avait cette fois apporté plus de souffrance que de satisfaction.

– Enfin, continua monsieur Evrard, je vous informe que nous sommes aujourd'hui le 30 juillet 2004, date anniversaire de la mort de la reine Marie-Thérèse, infante d'Espagne et épouse du roi Louis XIV. Elle est décédée il y a de cela trois cent vingt et un ans exactement. Ayons en cette belle journée une pensée pour celle qui fut la femme d'un des plus grands monarques du monde, et rendons-lui hommage.

Beaumont n'écoutait plus. Les paroles de monsieur Evrard évoquant la reine Marie-Thérèse l'avaient brusquement replongé dans ses souvenirs de Marie. Marie la douce qui souriait en baissant ses yeux verts... Marie l'amoureuse qui frôlait ses lèvres d'un baiser léger comme une brise printanière... Marie la fragile, souffrant de schizophrénie... Marie la criminelle qui avait tué quatre femmes innocentes en les prenant pour les maîtresses du Roi... Marie qui s'appelait Marie-Thérèse, et qui croyait être l'épouse légitime du Roi-Soleil...

Beaumont s'écarta du groupe et marcha vers l'entrée du bosquet. Parvenu sur le seuil de verdure, il s'immobilisa et tourna la tête vers le Grand Canal. Les eaux verdoyantes et semées d'éclats de soleil lui rappelèrent le regard de celle qu'il avait aimée.

« Qui sait ? Peut-être la reine s'était-elle vraiment réincarnée en toi, Marie..., songea-t-il. Après tout, qui peut dire ce qui s'est réellement passé ? »

Il ferma les yeux et offrit son visage à la caresse du soleil.

– Quoi qu'il en soit, Marie, aujourd'hui est la date anniversaire de la mort de la reine. Dors tranquille, ma bien-aimée, tu es libre à présent. Si elle te tourmentait, c'est fini, et si elle et toi ne formiez vraiment qu'un...

Il déglutit péniblement et leva les yeux vers le ciel.

– Tu l'as rejointe, à présent... Bon anniversaire, ma chérie...

PRIX DU QUAI DES ORFÈVRES

Le prix du Quai des Orfèvres, fondé en 1946 par Jacques Catineau, est destiné à couronner chaque année le meilleur manuscrit d'un roman policier inédit, œuvre présentée par un écrivain de langue française.

• Le montant du prix est de 777 euros, remis à l'auteur le jour de la proclamation du résultat par M. le Préfet de police. Le manuscrit retenu est publié, dans l'année, par la Librairie Arthème Fayard, le contrat d'auteur garantissant un tirage minimal de 50 000 exemplaires.

• Le jury du Prix du Quai des Orfèvres, placé sous la présidence effective du Directeur de la Police judiciaire, est composé de personnalités remplissant des fonctions ou ayant eu une activité leur permettant de porter un jugement sur les œuvres soumises à leur appréciation.

• Toute personne désirant participer au Prix du Quai des Orfèvres peut en demander le règlement à :
M. Éric de Saint Périer
secrétaire général du Prix du Quai des Orfèvres
18, route de Normandie
28260 BERCHÈRES-SUR-VESGRE
Téléphone : 02 37 65 90 33
E-mail : p.q.o.@wanadoo.fr

La date de réception des manuscrits est fixée au 15 avril de chaque année.

Impression réalisée sur Presse Offset par
BRODARD ET TAUPIN
La Flèche

pour le compte des Éditions Fayard
en décembre 2005

Imprimé en France
Dépôt légal : décembre 2005
N° d'édition : 67524 – N° d'impression : 33177
ISBN : 2-213-61576-4
35-17-1776-0/02